紅蓮館の殺人

阿津川辰海

講談社
タイガ

目次

Murder of Gurenkan

プロローグ　7

第一部　落日館　10

第二部　カタストロフィ　234

第三部　探偵に生まれつく　383

エピローグ　429

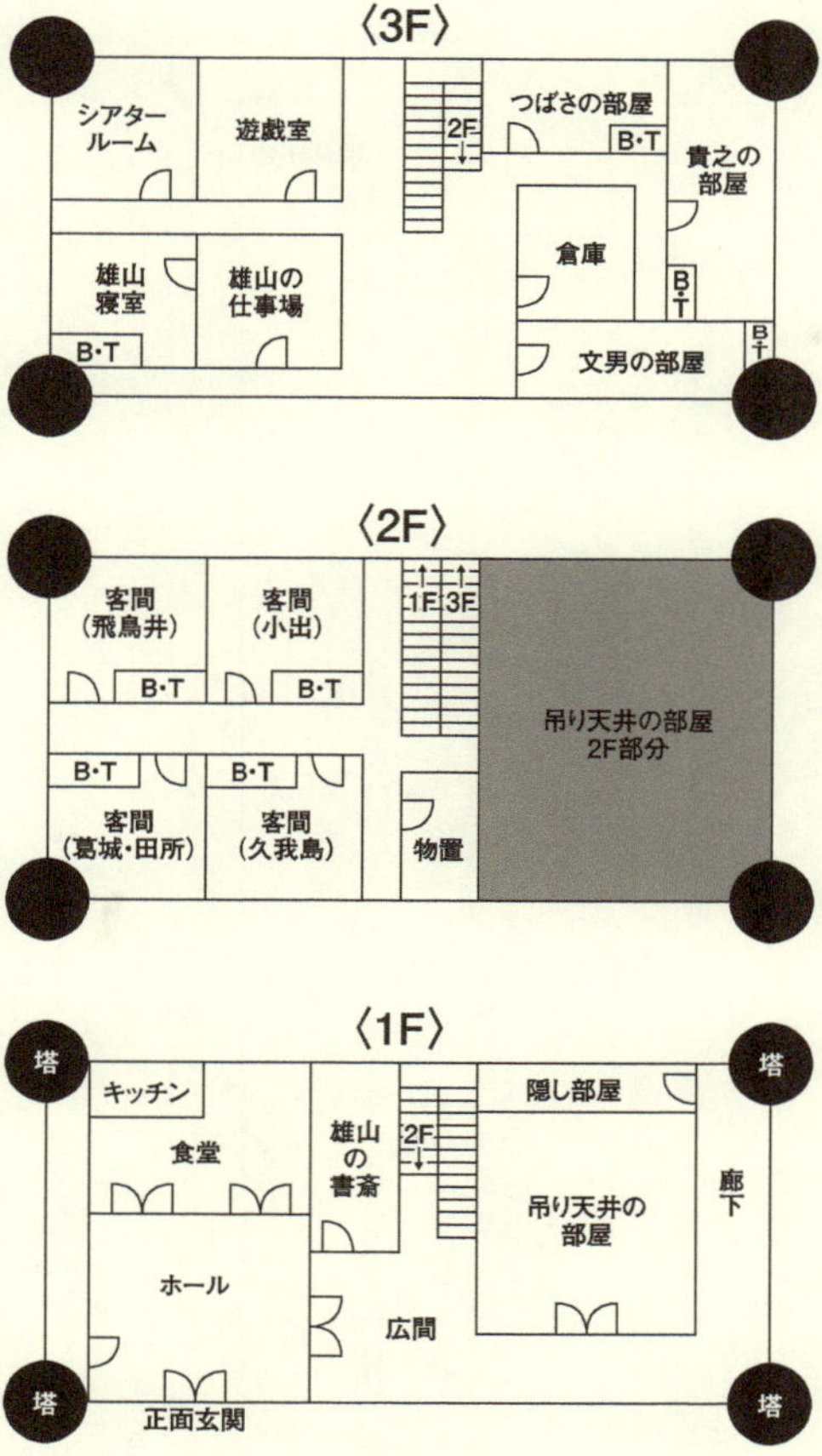
〈3F〉
シアタールーム
遊戯室
2F
つばさの部屋
B・T
貴之の部屋
倉庫
雄山寝室
雄山の仕事場
B・T
B・T
B・T
文男の部屋
〈2F〉
客間（飛鳥井）
客間（小出）
1F
3F
B・T
B・T
吊り天井の部屋2F部分
B・T
B・T
客間（葛城・田所）
客間（久我島）
物置
〈1F〉
塔
キッチン
隠し部屋
塔
食堂
雄山の書斎
2F
吊り天井の部屋
廊下
ホール
広間
塔
正面玄関
塔

館見取り図

カバーイラスト――緒賀岳志
カバーデザイン――鈴木久美

紅蓮館の殺人

プロローグ

燃え盛る森が僕らを駆り立てていた。

新品のトレッキングポールは既に煤《すす》けている。

山道を延々と登ってきた僕らの呼吸は乱れていた。

額の汗を拭《ぬぐ》うと、手に煤がべったりとついた。

「本当にあるのかな」

僕の弱気が頭をもたげる。振り返ると、火元からはだいぶ離れてきた。

前を歩く葛城《かつらぎ》が振り返りもせずに言う。

「足音の向かった方向はこっちだ。信じよう、田所君。どのみち、下は山火事で火に巻かれている。下山することが出来ない以上、僕らには選択肢がないんだ」

彼をこんな危険に巻き込んだのは、僕の責任だ。

「……来ようなんて言いださなければ良かった」

「こういう時だけ君はしおらしくなるね。いつもは元気すぎるくらいだ」

葛城は足を止めずに言った。穏《おだ》やかな彼の言葉が、力強く僕を励《はげ》ます。

「いいかい？　提案したのは君だが、それに乗ったのは僕で、計画を煮詰めたのも僕だ。そして山が燃えているのは誰のせいでもない。謝罪は不要だ」

淀《よど》みなく口にした彼の向こうに、突然、それは現れた。

「あ……」

「どうした？」

「葛城……前……」

葛城が前方を仰いだ。

壮麗な三階建ての洋館だった。柱には彫刻が施され、玄関は重厚な木製の両開き戸である。金色のノッカーが目に突き刺さってくるように鋭く光っている。

ノッカーには『財』の文字が刻まれている。

「どうやら……僕らは本当に辿《たど》り着《つ》いたらしいね。財田雄山《たからだゆうざん》の屋敷《やしき》に」

安堵《あんど》のあまり、その場でしゃがみ込みそうになった。財田家の住人と交渉すれば、避難所が確保出来る。

「それにしても」

「何だい？」

「探偵と館《やかた》、そして山火事とは、恐るべき組み合わせじゃないか」

「それだけ軽口が叩《たた》ければ上出来だね」

葛城は微笑《ほほえ》んだ。

「……本当に、事件が起きたらどうする?」

「決まっている」

彼は即答した。

「謎を解くだけだよ。僕は探偵なんだからね」

「……ああ、そうか。お前はそういう奴《やつ》だったな」

僕の声には少し呆《あき》れが混じっていたかもしれない。

葛城の手がノッカーを鳴らした。


館の住人と山に迷い込んだ人々。紅蓮《ぐれん》の炎《ほのお》に巻かれて、数奇な運命の下に出会った我々には、それぞれの始まりがあったことだろう。**何が始まって、何が終わるのか**。僕の関心はいつもそこにある。

僕らの始まりはさしあたり、一ヵ月前に遡《さかのぼ》る。

第一部　落日館

「あなたとわたし、ほんとうになにかを変えられると思う？」彼女の声音が、急に縋《すが》りつくような感じになった。膝《ひざ》にのせた手に力がこもる。「いまの自分を棄《す》てて、べつのなにかになれる？」

——ロバート・ゴダード『永遠《とわ》に去りぬ』（伏見威蕃《ふしみいわん》・訳）

1　作戦会議

購買のパンを買って教室に戻ると、葛城はまだ、四限目の数学の参考書を開いて手を動かしていた。

僕は葛城の前の席に座り、大股《おおまた》を開いて背もたれに肘《ひじ》をついた。

「いつまでやってるつもりだ？　もうみんな弁当を広げてるぞ？」

「今終わる」

葛城は顔も上げずに言った。いつものことなので特段呆れもしない。

焼きそばパンの袋を開いたところで、葛城がおもむろに参考書を閉じた。

「宿題は終了か？　大変だねえ、良家のお坊ちゃまというのも。家に帰ればバイオリン、弓道、合気道、馬術、家庭教師……習い事が目白押しだ」

彼は鞄《かばん》から弁当箱を取り出して広げた。彼の家のシェフが作る、栄養バランスを考え抜かれた献立《こんだて》だ。

「随分絡むじゃないか」

「大事な話があってな。今度の合宿の計画を立てたいんだ」

僕は昨日のホームルームで配られた「しおり」を見せる。葛城が眉《まゆ》をひそめた。

「軽井沢《かるいざわ》の山奥に籠《こも》って、四泊五日勉強漬けとかいうアレか」

「進学校ならではの行事だよな」

「高校二年の夏だから、みんな焦りだす頃か」

「それがそうでもない。さっきも沼田たちが、携帯ゲーム機やカード、麻雀牌《マージャンパイ》を持ち込む算段をしていた」

「麻雀牌はやめた方がいいだろうな。音がする」

「その点は僕も厳しく指摘しておいた。軽井沢の星に興味津々のカップルも大勢いるだろう」

「みんな、おとなしく勉強する気はサラサラないわけか」

僕はニヤリと笑って見せる。

「実を言うと、僕もなんだ」

葛城の眉が動く。「続けて」と言う声はどこか弾んでいるように聞こえた。

僕はスマートフォンを取り出して、地図アプリを呼び出す。

「今度僕たちが泊まる宿舎が、ここ。N県の山中だ」

しおりに記載された住所をもとに検索する。山に延びる道路の脇《わき》に建っている大きな宿泊施設だ。

「この近くに行ってみたい場所があるんだよ。編集さんに聞いた場所でね」

僕は中学三年生の時に短編ミステリーの賞に応募した。受賞には至らなかったが、編集者の目に留まって、「他《ほか》の作品を見せて欲しい」と言われ、定期的に会うようになった。

「軽井沢のこのあたり、M山に、ある小説家の屋敷があるらしい」

「誰なんだ?」

「財田雄山」

葛城の箸《はし》が止まる。彼は口笛を吹いた。

小説家を志したきっかけは財田雄山の小説だった。多彩なスタイルでミステリーを書き、最新の知見を取り入れることにも意欲的な姿勢に惹《ひ》かれた。「推理小説には落日の時代が訪れている」とは彼の有名な言で、松本清張《まつもとせいちょう》への追悼文エッセイとして発表された。

葛城もまた、財田雄山の本はデビュー作から全作品読み、雑誌のインタビューや単行本未収録作品まで全《すべ》て収集しているフリークぶりを見せている。金にものを言わせられる葛城の境遇が羨《うらや》ましい。

「五年前に『黒い潮流』の新装版を出してから、消息さえ知れなかったじゃないか」

「編集さん曰《いわ》く、文学賞のパーティーにも最近はとんと姿を見せないらしい。一九××年生まれだから、今年九十七歳か」

「いつ何があってもおかしくはない年齢だね」

僕は重苦しく頷《うなず》いた。

「住んでいるところを突き止めるなんて……どんな手を使った？」

葛城に問われると、僕はすぐさま降参した。取《と》り繕《つくろ》っても無駄だし、彼に嘘《うそ》はつきたくない。

「編集さんが打ち合わせに持ってきた書類の中に、財田雄山からの封筒が交ざっていた。その差出先をちらりと見た」僕は言い訳がましく言う。「偶然のことだったんだ」

葛城は顔を伏せ、額を押さえていた。長いため息が聞こえる。

「素直が君のいいところなんだけど、あんまり強引だし、無茶が過ぎる」

葛城に度々指摘されるのだが、僕には、好きなもののためなら手段を択《えら》ばないところがあるらしい。

「行ってみたところで頭のおかしいファンだと思われて、門前払いだろう」

「……だよな」

葛城の判断は冷静だった。自分の声が沈むのが分かる。

葛城は腕を組んで唸《うな》る。ややあって、葛城がおずおずと口にした。

「……君は何を持っていくつもりだ」

それだけで質問の意図が分かった。思わず身を乗り出した。

「短編集一作目『崩れた配色』の初版」

葛城は口元にニヤリと笑みを浮かべた。

「良《い》い選択だ」

満足げな口調で、彼も乗り気であることが分かった。

「しかもな、編集さんからの話によると、その館はどうやら——仕掛けだらけの館らしい」

「仕掛け？」葛城は目を見開いた。「つまり、どんでん返しや隠し通路とか……」

僕が何度も頷くと、葛城は眉間を揉み始めた。

「金を得て、最後に叶《かな》えた望みがそれってことは、そこに財田雄山の本意があるのかな。社会派の作家だと思っていたけれど。いやむしろ——」

「なんの話してるの？」

明るい声だけで誰か分かった。僕の座っている席の女子だ。弁当を食べ終えて戻ってきたらしい。胸が高鳴るが、平静を装って振り返った。

昼休みはまだ三十分あるから、弁当箱だけでも戻しに来たらしい。

「すまん、また席借りてる。戻ってくる？」

「ううん。私も隣のクラス行ってくるからいいよー」

彼女は机に掛けてある鞄の中に弁当箱をしまっていた。彼女は悪戯《いたずら》っぽく微笑み、からかうような声音で言う。

「それで、お二人さんは地図なんて覗《のぞ》き込《こ》んで、一体何してるの？」

「今度の勉強合宿の宿泊先を二人で見てたんだよ」

言いながら、指で軽く画面をスクロールする。

「ほんとに？　なんかアヤシイんですけど」

なんでもないって、と僕が笑うと、彼女も笑い返しながら、「どうぞごゆっくり」と自分の席を示して出ていった。

「君は本当に分かりやすくて良いね」

「……何がだ？」

「君が僕に話しに来る時、前の席ばかり取ることを不思議に思っていたんだ」

「関係ないからな」

「それは嘘だね」

嘘、という言葉を必要以上に強調して言ったことに僕は苦笑した。確かに、彼の前で隠し事が出来るとはゆめゆめ思わない方が良い。

葛城が探偵であることを、学校のみんなは知らない。彼は幼い頃から頭脳明晰で家族から可愛がられてきたが、七歳の頃、警察官である家族の一人から聞かされた事件の話に強い興味を示した。窃盗事件で、血なまぐさくもないので、話を聞かせると、彼はたちまち真相を見抜いたのだという。以来、その警察官は葛城の助力を得て何度か手柄を立てているが、彼の名前が表に出ることは決してなかった。

彼は生まれ育ちのおかげで、嘘に敏感になった。上流社会に生きる大人たちの嘘に塗《まみ》れた生活を日頃から目にするうち、嘘に対する拒絶反応が出るようになったのだ。彼は人が嘘をついているかどうかたちどころに見抜く。ただし、どんな嘘かまでは、推理をしないと見抜けないのだ。そのせいで、葛城の観察眼はみるみる鍛えられた。

僕と葛城の出会いは高校一年生の四月、合宿で起きたある殺人事件に遡る。その事件を解き明かしたのが葛城だった。その事件も、表向きには地元の警察が解決したことになっており、情報提供したのが葛城であるという事実は僕しか知らない。あとは、学内で起きた事件に関わった時に、関係者が数人、成り行きで知ったくらいだろうか。

少々浮世離れしたところはあるが、探偵・葛城は、謎に光をもたらしてくれる存在として、僕の日常に溶け込んでいた。

「言っとくけど、やましい気持ちではないからな」

「少し話せれば満足なんだろう。地道な努力だね」

さすがにイラッときて舌打ちを一つする。

気分を変えるために、しおりのスケジュール表を開けた。

「出かけるのは三日目の昼間から夕方。三コマ分、九時間の自由時間がある。本来は、各自で宿題や課題をやる時間だ」

「抜け出せるものなのか？」

「文芸部の先輩に聞いた。点呼も監視もない。朝食が済めば、十九時の夕食まで点呼はない。昼食は食堂で好きなタイミングで取れることになっているから、チェックはされない。受験まで一年強って時期もあって、先輩は大学受験の赤本を解いてみる時間に充てたけど、抜け出している生徒は大勢いたって。自習すると偽って、自室で携帯ゲーム機で皆と遊んだり……」

「さっきからゲームばかりだな。街に出てみる生徒はいなかったのかな？」

僕は無言でスマートフォン上の地図を縮小する。

「……うん。店もまるでないな」

「最寄りのコンビニが車で三十分だ。どうしてもインドアになるよ」

葛城は苦笑した。

「短時間とはいえ夏の山に入るなら、装備を固めた方がいいだろうな。勾配《こうばい》や山道の具合が分からないが、足元が悪いならトレッキングポールがあった方が楽だろう。本当ならシューズも専用のものがあった方がいい。よし、爺《じい》やに言って手配させ——」

「待て、待て」

僕は押しとどめた。

「抜け出そうとしてるのがバレバレになるだろ。自分たちで用意出来るもので揃《そろ》えないとダメだ」

「う——ん、それはそうだが……」

葛城はやはり不安そうだ。彼の感覚はやゝ庶民とズレているので、引き留めなければいけない瞬間もある。

「持っていけるのは、勉強合宿の荷物に紛《まぎ》れ込《こ》ませられるものだけだ。必要かつ最小限度」

「じゃあ、靴をまるまる一足持っていくのはあまり現実的じゃないな」

葛城はスマートフォンを取り出して何やら調べ物を始めた。

「トレッキングポールは折り畳み式のものがあるみたいだね。これなら持ち運べるだろう。値段は三千円くらい。注文しておこう。小遣《こづか》いの範囲で買えるから怪しまれることもない」

「三千円か」

僕は自分の懐《ふところ》具合を思った。今月は楽しみにしている翻訳ものの新刊が出るのだ。

「君の分も買おうか？」

「うるさいぞ成金《なりきん》め。金の絡んだ友情はいずれ破綻《はたん》するんだ」

週に四日、チェーンのファストフード店でアルバイトして小金を稼いでいる。取材活動の一環、という言葉で自分を誤魔化しながら労働に勤《いそ》しみ、そのわずかな小遣いを本と取材に注《つ》ぎ込《こ》む。まさしく火の車だった。

荷物の打ち合わせを済ませると、ちょうど予鈴が鳴る。腰を浮かせかけた時、葛城の声が僕を引き留めた。

「そうだ」

目を伏せた葛城の表情には、どこか翳《かげ》りがあった。

「友人のよしみで教えておくよ。君の執心の女子だがね、既に相手がいる」

「だから執心なんてしちゃ──なんだって？」

「合宿の夜は抜け出して天体観測をすることを目論《もくろ》んでいるようだよ。これ以上傷つく前に手を引いた方がいい」

僕は呆れながら言った。

「探偵様の名推理ってわけか？」

葛城は首を振った。

「いや。授業中に机の陰《かげ》でＬＩＮＥしているのを見ただけだ」

思わず唖然《あぜん》とする。

「ひどいな」

「彼女がか？」

「そんなところまで見ているお前がだ」

「僕が？」

葛城はきょとんとした顔をしていた。

「だって、彼女は嘘をついたんだよ」

あっけらかんとした口調だった。

「女友達との会話の中でね。『彼氏なんていない』と。仕草《しぐさ》や表情、言葉の選び方。嘘をついているのはすぐに分かった」

彼の表情に先ほどの翳りはもうない。自分の正しさを疑っていない、まっすぐな瞳を僕に向けている。

「だからって携帯まで盗み見るか？　彼女はちょっとした嘘をついただけだ。彼女のプライバシーを侵害する権利はお前にはない。僕相手に言うならいいが、お前の『嘘』への執着は正直言って異常だぞ」

「それなら言わせてもらうけど」

葛城はややムッとした表情だ。

「君にだって直してほしいところはある。女性に惚《ほ》れやすいのが君の欠点だ」

「葛城探偵様より人間味がある特質だと思うけどね」

「何を──」

「ねえお二人さんってば、もう授業始まっちゃうよ」

彼女の声が耳元で聞こえ、僕の心臓は跳ねた。

「あ、ああ。済まない、悪かった」

僕は立ち上がりながら、

「じゃあ葛城、打ち合わせ通りに」

と言うと、葛城は黙って頷いた。

僕は僕の傷を癒《いや》すのに精いっぱいだった。放課後のバイトでどうにか気を紛らわせる。帰り道に通販サイトで安めのトレッキングポールを調べた後、むしゃくしゃして少し高いものを注文してしまった。程なく後悔し、「いや、安いものはすぐに壊れてしまうかもしれないから」と自分を慰めたが、沈んだ気分は晴れなかった。

謎を解くことに迷いのない葛城のことを、僕はいたく気に入っている。それを彼の「強さ」と言い換えてもいい。だけど、まっすぐな余りやりすぎてしまうことがある。その時、僕には何が出来るのだろう。どうするのが正解なのだろう。今考えても詮ないことをぐるぐる考えてしまうのは気が塞いでいる証拠だ。僕には失恋の痛手もある。

ささくれのような何かがこのまま二人の間に残ってしまうのではないかと、不安が萌《きざ》したりもした。それくらいで壊れる関係じゃないと、思ってはいるけれど。

2　決行【館焼失まで35時間19分】

いよいよ合宿三日目。決行当日になった。

「よく眠れなかったのかい？」

葛城が問う。朝、洗面台で鏡を見て、うっすらとクマが出来ているのは確認している。

「いや、深夜に王様ゲームに誘われて、断り切れずに参加していたんだ」

「友達付き合いが良いのも善《よ》し悪《あ》しだね」

つやつやとしている葛城の顔が恨めしい。

僕らはザックを背負うと、教師と同級生たちの目をかいくぐって、未知の山へと繰り出した。


宿舎近くのバス停からバスで一時間。目的地のバス停で降りたのは僕ら二人だけだった。杉の木立ちの合間に、車道が一本、山の奥へと延びている。

山を登り始めて、もう三十分は経《た》っただろうか。

額の汗を拭う。いつもより速い自分の息を意識したが、同時に心地よさも感じる。蟬《せみ》の鳴き声が山中に響き渡っている。

「葛城の親は卒倒するな。こんな危険なことをしているんだから。誘った僕は、さしずめ悪友ってわけだ」

「言えてるね。田所君のせいで、不良みたいな真似《まね》をさせられてばかりだ」

「おい」

この前のこと、結構根に持っているのか？　と訝《いぶか》しむ。

「だけど楽しいよ」

葛城は実感のこもった声で言った。満足げな表情をしている。

「こういうのは楽しい」

杉の木立ちを抜けると景色は一変した。一面のススキ野原だ。夏のススキはまだ青々としている。

「ん。あれは……」

葛城が車道の脇におもむろにしゃがんだ。

「見てよ、田所君。ここの下生《したば》えの草だけ、地面に寝ている。最近誰かが通ったんじゃないかな」

「こんな何もないところをか?」

「だから怪しいんじゃないか……ほら。早速大当たりだぜ」

葛城が草を掻《か》き分《わ》けて進む。そこには、木々も下生えの草もない、開けた空間が広がっていた。地面にはポツンと直径二十センチほどの金属製の紋章が埋め込まれていた。

「財田家の家紋かな。目指すべきものは近くにありそうだよ」

石の形をした図形の真ん中に、達筆な「財」の文字が刻まれていた。

「ここから先は私有地、ってことなのかな。山一つ買い上げているのかもしれないね。もしくはこの下に何かあるとか」

「何かって、宝物庫とか、隠し部屋とかか?」

僕の言葉を受けて笑う葛城の顔に悪意やからかいはなかった。

「ふむ……これは面白いよ、田所君。紋章の周りを囲むように、一メートル四方の正方形の痕跡《こんせき》がある。巧妙に土でカモフラージュされているけど……ほら」

葛城が指でその痕跡のあたりを引っ掻いた。土の下から、錆《さ》びついた金属製の扉が現れた。

「これは……マンホール、みたいなものかな」

彼は僕に、マンホールの片側《かたがわ》を持つように指示した。持ち上げてみようというのだろう。二人で取っ手に手をかけ、せーの、と声を合わせると、蓋《ふた》が持ち上がった。とても重かったので、蓋を横にズラすようにして動かすことになった。

暗く深い穴が冷え冷えと口を開けていた。葛城がスマートフォンのライトを点《とも》すが、穴の底は見えない。鉄製の梯子《はしご》が延々と下まで続いている。

「どこに続いているんだろうな、これ」

「さあ。財田家に関係のある何かなのかもしれないね」葛城は立ち上がった。「どのみち、いきなり飛び込むには僕らの装備も足りない。どこに続いているのかも分からないし」

マンホールを元に戻し、再び山を登る。

「それで、どうする？　財田雄山の屋敷を見つけたら」

葛城は夢見る少女のように両手を組んで胸の前に掲げた。

「仕事場や書斎を見たい。傑作の数々が、どんな環境で生み出されたか知ることが出来たら……最高だろうな」

僕は口元に笑みが浮かぶのを抑えきれないまま言った。

「聞いてみたいことがたくさんあるな。デビュー作『神の手』は松本清張の『喪失の儀礼』のアレンジを意識したのか、長編二作目『黒い潮流』には、その三年前に発表された西村京太郎《にしむらきょうたろう》の『赤い帆船《クルーザー》』を意識したと思《おぼ》しき箇所があるけれども、偶然なのか……」

「どれもマニア的で、直接聞くには憚《はばか》られる質問だね」

葛城は苦笑した。

「どうせ質問するなら、本人に聞かなければ分からないことを確かめたいよね。例えば、探偵・冠城浩太郎《かぶらぎこうたろう》の最終作の噂《うわさ》とか……」

「ああ、金庫の中に隠しておいてある最終作の話か……」

雄山が僕の編集者にこっそりと打ち明けたのだという。デビュー作の版元でもあり、冠城シリーズを刊行していることもあって、編集者の手に渡ることは内定しているようだ。死後出版の契約も済んでいるという。雄山クラスの作家の遺稿となれば、その経済的価値は八千万円を下らないだろう。

「そのものずばり、クリスティーの『カーテン』『スリーピング・マーダー』の方式だよね」

編集者から、雄山の構想は人伝てに聞いている。

「『悪党の一人称視点と、それを追い詰める探偵・冠城浩太郎の視点を組み合わせて、ピカレスクのロマンと探偵小説の興味を同時に満たそうとした』……これだけでも、そそる筋立てだろ？」

「うん。財田雄山のミステリーの魅力が詰まった最終作になっているんだろうね、きっと」

次第に気分が高揚《こうよう》してきた。

山道を行くと、道端《みちばた》の切り株に女性が一人座っていた。

端整な顔立ちの女性だった。意志の強そうな目をしている。身長が百七十センチはあるだろうか、体型もすらっとしている。青い長袖《ながそで》のシャツに半ズボン、膝下からくるぶしまでを黒いレッグカバーで覆《おお》い、スレンダーな体型が強調されていた。ショートカットが似合っていた。スニーカーを履き、青いリボンを巻いた麦わら帽子をかぶっていた。背負ったザックは小さめだった。五百ミリのペットボトルを四本も入れれば、たちまち満杯だろう。

彼女は切り株に座りながらかがみこむと、靴紐《くつひも》を結びなおし始めた。ザックからペットボトルを取り出し、水滴を指先に垂らして、靴紐の結び目の中心に付着させていた。なんの意味があるのだろう、あれは。

「こんにちは」

葛城はにっこりと笑いながら声をかけた。

女性は顔を上げた。キッと睨《にら》みつける様な表情をしていたので、思わずドキリとした。

「どうも」

その可憐《かれん》な見た目から想像するよりも、彼女の声は随分低かった。地声なのかもしれないが、拒絶の意を表明されているようで、どうにも居心地がよくない。

葛城は後ずさる。わずかにたじろいだ様子だ。

「いい日和ですね」

「全くだ」

「あなたも登山ですか？」

「そうだよ。登山が趣味なんだ」

彼女は葛城の笑顔にもほだされる様子がない。

つっけんどんな態度と口ぶりで、早く立ち去ってくれないだろうか、というメッセージを全身から発していた。

「……そうですか。それでは」

葛城は怪訝《けげん》な表情を見せたが、すぐに彼女への興味を失ったらしい。颯爽《さっそう》とした足取りで車道を登っていく。


「ねえ田所君、本当に大丈夫なんだよね？」

案の定、先に不安を覚えたのは葛城だった。悪いことをし慣れていないのだ。腕時計に目をやるのをとめられないらしい。

山の中腹のススキ野原を抜け、低い木々の間を歩いていた。日陰に入れた分、少し涼しくなった。

「まだバスを降りてから一時間しか経っていない」

「どのくらい登ってきたかな？」

「バス停のあるところから二百メートルの高さを登るから……。半分以上は来てると思うけどな。登りだからキツいんだろう」

自由時間は日中まるまるあるから帰れるだろうが、いつまでも見込みのない旅を続けるのは精神的にこたえる。葛城の手前口には出さないが、僕も不安になってきた。

「時間までに戻れなくても、僕がうまいこと言いくるめるから安心してくれ。せいぜい明日の飯がなくなるくらいだ」

「勘弁してくれ」

葛城は悲鳴のような声を上げた。推理をする時は自信満々なくせに、こういうところは脆《もろ》い。良家のお坊ちゃんであるせいだろうか。

前方から葉がこすれるような音が聞こえ、僕は足を止めた。

次いで聞こえた足音のような音と鈴が鳴る音に、僕の心臓が跳ねた。

「誰かいるのですか！」

足音は足早に走り去り、遠ざかっていった。あれは人間だ。財田家の人のものかもしれない。そう思うだけで希望が胸に湧《わ》いてきた。

「動物か何かかもしれない。そう気を急《せ》かしてもいいことはないよ」

葛城の口調は冷静さを保《たも》っていたが、挙動には隠しきれない衝動が表れていた。

その時、肺臓がスッと冷えたような気がした。空気が変わった？　答えはすぐに訪れた。


——白く強烈な光と轟音《ごうおん》が走った。


頭が真っ白になる。まるで天が落ちてきたような轟音だった。

じいんと痺《しび》れた頭がようやく、雷、という言葉を思い出す。だが、今日は良い陽気の空模様だったはずだ。青天《せいてん》の霹靂《へきれき》だった。音と光の到達時間に差がないから、かなり近くに落ちたことは疑いない。

「今のって」

自分の声が震えているのが分かる。

二度目の落雷があった。耳鳴りが引くと、葛城の声が聞こえた。

「また近かったね」

僕が頷くと、彼は「どうする？　ここは諦《あきら》めて下山するか？」と聞くので、どうしてまた急に、と問い返した。雷には驚いたが、葛城は雷が光ると教室の窓辺に行って音が到達するまでの時間を計測し始めるような奴だ。怖気《おじけ》づいたとは到底思えないのだが。

しかし今は、彼の額に汗がにじんでいる。顔も青ざめ、口調にも焦りが覗いた。

「山の中腹にはススキ野原が広がっていた。もし、あそこに雷が落ちたとしたら、山火事になる可能性があるよ」

「……そうだな。お前の言う通りだ」

僕たちの決断は早かった。

三十分ほど下山して、見覚えのある場所に辿り着いた。

一面のススキ野原が燃え盛っている。前方は見渡す限り炎だ。肌をじりじりと焼かれるような熱さなのに、じわりと冷や汗が流れる。恐怖に身が縮んだ。

その炎の前に、見覚えのある人影があった。ショートカットの女性。登山道で先ほど休憩していた彼女だ。脇道の切り株に腰かけて、呼吸を整えている様子だ。

「あなたは！」

葛城が呼びかけると、彼女は素早く立ち上がり、怪訝そうな顔を向けた。

「……なんだ、さっきの奴らか」

彼女は舌打ちさえした。助けが来たと勘違いしたのかもしれない。

僕らが通り過ぎた後、彼女も山を登っていたのだろう。だが、雷が落ち、僕らと同じように下山を試みていた。そして、この炎の前で立ち竦《すく》んでいる。

説明するのも面倒くさそうに彼女は続ける。

「山を下りるのは無理そうだぜ。ススキだから燃え広がるのが速すぎる。一応、山の裏手から逃げられねーか、獣道を分け入って見に行ったが、ダメだ。山の裏手は切り立った崖になってやがる」

僕と葛城が自己紹介し、相手の名前を問うと、彼女はややぶっきらぼうに、「……小出だ」と答えた。「自分の名前があまり好きじゃないんだ」と言い添えるが、語気の強さがどうにも気にかかった。

「山にはこの車道が一本通っているだけで、ここを下りるか上るかしか選択肢がない、ということですね」

葛城がまとめた。小出は忌々《いまいま》しげに、「そういうことになるよな、やっぱ」と呟《つぶや》く。

やはり、進むことは出来ないのだろうか。一歩、二歩と炎に近付いてみる。すると炎がそれを阻《はば》むように、ごおっ、と燃え上がった。炎は下から上へと舐《な》めるように進んでいる。

「うわっ！」

「田所君、離れるんだ！」

口を開いた瞬間、喉《のど》に煤が入り、ひどくむせた。

「くそっ！」

葛城が忌々しげに言った。

「なんとか突っ切っていけないか？」

「冗談」小出が鼻で笑った。「バス停に辿り着くまでに、煙を吸い込んで倒れるのがオチだ」

「しかし……」

僕は火元に近付いて、抜け道がないか探そうとした。山下から強い風が吹いて、火があおられる。火の粉が舞って、顔をかばった僕の腕に触れた。

「熱ッ」

「無理をするなと言っただろう」

「分かっちゃいるが……他に道はないのか？　ヤバいぞ。昨日からの晴天で、空気はかなり乾燥していた。そこに山下から風が吹き上げてきている。火はあっという間に燃え広がるぞ。条件が揃いすぎている」

「お前の言う通りだ」小出は言って、諦めたように首を振った。「まあいい、俺は登るぜ。ここでこうしていても仕方ないからな」

彼女が俺という一人称を突然使ったのに驚く。

「この山の上に何かあるのですか？」

葛城が問う。「え、それはもちろん」と僕は口に出しかけて、葛城の表情が真剣なのに気付いた。眼光が鋭い。その表情に気圧《けお》され、口を閉じた。

「そりゃ、あるだろ。家の一軒くらい。これだけ立派な車道が通っているんだからな」

彼女は足元の車道を指さし、事もなげに応えた。車道は蛇行して上へと向かっている。下には炎が広がっており、逃げ場がない。進むべき方向は明らかだ。

「家を見つければ、避難させてもらえるだろう」

「警察や消防も、この山に家があると分かっていれば捜索に来るでしょうね。救助のヘリも」

「ヘリが飛べれば、消火剤を投下するとかやりようはいくらでもある。空撮ドローンが飛べば、山の様子が詳しく分かるだろうぜ。俺たちが足で情報を集めるよりよっぽど速い」

小出はやけに詳しいところを見せた。

「そのためには、まずは避難場所の確保だ。とにかく、俺は行ってみることにするぜ。ついてきたいなら止めない」

小出はそう言うと、車道を上がっていった。自分勝手な人だ。こんな非常時に出会ったのだから、せめて一緒に行動すればいいのに。

「……嘘」

葛城が呟く。彼が危なげな足取りで彼女を追おうとするので、僕は葛城の肩を摑んだ。

「待て。今はまずいだろ」

「何がだ？　彼女は嘘をついていた」

小出の背中はどんどん遠ざかっていく。声を聞かれないであろうことを確かめつつ、僕は葛城を諫《いさ》めた。

「今はそんな場合じゃない、って言ってるんだ。目の前の危機から逃げるのが先決だろ！」

葛城はきょとんとした顔をしてから、まるで初めて地上に顔を出したプレーリードッグのようにあたりを見渡した。自分を取り巻く環境に、今ようやく気付いた、とでも言うように。

やはりダメだ。嘘が絡んだ瞬間、こいつは冷静さを失う。いつもは僕の暴走を彼が止めているのに、こと嘘の前では、状況が変わる。

僕はため息を吐《つ》く。少し吐《は》き出《だ》させてやらないと、いずれもっとひどい爆発が来るだろう。「歩きながら話してくれないか」と折れてみせた。

視界に彼女の背中を捉え、一定の距離を保ちながら歩く。くれぐれも声を潜めるようにと、葛城に念押しをしてから、彼の出した結論を話させた。

「まずは靴だ」

葛城は早口で言った。随分と鼻息が荒い。

「歩いた時の様子から気が付いたんだが、彼女の登山靴のソールは、随分と柔らかい。山道には適していないんだ。登山靴は、もう少し固く、足首を固定するものでなければならない。登山が趣味と言っていたが、あれは嘘だ。それならあんな靴は履いてこない。彼女は山に慣れていないんだ」

「それだけでは断定できないだろ。まだ初心者なのかもしれない」

「根拠はまだある。歩き方だ。彼女は踵《かかと》から地面に足を着き、つま先で蹴《け》り上《あ》げるやり方で歩いていた。一般的な歩き方だが、登山には向かない。関節をどうしても痛めやすくなるからね。足の裏全体で着地する、いわゆるベタ足のやり方が身についていない。重心移動もぎこちないようだ」

　山に登る前に葛城から教わったことだ。自分だって山登りが趣味でもないくせに。

「それに、最初に見た時も、今会った時も、彼女は切り株に腰かけて休んでいた。頻繁に休むのは登山の大敵だよ。休むことでむしろ疲れが溜《た》まってしまうんだ」

「今回は仕方ないだろ。炎の中に逃げ道を探っていたんだ。非現実的な事態に、疲れるのも無理はない。第一、登山以外のどんな目的でこの山に登るんだ？」

「僕たちと同じで、財田家が目的だと睨んでみた。だから、彼女が『登る』と言った時、『何かあるのですか？』とカマをかけてみたんだが、うまく話をそらされたね」

　やっぱり狙って言っていたのか。抜け目のない奴だ。

　一方で、と彼は続けた。

「彼女の靴の紐の結び方は実にしっかりしている。編み上げ靴を最もほどけにくい結び方で結んで、紐の結び目に水滴を付着させていた。水をつけることで、乾いた時に紐が縮んで、靴紐がほどけにくくなるんだ。それに、レッグカバーをつけて肌の露出もない。毒虫や蛇への警戒は怠っていない。こういうところが実にちぐはぐな感じがするんだよ。でも、彼女が登山に慣れていないのは間違いない。とすると、何か別の理由があるとしか──」

　彼は目の前に広がる山火事を忘れてしまったかのように、自分の思考を吐き出し続けた。

僕はこっそりとため息をついた。

葛城輝義《てるよし》とはこういう男である。

葛城は謎に——とりわけ、嘘をつく人間に敏感だ。上流社会の子息として生きてきた彼にとって、周囲の人間はいつだって欺瞞《ぎまん》に満ちた存在だった。自分より年嵩《としかさ》の人間が、子供じみた嘘の仮面を被《かぶ》って入れ代わり立ち代わり現れる環境は、彼にとって多大なストレスだった。

そのせいで、彼は嘘に対する過剰な拒絶反応を示すようになった。真実への信仰、と言い換えてもいい。それが彼が探偵を続けている所以であり、同時に、人間としての欠陥だった。裏返して言えば、人が嘘をつかない限り、葛城は探偵としての興味を抱くことが出来ないのだ。

ホームズを例にとってみる。彼がワトソンをアフガニスタン帰りの医者と看破するのは、彼の観察力が鋭いのはもちろんだが、ひとえに、ホームズという男が人を驚かせることが好きだからなのだ。もっと意地悪な言い方をすれば、自分の知恵をひけらかさずにはいられないからである。

ところが葛城という男はホームズとは少しズレている。彼はワトソンを見た瞬間、彼がアフガニスタン帰りであることも、医者であることも、観察によって看破するだろう。だがそれをあえて口にすることはない。自分の中で推理して、検討して、納得して満足する。だが、ワトソンが一言、「この頃はずっと自分の家にいた」とでも言おうものなら、葛城の脳内で疑問が噴出する。「なぜこの男はアフガニスタンに行ったことを隠したのか?」「家にいたことにでもしないと都合の悪いことでもあるのだろうか?」そうなってくると、葛城は真実の徒となって、嘘とその理由を暴《あば》き始《はじ》めるのである。推理を行うことは、彼なりの正義の表明であり、嘘への憎しみの発散なのだ。そうした清廉潔白で、きっぱりとした態度は、僕の尊敬するところだ。とても同い年とは思えない。

それが僕が助手として行動を共にしている、「名探偵」なのであった。

だが、いつでもその振る舞いが許されるわけではない。

「葛城」

僕はぴしゃりと言った。

「推理に没頭するのもいいが、今はこだわりすぎないでくれ。葛城も、自分たちの命が一番大事、ってことには同意してくれるだろう?」

命、という言葉が重く感じられた。そうだ、僕はまだ、彼と二人で生きていたい。

「それは」葛城は言った。「そうだが」

葛城はばつの悪そうな顔をした。

平時は僕も葛城の言動にハラハラしながら一つ一つの推理の内容を楽しんでいるのだが、今は流石《さすが》にその心の余裕が持てないのだ。

両親の姿が脳裏をよぎる。不良じみた振る舞いをしすぎたせいで、最近は放任されている。今僕が巻き込まれている事態を知ったら、どんな顔をするだろうか。

目の前で見た赤々とした炎の恐怖が拭えない。胃のあたりが不安に疼《うず》いた。

途中、一時間ほど登ったところで川に行き当たった。顔を洗い、冷たい水を飲み、少し生き返った心地がした。橋を渡り、更に登っていく。

二十分ほど登ったところで、小出が言った。

「おい、これ見ろよ」

小出が立ち止まっていた。見ると、右の方の道にうっすらと轍《わだち》が二本残っている。分かれ道だ。轍は新しい。この先にも人が住んでいそうだが、来た道よりずっと細い。

「向こうにも何かありそうですね」

葛城はそう言い、「とりあえず大きな道を行って、空振りなら戻ってきませんか」と続ける。

森の中の気温は、湿度の高いじっとりとへばりつくような暑さから、一瞬で喉の水分まで奪われるような熱さに変貌《へんぼう》していく。上へ上へと、火元からだいぶ離れてきたが、火はじりじりと山を登ってきていた。開けたところから振り返ると、バス停のあたりから、財田家の紋章を見た付近を越えて火は進んできているようだ。ススキ野原は火の海と化している。こんな時でなければ、幻想的とさえ感じただろう。

額の汗を拭うごとに、顔に手に煤が擦り込まれていくような気がする。

僕たちは山を登り続けた。そこにあの足音の主がいると信じて……山中に人がいるとすれば、恐らく財田家の人間だ。見つければ、助けてくれるかもしれない。二人の息はどんどん荒くなっていった。弱気になるな、と自分に言い聞かせる。今はただ進むしかない。

生きていたいなら進むしかない。

分かれ道に行き当たってから五分ほどのことだった。

「あ……」

「どうした？」

「葛城……前……」

葛城が前方を仰いだ。

壮麗な三階建ての洋館だった。柱には彫刻が施され、玄関は重厚な木製の両開き戸である。金色のノッカーが目に突き刺さってくるように鋭く光っている。

ノッカーには『財』の文字が刻まれている。

「どうやら……僕らは本当に辿り着いたらしいね。財田雄山の屋敷に」

＊

天利《あまり》つばさは夏の山に分け入っていくのが好きではなかった。

自分以外の生命がそこかしこにいる賑《にぎ》やかさ。万緑の季節に向けエネルギーを蠢《うごめ》かせている山の生命力。それが嫌なのだ。でも、家にいるよりはマシ。だってここにはお爺さんがいない。パパもいない。兄さんもいない。

――いつまでこんな山中の家にいなければいけないの？

不満ならばこのまま逃げてしまえばいいのだ。でも、そんな度胸が自分にないことも彼女は分かっていた。

――爺さんが死ぬまでの間だ、少しの辛抱だよ、つばさ。

――家族にさえ看取《みと》ってもらえなかったら、爺さんが気の毒だろう。

兄さんはよくそんな風にうそぶいてみせる。

お爺さんが死ぬまで――でも、それっていつまで？　夏休みといってもあまりにも長すぎる。つばさたちは、もう一ヵ月も前から山奥の屋敷で過ごしているのだ。

森の木々を掻き分けるように風が吹いて、つばさの少し汗ばんだ肌を通り過ぎた。

彼女はその時、木々の向こうに二つの人影を見た。

――誰？

彼女はとっさに近くの木陰《こかげ》に身を隠した。やましいことなど何もないはずなのに。

若い男の人たちだった。二人組。彼女と同じくらいの年頃だろうか。

一人は百六十センチほどの身長に、あどけない童顔とくりくりとした目が特徴的な可愛《かわい》げのある男子だ。不安げな表情を浮かべている。どこか内気な印象だ。

もう一人は体つきのしっかりした男だ。背筋をまっすぐ伸ばしており、太めの眉に力強さを感じる。彼の方が、もう一方の小さな男子を引っ張ってきた、というような感じだ。

彼らはこっちへ向かってきていた。屋敷の方角へ少しずつ近付いてこようとしていた。

もし、あの人たちが屋敷に来てくれたら……。

彼女はハッと息を呑《の》んだ。

——それって、なんてすてきなことだろう！

彼女は思った——私はきっと、玄関で彼ら二人を温かく迎えて、午後のお茶に招待するんだ。そしてお互いのことを話して、美味《おい》しいお茶菓子を楽しむ。あの人たち、きっと私の兄より若い人だ。ひょっとすると、同い年かもしれない。そうだ、背の高い方の男の子の顔には、にきびが一つ出来ていた……。同い年の異性！　すてきな来訪者だ。代わり映えのしない屋敷での生活に潤《うるお》いをもたらすのに、画期的な刺激だ。

すると、彼女の顔が曇った——兄さん。しかし、兄さんはなんと言うだろう。もしくは、父は。そう考えると暗澹《あんたん》たる気持ちになっていく。彼らが屋敷を訪れたとしても、門前払いせざるを得ないだろう。

彼女はためらいがちに身を起こすと、屋敷の方角へと帰ろうとした。

「誰かいるのですか！」

男の子の低い声がした。彼女の体が跳ねる。逃げなければ、という彼女の気持ちに体がついていかず、つんのめった。ペンダントにつけている鈴が、ちゃりん、と鳴った。

彼女は一目散に屋敷の方へと駆けだした。いざ声をかけられたら怖気づいてしまったのが、彼女には情けなく感じられた。

屋敷の前まで走って帰り、息を整えて振り返ると、彼らの姿はどこにもなかった。心の奥底で、彼らが追ってきていることを期待していた自分に気が付いた。そして今、手ひどく裏切られた様な気持ちになっている、身勝手な自分にも。

彼女が肩を落とした時、雷鳴が轟《とどろ》いた。

その時の彼女は、かなり近くで鳴ったな、と、思っただけだった。やれやれというように鼻を鳴らすと、あとはすっかり興味を失って屋敷に入った。

——ああ、それにしても残念だった。

——あの男の子たちが、何かを変えてくれると思ったのに！

彼女は失望を抱きながら屋敷での日常に戻っていった。

その日、屋敷の戸が叩かれるまでは。

3　館　【館焼失まで30時間21分】

「ごめんください」

僕は重厚な木製の戸を叩いた。僕の声は山に虚《むな》しくこだました。

「まさか誰もいねえってことはないよな」

小出が焦れたように言う。短気な性格らしい。葛城は小出の横でそわそわして落ち着きがなかった。

僕は屋敷を見渡した。まるで城塞だった。

待つのにも焦れて少し外周をぐるりと回ると、屋敷の四隅《よすみ》に尖塔《せんとう》のようなものがあるのも分かってきた。最上階にはどうやら部屋があるようだ。とはいえ、三階建ての建物に、四階部分が付属しているくらいのサイズ感であり、周囲の木々の方が背が高い。あそこから救援を求めることは不可能だろう。

「遅いね」葛城が焦ったように言う。この非常事態で、彼も冷静さを欠いている。普段は冷静沈着だが、お坊ちゃんなのでイレギュラーには弱いのだ。

「大丈夫だ。少し落ち着こう、葛城。こういう時はどーんと構えておくもんだ」

内心の怯《おび》えを誤魔化すように言った。こういう時、ただの高校生にすぎない自分の無力さを思い知る。

五分ほど待っただろうか。突然戸が開くと、中から男が顔を覗かせた。「ようやくお出ましだな」と小出が呟く。

わずかに開いた戸の隙間から見えたのは、随分陰気な男だ。五十代半ばだろうか。猜疑《さいぎ》心《しん》の強そうな目をして、濃い口ひげをたくわえている。ドアノブを握っている右手は節くれだっていた。

彼の返答は口を開く前から予想できた。つまり。

「お引き取りください」

顔に黒い煤までつけた僕らは不審者にしか見えないのも事実である。しかし、ここで「そうですか」と引き返すわけにはいかない。

「突然の来訪、大変失礼いたしました」

僕は少し明るい声を出しながら、さりげなく足を戸の内側に滑り込ませた。

「ですが、僕たち、とても困っているんです。今、山火事が起こっていて……」

「山火事？」

男が眉をひそめた。

「ええ。つい一時間ほど前になりますが、雷が鳴ったのをご存知でしょうか？　あの落雷で、どうやら……」

「そういえば」男は口ひげを撫《な》ぜた。「あったような……ええ。ありましたね」

「それで僕たち、火に巻かれそうになって逃げてきたんです」

男は僕らの顔の煤に、まるで今初めて気が付いたとでもいうような顔をした。

「下山しようと試みたのですが、うまくいきませんでした」

「つまり、もう火の手が回っている、と？」

「はい。ですが、まだ火は歩いて一時間半以上先の位置だと思います。僕らが煤塗れなのは、火元から逃げてきたからで、この周囲はまだ安全です。一メートルくらいの幅ですが、周囲は土が露出しています。そこを越えてくることはないかと。当面は安全でしょう……」

本当にそうか？　風は山下から吹いている。頂上まで火が登って来るのに、実際にはどれくらいの猶予があるだろう？

「てなわけだ」小出が横から口を挟む。「俺もこいつらもほとほと困っている」

「ひとまず状況が分かるまでの間、避難させてください」

男は値踏みするように僕たちを見つめていた。どうにも雲行きが怪しい。

男が口を開きかけたその時、鈴の鳴る音がして、女性の声が聞こえた。

「いいじゃない、パパ。私もさっきの雷を聞いたし、窓を開けていたらなんだか焦げ臭かった。その人たちの言っていること、本当だよ。こんな山の中で女性と男の子二人じゃ心細いだろうし、ひとまず、中に入れてあげない？」

男はばつの悪そうな顔をして、

「ちょっと失礼」

と扉の向こうに顔を向けた。

男と彼女は囁き声でやり取りをするので、ところどころしか聞き取れない。

葛城が僕の方を向き、小声で話しかけてきた。

「彼女、あの足音の主らしいね」

「どうしてそんなことが分かる」

いつもながら、いきなり結論だけを叩きつけてくるので僕は困惑した。

「あの時、彼女の声を聞いたわけでもないじゃないか」

「僕の声を聞いていないのは彼女も同じさ」

それなのに、と葛城は続けた。

「今、彼女は確かに『男の子二人』と言ったんだ。僕はまだ声を一度も発していない。僕から扉の向こうの彼女の姿が見えないんだから、彼女にも姿は見えていないはずなのに」

「あ」

「つまり、彼女は今より前に、僕らの姿をどこかで見た、ってことだよ」

彼と一緒にいると、つくづく自分の目が節穴なのではないかと思ってしまう。彼の指摘することは、言われてみれば単純なことで、なぜ自分で気が付けなかったかと歯嚙《はが》みするようなことばかりなのだ。

「お前、随分と細かいことに気付くんだな」

小出がヌッと顔を覗かせる、聞かれていたらしい。葛城はびくっと肩を震わせ、「はあ、どうも」と気弱な返事をした。

出し抜けに扉が大きく開いた。

「……どうぞ、おあがりください」

中年の男はどこまでも陰気にそう言った。ボタンダウンのワイシャツとジーンズで無難《ぶなん》にまとめている。口ひげを除けば、最低限の清潔感は保たれていた。それなのに、どうして胡乱《うろん》に見えるのか。猜疑心の強そうな目のせいだろうか。

「先ほどは失礼しました。申し遅れましたが、財田貴之《たかゆき》と申します」

男は軽く会釈した。上から下までなめ回すような、冷たい視線が怖かった。

「へえ、あんたが……」

小出はそう呟いた後、すぐに口を閉じた。思わず口に出してしまった、という感じだ。今の反応は、個人的に貴之のことを知っている、ということなのだろうか。葛城の見立て通り、やはりこの館に目的があったということか？

邸内もまた、外見と同じく荘厳だった。高い天井からぶら下がったシャンデリアが煌《きら》めき、訪れた客をもてなしている。玄関に隣接したホールには、羅紗《らしゃ》張りのソファと重厚な木製のローテーブル、ガラス製の綺麗な棚、金色の額縁に飾られた絵。

「あら。そんな顔をしないでよ、パパ。非常時なんだから、助け合わないといけないでしょう？」

僕は一瞬で目を奪われた。

彼女は柔らかな微笑みを浮かべていた。あどけない童顔と小さな体に、大人へ成長しつつある青春の情動が閉じ込められている。いかにもな白のワンピースが、彼女の雰囲気にはしっくり来ていた。クラスにいたら高嶺《たかね》の花と遠くから見るばかりで、話しかけるのさえためらうような女性だ。僕は山火事のこともふっと忘れて、目の前に現れたこの天使への感慨に浸ってしまいそうだった。どこか芝居がかった屋敷の中でも、彼女は確かに「絵になって」いた。

「まあ、立ち話もなんですから。どうぞお掛けになってください」

そう言って、貴之は僕らをホールのソファに促した。僕、葛城、小出、貴之、少女の五名が思い思いにソファに腰かける。ホールの電灯はまだついている。電気は通じているようだ。

少女は身を乗り出して、小出にうっとりとした目線を向けた。

「あなたって、なんだかボーイッシュで素敵ね。憧れちゃう」

「へえ、そうかい？」不敵に微笑む小出の表情はキザだったが、どうにも声音が不機嫌そうだった。もともとの性格なのだろうか。

「やけに騒がしいと思ったら、客か？」

ハスキーな男の声が階段の上から聞こえた。

見ると、男が一人立っている。身長は僕より低いくらいで、百六十センチもないだろうが、口の端《はし》に浮かべた、自信ありげな笑みが印象的だ。年の頃は二十代後半から三十代前半だろう。折り目のついたカッターシャツの胸元から、シルバーのネックレスが覗いていた。

「文男《ふみお》兄さん」

女の子が立ち上がって、男の傍《そば》に歩み寄った。

「山火事があって、皆さん避難されてきたの」彼女は抜け目なく言い添える。「パパのお許しはもう出ているから」

「……父さんがね。珍しい」

彼は少し険《けわ》しい顔をして、貴之を見ていた。貴之は首を振る。文男はなおも貴之に視線を落としていたが、おもむろに元の微笑みに戻った。

「ああ、自己紹介がまだだったか。僕は貴之の息子で、財田文男だ」

「私もまだ名前は言ってなかったね。つばさです」

「田所信哉《しんや》。K高校の二年生です。受け入れていただきありがとうございます」

「……えっと、葛城輝義です。同じく、K高校の二年生」

「……小出」

小出はぶっきらぼうに名字だけ名乗った。やはり下の名前を言う気はないらしい。

「よろしく。……それにしても、山火事とは参ったね。葛城君と田所君、小出さんは、外の様子を見てきているんだろう。火事の状況はどうなっているのかな。聞かせてほしいな」

文男は優しげな声で言った。葛城は人見知りで、小出はむっつりと押し黙ったままだったので、主に僕が説明を引き受けることになった。

「ふむ……」貴之が頷いた。「確かに火の回りは早いようだ。だが、ここから麓《ふもと》のバス停までは歩きで二時間半以上の距離がある。ここに火が回るより、消防の出動の方が早いだろう」

貴之は口ひげを指で撫ぜて言う。

「今はまだ電気が通っているが、私は地下の非常用電源の状況を確認しておこう。つばさと文男は、あとで各部屋のバスタブに水を張っておきなさい。助けが来るまでの間、水の確保は最優先だからね」

貴之は先ほどまでと打って変わって、テキパキとした、頼れる大人の風格を現してきた。

「この家に、外部との連絡を取る手段はねえのか？　電話とか……」

「固定電話はもう使っていない。祖父の使っていた古い黒電話があるだけでね。家人全員が携帯電話を持っているから、別段不便はなかったんだが……うん。携帯も、僕のは圏外のようだ。ＳＮＳでのメッセージも送れない」

文男は二つ折りの携帯を開きながら、首を振った。

「僕も同じです。山火事のせいで、アンテナが先にやられたのかもしれませんね」

葛城が自分のスマートフォンを僕に見せてくる。「僕も同じだ」と応じた。

「この分だとインターネットも駄目か。テレビや無線も置いていないしな。情報を集めるだけなら、倉庫に古いラジオがあったと思う。あとで使えないか調べて来るよ」

文男が安心させるように笑いかけた。

「電気も引いているわけだから、一日もしないうちに助けが来るだろうさ。幸い、食料や飲み水もこの人数を賄《まかな》うだけは貯めこんでるよ。安心してくれ」

その一言でようやく、緊張が解けた。ソファに重く身を沈めて、ため息を一つ。貴之の胡乱さや、文男たちの含みのある会話とか、不安はあるが、彼らも頼れる大人なのがよく分かった。大丈夫。僕らは生き延びたんだ。実感が湧いてくると、安堵が体を満たした。

「話は終わった、パパ、兄さん？」

女の子は僕らの座っているソファの後ろから、ひょこっと顔を出すと、僕と葛城の顔を至近距離から見つめた。顔かたちの良さが分かり、思わずドギマギする。

「ね、ね。二人とも高校生なんだよね。どうしてこんなところまで来たの？」

「つばさ。こんな時に、どうしてそんなに呑気《のんき》なんだ」

文男は苦笑している。

「だって、兄さんの言う通りなら、助けが来てくれるんでしょう？　それなら心配している時間の方がもったいないもの。ね。さっき、高校二年って言ってたでしょ。私も同い年なんだ。それで、どんな用事があったら、こんな山まで来るのか、気になっちゃって」

葛城は生来の人見知りを発揮して、一向に返事をしようとしない。

「勉強合宿の休み時間に来ただけなんだ」

宿舎の同級生たちのことが頭をよぎるが、バス停から宿舎までは四十キロ離れている。皆は無事だろう。落雷と山火事のことに気付き、緊急で点呼が取られているかもしれない。だとすれば心配をかけている頃だろう。

「すごい、じゃあ田所君の学校、進学校なんだ！」

「そんなこともないよ」僕は謙遜《けんそん》した。「つばささんのところはないの？」

彼女は顔を俯《うつむ》けた後、「そういうのは、ないかな」と答えた。どこか遠いところを見るような目をしていた。それが寂《さび》しそうに見えて、興味を抱いた。

「でも、合宿を抜け出してどうしてこんなところまで？　あ、もしかして、おじいちゃんが目的？」

「何？」文男の目つきが鋭くなった。「本当かい？」

僕は図星を衝かれ、文男の反応にも動揺した。「僕と葛城は、実は財田雄山先生のファンなんです。ノッカーの『財』の文字を見た時に、まさかとは思ったんですが」

葛城がじろりと僕を見る。つまらない嘘だね、とでも言いたげだ。

「そうだったのか。そりゃ、面白い巡り合わせだね」文男は言うが、その目は笑っていなかった。「だが——残念だな。今は祖父に会わせることが出来ないんだ。避難所を提供するだけで、ひとまずは満足してくれ」

会わせられない？　どういう意味なのか聞こうとしたところで、文男が突然立ち上がった。

「とりあえず男二人を手洗いに連れていこうか。顔を洗うといい。小出さんはどうする？」

「俺はとりあえず休ませてほしい」

小出は疲れ切った表情をして、ソファにごろりと横になった。

「小出さん。ベッドのある客間にご案内しますから、何もそんなところで」

つばさが慌てたように小出に駆け寄り、世話を焼いていた。

「……今は非常時です。葛城君。田所君。それに小出さん。あなた方三人の滞在を認めましょう。それぞれに二階の客間を用意します」

ただし、と貴之は重苦しく告げた。

「あなた方が立ち入っていいのは、二階までです。三階には我々の居室がありますのでね。みだりに立ち入らないようにお願いしますよ」

口調こそ丁寧だったが、有無を言わせぬ響きがあった。

「さっきは父が済まなかったね。自分の娘に悪い虫がつかないか、心配してるのさ」

文男、葛城、僕の三人でホールを離れると、文男は取りなすように言った。

果たして、そんな理由だろうか。貴之の発言にはもっと重大な意味があるのではないか。例えば、三階に何か秘密がある、というような……。

一階の廊下には高級そうな赤い絨毯《じゅうたん》が敷かれ何枚も絵が飾られていた。名家の息子として教養を叩き込まれている葛城に小声で確認すると、やはり相当な芸術品が並んでいるようだ。

「あ、そこ気を付けなよ」

「え」

文男の声を聞いた瞬間、右足がずんと沈みこんだ。体が突然のことに反応出来ず、上半身が前につんのめった。絨毯に倒れ込むと同時に地響きのようなものを体に感じた。

音のした方を見ると、天井から床までもある大きな絵画が背面に開き、その向こうに空間が広がっていた。

「これは、すごいですね」と葛城は嘆息していた。

文男は乾いた笑い声を立てた。どこか自嘲的な笑みだ。

「この屋敷の随所に、こうした子供じみた仕掛けが造られている。どんでん返し、隠し通路、吊り天井、部屋ごと移動する巨大なエレベーター……意味もなく、ただ訪れた者に混乱を与えるためだけに造られた様な館だよ」

「それはまたなんとも。随分お金がかかったでしょう」

「金だけはあり余っているようだからね」

文男は皮肉めいた笑みを浮かべた。

雄山は押しも押されもせぬ人気作家である。自分の稼ぎと相続で得た金を合わせ、このような道楽に及んだという。

「それで？　この奥には何があるんですか？」

「……顔を洗いに行くんじゃなかったかな？」

「でも葛城、こんな面白いもの見せられて我慢出来るのか？　しかも憧《あこが》れの作家の自宅なんだぜ。見ないって手はないだろう！」

「……君といると」葛城が呆れたようにため息をついた。「思い悩むのが馬鹿らしくなるよ。僕たちはさっきまで、命の危険に晒《さら》されていたはずなんだけどね」

そこは四畳半もないほどの手狭な空間だった。明かりは電球一つで、随分昔に替えたきりなのか、かなり薄暗い。

その空間の半分余りを巨大な二台のウィンチが占めていた。薄明かりの中で鈍く光っている。錆びついたワイヤーが巻き取られ、何かを支えているようだ。巨大な機構の一部とでも言っていいようなその威容に、圧迫感を覚える。

「このばかでかい機械は一体……？」

「この隠し部屋の裏手にある部屋に、吊り天井が仕掛けられているんだ。一階から二階までぶち抜きの大広間さ。その天井を吊っているウィンチだよ」

吊り天井を支えている、と思えば、この巨大さも理解出来る。

確かこの部屋の真上の三階は、つばさの部屋だったかな、と文男が呟く。

「吊り天井の部屋は天井全体が落ちるようになっているから、中にはなんの家具も機材も入れていない。ただ、天井を吊り上げるための装置は、どこかに必要だからね。そこで、ここに瘤《こぶ》のように別の部屋が用意されているわけさ」

随分と金のかかった趣向である。

「一度だけ降ろしてみたことがあるが、間抜けなことに、部屋の扉は内開きでね」

「すると、天井を降ろすと、扉を開けられない、と？」

葛城があんぐりと口を開けて言うと、文男は頷いた。

「設計ミスなのかどうかは分からないが、ね」

「この分だと本当に、屋敷全体に複雑に仕掛けが張り巡らされているみたいですね」

顔を洗ってホールへ戻る途中、葛城は言った。

「ああ。僕も把握しきれていないくらいだよ」

文男の言葉に少し考え込むような表情を浮かべてから、葛城は言った。

「……もしや仕掛けの中に、山の外まで脱出出来る隠し通路はないですか？」

「山の外までって……裾野の方までってことか⁉」

その突拍子もないアイデアに僕は驚いた。

「どうだろう。いくらなんでも、そんなに巨大な隠し通路があるとは知らないが」

文男は顔をしかめていた。

「この屋敷へ来るまでに、バス停から登ったところで財田家の紋章を見かけたのです」

「紋章？」

文男は、聞いたことがない、というように首を捻《ひね》った。

「はい。草木に隠れるようにして、紋章の入った正方形の金属製の扉があったのです。マンホールのようでした。その下の縦穴には地下へ延びる梯子がありました。もし、あそこまで地下に通路が続いていたとすれば……」

葛城がなぜ突拍子もない隠し通路の話などし始めたのか、それで分かった。

「この山火事から……脱出出来る……！」

僕の言葉に葛城は深く頷いた。

「誰か、この屋敷の仕掛けの全容を把握している人はいないのですか？」

葛城が言うと、文男は悩ましげに首を振った。

「祖父は施工当時、設計に参加していたが、もはや恍惚《こうこつ》の域に入っていて覚束《おぼつか》ない。しかし……隠し通路か。たしか、設計当時の図面にそんな記述があったな」

文男の声音には興奮が感じられた。その熱は僕らにも伝わる。

「図面はどこに？」

「確か……うん。探してくるから、ちょっとホールで待っていてくれるかい？」

階段を上がって三階に向かった。

文男の背中が見えなくなると、僕は葛城に「どうする？」と小声で聞いた。

「おい、まさか。ついていくつもりかい!?」

「入るなと言われたら入りたくなるのが人情だろう。それに、三階に家人の居室があるなら、雄山もいるはずだ。僕らの当初の目的は雄山だっただろう？」

「それはそうだが、貴之氏の言葉に逆《さか》らって、追い出されでもしたらどうするんだ！」

葛城は体を大きく震わせた。

「それならいい。僕だけで行ってくるから、葛城はホールで休んでいてくれ」

「ちょ、ちょっと田所君――」

追いすがるような葛城の声を背に、僕は階段をそっと上っていった。

廊下に、雄山の部屋、遊戯室《ゆうぎしつ》、シアタールームなどの表示が見えた。階段ホールの左手には文男の部屋が見える。左手の廊下の奥は別の人の部屋に続いているようだ。

雄山の部屋の扉は半開きになっていた。部屋の中から本の匂《にお》いがして、ここが財田雄山の部屋なのだ、という思いを新たにする。部屋に入ると、もう一つ扉があった。今いる部屋が仕事場で、扉は寝室に続いているらしい。

「お爺ちゃん、お客さんが来たよ。今日は賑やかになるね」

優しげな文男の声が聞こえた。家族の温かい会話に思わず笑みがこぼれる。期待に胸が躍ってきた。話が出来なくてもいい、せめて、一目見るだけでも……。

「え――」

目の当たりにした光景に、思わず声が漏れる。口を押さえたが、もう遅かった。

ベッドの傍に立っていた文男が、素早くこちらを見た。僕を鋭く睨みつけ、「君、どうして」と厳しい口調で言った。

「ごめんなさい！　僕、一目お会いしたくて――」

「……ああ」文男の雰囲気が少し和らいだ。「君は祖父のファンだと言っていたね。僕も注意が足りなかったよ。鍵《かぎ》をかけておくんだった」

「あの、雄山さんは」

「見ての通りだ。去年からこの調子だよ。話をすることは出来ない」

雄山はベッドの上に横たわったまま、規則的な呼吸を繰り返していた。

最新の著者近影は七年前の新刊に載ったものだったろうか。ロマンスグレーの髪を撫でつけ、丸縁のメガネの向こうで快活そうに笑っていた写真である。ふっくらとした頬《ほお》と大きな手には成功者特有の自信が覗いていた。

今、目の前に横たわる痩《や》せこけた老人とは、まるで別人だった。人は老いるという当たり前の事実が、僕をすっかり打ちのめした。

「今はもう寝たきりだね。週に一回往診の先生に来てもらって、あとは家族でやれることをしている。家で死ぬのが祖父の望みだったからね。父も休暇を取ってここで看取ろうとしているのさ。妹は夏休みだけの臨時だね。僕もまとまった休みが取れたから来ただけで、来週には職場に戻る」

文男は薄く笑った。

「探し物の前に、ちょっとだけいいかな」

僕はどこか圧倒されたまま頷いた。文男は雄山のテーブルの上から血圧計を取り上げた。

「往診が来られない間は僕が代わりにバイタルを取っているんだ」

掛け布団の下から取り出した雄山の右手に、大きなペンだこがあった。雄山はずっと、手書きで原稿を書き続けたという。今はこの手で物語を紡ぐことが出来ないのだと思うと、切なさに胸が締め付けられる。文男は甲斐甲斐《かいがい》しく尽くしていた。

「……文男さんは、雄山さんの小説を読んでいますか？」

不意に尋《たず》ねたくなって、僕は聞いた。文男の瞳《ひとみ》が揺れたように思った。

「……僕はあまり、ね。そりゃあ、何冊かは読んだことがあるよ。でも僕にはあまり楽しめなくてね。祖父と日ごろ接していると、ロマンチストなところが、鼻につくんだ。例えば、この館の別名、知ってるかい？」

「いえ」

「じゃあ、『推理小説には落日の時代が……』って言葉は？」

僕が頷くと、「さすがファンだね」と文男は苦笑した。

「あの言葉から取って、祖父は『落日館』なんて呼んでいたんだよ。それも嫌いだった」

落日館。僕はその言葉を反芻《はんすう》した。探偵作家の終《つい》の棲家《すみか》としては、詩情がくどすぎるように思った。

文男は振り返って、微笑んだ。

「ここに入ったこと、父には内緒にしておくよ。こんな祖父の姿はあまり見せたくなかったが、見られたからには仕方ない。……さあ。探し物をしようか。手伝ってくれるかい？」

僕は文男の気遣いをありがたく思ったが、僕の勝手な行動に内心は怒っているのか、その笑顔からだけでは判断がつかなかった。

部屋の中を探し始めると、まず圧倒されるのは壁面にずらりと並んだ本棚と、そこに並んだ資料用の書物だ。どの作品で参考にしたものか、おぼろげにだが分かる。江戸川乱歩《えどがわらんぽ》と横溝正史《よこみぞせいし》の初版本がここに並んでいるのは、雄山自身、何度も参考にしたからかもしれない。もはや彼はそれらを読み物としてではなく、資料として研究していたのだ。

書棚の一隅には、大判のファイルや評論本などが並ぶ。酒鬼薔薇《さかきばら》、という文字が見える。評論本は連続殺人鬼について扱ったものであり、ファイルの中には当時の新聞記事などのスクラップが挟まっていた。雄山は殺人鬼の心理を描いた犯罪小説も多く書いていた。実際の事件は、彼にとって大事な取材対象だったのだろう。

机の上には原稿用紙が広げられ、そこで仕事をしていた一人の男の気配が留《とど》められていた。壁に所狭しと貼《は》り付けられたカレンダーとメモ書きもその印象を強めている。

机の下には予想外の物体があった。

「これは……」

大きな金庫である。机の下の空間に、四十センチ四方ほどの大きな金庫の扉が見えていた。奥行きは机と同じで、五十センチほどになるだろうか。

死後出版契約が結ばれているという最終作の噂がよぎった。

「うーん。図面を見た時に、下に戻したのかもしれないな。一階にも祖父の書斎があるんだ」

僕は未《いま》だに雄山の姿から受けたショックを拭いきれずにいたが、ファンとしていずれは向き合わなくてはいけなかったことだろう。しかし、一階まで降りる自分の足取りが重いことに気付かずにはいられなかった。

一階に降りると、葛城がいたので合流する。文男は「ダメだろう。お友達をちゃんと見張ってくれないと」と冗談めかした口調で言った。葛城は首をすくめて、「……申《もう》し訳《わけ》ありませんでした」と身をこごめて謝っている。

「葛城が謝らないでくれよ。僕が悪かったんだから」

「葛城君も書斎においでよ」

文男についていきながら、僕は葛城に三階の状況を伝えた。葛城も雄山の現状の話には目を瞠《みは》っていたが、黙り込んでいるので何を考えているかは分からなかった。

彼は一階の階段の隣――書斎に僕らを案内した。扉の反対側に机と椅子《いす》が一組あるほかは、壁四面を本棚が覆いつくしている。文男は何やら目的のものを探し始めたが、僕の目は書棚のコレクションに釘付《くぎづ》けだった。

「おい葛城、すごいぞ、これ……」

僕は声を潜めた。

「うん……サインよりよっぽど価値がある眺《なが》めだよ」

財田雄山の全著作、全バージョンの初版から、彼が解説を執筆した文庫本の数々、エッセイや小説連載を収録した雑誌の山……。新聞連載もファイルにとじ込まれており、雄山の故郷である和歌山の地方紙に連載された『黒衣のマリア』まで揃いで残っている。『黒衣のマリア』は連載時の結末に納得のいっていなかった雄山が、単行本を出す際に真犯人やトリックを大きく変更した作品であり、時間さえあれば単行本版と矯めつすがめつ読み比べたいほどであった。

本棚の下から二段目に、大きな額に大判の白黒写真が飾られている。財田雄山のデビュー作の受賞記念パーティー。その集合写真のようだ。昭和のミステリー史に名を残した人々や、雄山の大先輩が居並ぶ、資料的価値も高い写真だ。サイズはA3ぐらいだろうか。大判の写真に引き伸ばして飾っているのだから、雄山にとってもこの日は、原点の日として意義深い、ということだろう。

山火事が鎮火されなければ、このコレクションも焼失することになるのだろうか——。僕は自分の命の危機を一時忘れて、そんな物思いに沈んでいた。

資料庫として使われていたのか、書き物机の上には、雄山がそのまま放置したとみられる本が積み上がっている。机の天板も見えないほどだ。

「あったあった。これだ」

文男の声に我に返った。

彼が書斎の机から取り出して見せたのは、どうやらこの屋敷の図面のようだった。三階建てを上から俯瞰《ふかん》した平面図と、全体を横から見た図の四枚。

「見てご覧よ」

文男が指さした図面を見る。館の全体を横から見た図面だ。館の下部、地下に当たる部分に、「隠し通路」と書き込みがあった。鉛筆書きで、うっすらと。

呆気ない。どこか嘘くさい雰囲気もある。

「館の地下部分に書いてあると言うことは、通路は地下に延びているとみていいだろうね」葛城が言った。「山中のマンホールの下にも、縦穴が延びていた」

「館の地下から、あそこまで出られるってことか？　山中をほとんど横断する通路じゃないか」

葛城が考え込む仕草をする。

「恐らく、天然の洞窟を通路に利用しているんだろう。一から設計したと考えるには無理があるからね」

「洞窟か」

僕は途端に心が浮き立つのを感じた。だって、洞窟の冒険だなんて、江戸川乱歩か横溝正史の世界じゃないか。火事のことを忘れたわけではないが、館に辿り着けて気が緩んでいるらしい。

「まあ」文男が肩をすくめた「明日には助けが来るだろうから、隠し通路を探すまでもないだろうがね。だが、なかなかロマンがあると思わないかい？」

文男は悪戯っぽく笑う。僕と葛城も顔を見合わせて笑った。

助けは来る。そう信じていても、目の前で見たあの炎の恐怖は拭えない。僕は心に湧いてくる不安を押し留めながら、「隠し通路」の文字に目を落としていた。

「それにしても、洞窟か。すごいな。考えたこともなかったよ。葛城君は頭が柔らかいんだね」

「なにせ、探偵ですから」

僕は自慢げに答えてしまう。すると、文男が「探偵？」と怪訝そうな声を上げた。振り返ると、眉根を寄せて目をすがめ、鼻白んだような顔をしている。

「探偵……ね。まさかそんなものがいるとは。お二人さん、高校生じゃなかったっけ」

葛城が何か言い返そうとしたので、間に割って入り、「学校で起きた事件を、いくつか解決したことがあるんですよ」と答える。文男の反応が気に障ったのかもしれないが、「探偵」がいつでも歓迎されるとは限らない。だが、彼にとっては生き方を否定されるように感じるのだろう。

「ハッハ、そりゃすごいな。助けを待つまでの間、聞かせてもらいたいところだね」

文男は軽い口調で言う。爽やかな笑みを浮かべているが、一瞬感じた雰囲気の変化を忘れることは出来なかった。

4　再会【館焼失まで28時間26分】

一階の廊下に出ると、ホールからつばさが現れた。お盆を胸に抱《かか》え、どこかウキウキした表情である。

「あ、兄さん！　葛城さんと田所君も！　お話は済んだのね」

「つばさ、何かあったのかい？」

「お客さんが増えたの！　女の人と、男の人が一人ずつ。私、今から二人の分の飲み物を用意するところ」

「随分と嬉《うれ》しそうですね」

僕が言うと、つばさはスッと近付いてきて、「あのね」と内緒話でもするように言った。甘い匂いがして、耳元で囁かれ、体が硬直する。

「すっごく綺麗なの」

「え？」

「その女の人」つばさは頰に手を当て、うっとりしたような表情を浮かべていた。「肌は陶器みたいに綺麗だし……でもそれだけじゃないの。スーツもピシッと着こなしてて、すっごくクールな大人の女性って感じ。ああ、お化粧の仕方とか、教えてもらえないかな」

「つばさ。お客さんが待ってるんだろう」

「はあい」とつばさは不満げに応じると、食堂に消えていった。

「……あいつ、本当に事態が分かっているのかな」

小さな舌打ちが聞こえた。つばさの背中を見つめる文男の顔はどこか険しい。

「まあいい。美人なら一目拝むとしよう。隠し通路のこともみんなに伝えないとな」

僕らはホールに向かった。


ホールのソファに腰かけていた女性は美しかった。そして彼女を見た瞬間、僕は喉が急速に干上がっていくのを覚えた。

一言で表すなら——幽霊のような女性だった。

小さな鼻と弛緩《しかん》した唇《くちびる》、伏し目がちの瞳の傍には小さな泣きぼくろが存在を主張している。髪は肩口で切り揃えてあり、黒のスーツも見事に着こなしていたが、幽霊という印象を得たのは服装のせいだけではなかった。

目だ。

彼女の目には意志が感じられなかった。うつろな目。目の前の僕らに焦点を結んでいないように見える。もしかすると、山火事の山中を歩き回り、一時的に疲弊しているだけかもしれない。だが、彼女の目は、もう何年もの間そうしているような気がした。

しかし、彼女を幽霊と感じたのは、もっと大きな理由がある。彼女の以前のことを知っていたからだ。彼女の目が強い意志に光っていた時のことを知っていたからだ。

まさか、こんなところで再会するなんて……。

僕の動揺が伝わったのか、葛城が僕に視線を向けるのが分かった。じっとりと首筋が濡《ぬ》れる。

「やあ、あなたが新しいお客さんですね」

文男が朗《ほが》らかな口調で言うと、彼女は静かに顔を上げる。幽霊の気配がふっと和らいで、彼女の口元に笑みが浮かんだ。

「初めまして。今日は受け入れていただいて感謝しています。私、XX保険会社で調査員をしております、飛鳥井光流《あすかいひかる》と申します」

名前を聞いて再度、確信が深まった。

彼女の言葉は流暢《りゅうちょう》であり、表情には笑みと、どこか追いすがる様な懇願《こんがん》の雰囲気を巧《たく》みに浮かべていた。僕はそれだけにぞっとする。彼女の持つどこか冷たい雰囲気は、少しも変化することがなかったからである。

「ああ、どうか堅苦しい挨拶《あいさつ》はやめてください。困った時はお互い様ですよ」

文男は先ほどまでの態度とは一転、爽《さわ》やかな口調で話している。

彼女の隣にはもう一人、陰気な男が座り込んでいた。上に水色のシャツを着て、だぶついたスウェットを穿《は》いている。着の身着のままで逃げてきたという印象だ。きょろきょろと辺りを見渡して、落ち着きがない。

「ああ、こちら、久我島敏行《くがしまとしゆき》さんです」

久我島は僕らの気配に気付いていなかったのか、跳ねるように顔を上げ、いかにも小心者そうに首をすくめた。

「久我島さんの奥様の契約のことで、久我島さんの家に訪問をさせていただいていた折に、山火事に巻き込まれてしまったのです」

「ああ、あの家の。ここから歩いて五分くらいのところにお住まいでしたね。奥様はご一緒じゃないのですか?」

「今日は奥様は山の麓の町に買い出しに出られていたようで、火事には巻き込まれずに済んだと思われます」

「ああ、栗子《くりこ》。無事でいてくれればいいんだが……」

久我島がうわごとのように言った。

「救助のヘリが来るならこの館だろうと思い、久我島さんと上がってきました」

「あ、飛鳥井さん」久我島は飛鳥井を見やった。「私はどうすれば」

飛鳥井は目をすがめた。鈍重な動きで久我島に向き直り、自分の子供をなだめる母親のような口調で言った。

「……奥様のことは心配ですが、無闇に探し回るのは危険です。ご主人が家にいないとなれば、奥様も財田家に避難したと分かるでしょう。ここは財田様のご厚意に甘えて、救助を待ちましょう」

「はい、はい、そうですよね」

久我島はしきりに頷いていた。自分でもそう考えていました、と声高に言うような態度に辟易《へきえき》した。今日出会ったばかりだろう飛鳥井にここまで頼りきる、彼の情けなさにも。指針を与えられないと不安で仕方ないのだろう。まだ見ぬ彼の妻の性格が想像できる気がする。

飛鳥井は途端に顔を歪《ゆが》め、くしゅん、と口元を押さえた。

「汗をかいて体が冷えたのでしょう」貴之が言った。

「私ので良ければ、着替えをご用意しますよ。さあさあ」

つばさが飛鳥井に声をかけた。飛鳥井は微笑んで、「助かります」と頷いた。

雄山を除く全員がホールに揃ったタイミングで、隠し通路の推測の話をした。

「マジかよ。それが本当なら、すぐにこんな山から脱出出来るじゃねぇか」

最初に食いついたのは小出で、つばさも「わくわくしますね」と場違いなほど無邪気な反応を返した。

「夢物語ですね」

貴之は鼻で笑った。

「図面の記述は私も見ていますが、本当にそんなものがあるとは信じられません。それに、救助が来るのですから、強いて探す必要もないでしょう」

「まあまあ父さん。もし本当にあるなら、色々と面白そうだと思わないか？」

文男と貴之はしばらく見つめ合った後、唇を引き結んで頷き合った。親子の間でどんな無言のやり取りがあったのだろう。

「……助けを待つ間の、暇つぶしにはなりますか」

「よし、それじゃあ、手分けをして……」

「あの」

出し抜けに沈黙を破ったのは久我島だった。目が泳いでいる。

「実は、家まで通帳や妻のアクセサリーを取りに戻りたいんです。服もそのままで来てしまいましたから。どうにも、飛鳥井さんの訪問を受けた時は、火事に巻き込まれて焦っていたもので」

　隣で聞いていた文男があんぐりと口を開けた。飛鳥井も目を丸くして久我島を見ている。

「久我島さん」飛鳥井の声は至極冷静だった。「避難する際にも申し上げましたが、今は非常時です。単独行動は慎むべきかと」

「ええ、それは分かっています。分かっていますが」

　久我島の声音には必死の色がある。意志が弱そうでいて、妙なところに拘泥する男だ。

「こんなに言ってるんだから」つばさがあっけらかんと言う。「いいんじゃないの？　久我島さんの奥様だって、お喜びになるだろうし」

　つばさの危機感の薄《うす》さには呆れるほどだ。文男も「つばさ、あのな……」と言いかけた。

「……もし、久我島さんの家に行くメリットがあるとすれば」

　ぼそりと口にしたのは、葛城だった。彼の目は皆の方を向いていなかった。

「久我島さんの家に、固定電話があるなら……外部に連絡を取る手段になる」

「電話ですか。確かに重要ですが、落雷のせいで壊れているかもしれません」

　貴之が諭《さと》すような口調で言うと、葛城は素早く貴之に目線を向けた。

「……でも、試す価値はあるのではないでしょうか」僕は葛城の思い付きをフォローするつもりで立ち上がった。もし良ければ付き添いますよ。この館へ来るまでに、脇道を見たから道は分かります。万一危なくなったら戻ります。有事の時にも二人いれば助け合えるでしょう」

「それなら僕も行きます。田所君だけでは不安ですから」

飛鳥井が「あのねえ――」と言いかけてから、深いため息を吐き、力なく首を振った。

「……分かりました。それなら、私もついていきます。ただし、絶対に傍を離れないで、獣道には絶対に入らないこと。これが条件よ」

貴之は顎を撫でた。

「それでは、屋敷の中で念のため隠し通路を探す班と、久我島さんの家に連絡手段を探しに行き、被害状況を確かめる班とに分かれましょう。私と文男は中の勝手を知っているので、屋敷の中で探索をします」

「んじゃ、俺も隠し通路希望で」

小出が涼しい顔で言ってのける。外に出るのはごめんだ、ということだろう。こんな時でも飄々《ひょうひょう》としている。

「じゃあ私は外に――」

つばさが言うと、貴之と文男が驚愕《きょうがく》の顔つきをした。僕は「ダメだ」と押しとどめる。

「どうして？　私だって役に立ちたい！」

「つばささんには隠し通路を探してほしいんだ。家の中の勝手を知っているつばささんにしか頼めないことなんだよ」

僕は自分で口にしながら、うまいぞ、と思った。

つばさは俯いた後、「……分かった」とぽつりと言った。

「じゃあ最終確認。財田家の貴之さん、文男さん、つばささん、あと小出さんの四人は隠し通路班。私、久我島さん、葛城君、田所君の四人が状況確認班。これでいいですね？」

全員で頷き合った。出会ったばかりの面々だが、目の前の大きな危機を前にして、奇妙な連帯感が生まれていた。

外出組は準備を整えてから再集合となった。客間に行こうとした時、小出に呼び止められた。

「おい、お前さ、雄山の部屋に入ったんだろ？」

「え」ギクッとする。「なんのことだか」

「とぼけるなよ。お前と葛城が、文男の奴に謝ってるの、聞いてたんだ。なあ、雄山の部屋はどんな様子だったよ。面白いものあったか？」

小出がそのまましつこく問いかけるので、僕はしぶしぶ見たもののことを話した。

「へえ、なるほどね……」

小出が顎を撫でながらニヤニヤしている。雄山が寝たきりなのが、そんなに面白いのか？　胸がモヤモヤした。

「小出さんも、雄山先生のファンなんですか？」

「ん、まあね。そんなところだ」

「小出さん」文男の声がして、体が思わず震えた。「館の探索、始めますよ」

「はいよー」小出はひらひらと手を振ると、僕の背中を叩いた。「ま、助かったよ。少年」

一体なんだというんだ。僕は小出の態度に、どこかきな臭いものを感じた。


「信哉」

客間に入った途端、葛城は無機質な声音で、僕の名前を呼びかけた。体が跳ねる。

「僕に隠し事が出来ると思っているのかい？」

少しの間、無言で抵抗してみた。だが、沈黙の重さに耐えかねて、思わず口からため息が漏れる。

「強《し》いて隠すつもりも、ないんだけどね」

本当は名前を呼ばれた時から分かっていた。彼が僕を名前で呼ぶのは改まった要件を話す時だけだ。

「あの女性……飛鳥井光流と言ったね。彼女と君は初対面ではないだろう？」

「ああ、そうだ。僕と彼女は十年前に一度会っている。ある殺人事件を通じて」

僕は自嘲《じちょう》気味に言った。

「出かける前だ。詳しい話は後で聞くことにするが、その前に手短にまとめてくれ。二十五文字以内」

「『飛鳥井光流は僕が名探偵を目指すきっかけになった女性だ。』」

「二十七文字。不合格だな。女性を『人』、きっかけを『契機』にすることで三文字節約出来る」

「こんなところで現代文の添削はごめんだよ」

そういえば僕らは勉強合宿に来ていたんだったな、と思うと同時に、僕の思考はあの日の記憶に飛んでいた。

＊ 過去

十年前。僕は小学一年生だった。

その夏、田所家は珍しく家族旅行に向かった。大阪《おおさか》のそれなりに良いホテルだ。父親の昇給があったとかで、たまたま羽振りの良かった年だった。新幹線に乗って遠方に向かい、あまり興味もない観光名所を練り歩いて、正直僕は疲弊しきっていた。

そして事件は起きてしまった。

夕食のバイキング会場で、毒殺事件が起きたのだ。

男が倒れたのは、まさに僕の前方の席でだった。男に見覚えがあるのは、僕が料理を取った時に、後ろで舌打ちをした人だったからだ。僕の取ったカツレツが最後の一個で、男は次の大皿が運ばれてくるまで待たなければならなかった。こんなことで腹を立てるなんて、心の狭い大人なんだな、と小馬鹿《こばか》にしていた。

男の皿にカツレツを見た時、あの人はこれを食べて死んだんだ、と思い込んだ。順番によっては、あの料理は僕が取ってもおかしくなかった……死ぬのは僕かもしれなかった……あの男の人は僕の代わりに死んだのではないか……。

「冗談じゃない」と僕の兄は不満げに漏らした。「まだローストビーフをたらふく食っていないのに」

目の前で人が死んでいるのに食い物のことを考えている兄の神経には呆れ返った。しかし、僕も最初こそはショックが勝っていたが、地元府警の捜査のため留め置かれ、両親から目に見えて苛立《いらだ》ちと不満の雰囲気が発せられると、息が詰まった。

「——あの。私、ちょっと考えがあるのですが」

凜《りん》とした声音が耳にスッと入ってきた。

黒いタキシードを着て、執事風に着飾った女性だった。隣には、白い給仕の制服をまとった女性がもう一人。白の女性は高校生くらいの年代に見えたが、タキシードの女性は大人びて見える。長い髪の毛を束《たば》ねているから、余計そう見えるのだろうか。

執事服の女性は飛鳥井光流と、給仕服の方は甘崎美登里《あまさきみどり》と名乗った。

刑事たちは二人の女性の出現に困惑し、退けようとしたが、相手が女性なのもあって強く出るのもとためらったのか、ともかく話だけでも聞こうということになった。

飛鳥井はヘアピンを外して、長い黒髪をおろした。それが彼女にとって何かのスイッチになっているようで、黒髪を手で撫でつけてから、淀みなく語り始めた。

「この事件で肝心なことはただ一つだけなのです」

飛鳥井という女性は、毅然《きぜん》とした瞳で言った。

その時だった。

兄の無神経も。

両親の怒りも。

僕の罪悪感も。


全てがどうでも良くなった。


「ご覧ください。被害者の座っていたテーブルのデキャンタの内側には、二つの線が残っています……」

それから語られた彼女の言葉は、魔法――まるで魔法そのものだった！

僕も目の前にしていたはずの「当たり前の事実」から推論を積み重ねて、仮借《かしゃく》なく犯人を追い詰めていく飛鳥井の姿は凛々《りり》しかった。同じものを見ていたはずなのに、世界の見え方が彼女とすっかり違うことに、驚きと、自分への呆れを感じるばかりだった。

やがて犯人として捕らえられたウェイターは、自らの動機を語っていた。

それを僕は、まるで聞いていなかった。

頭がぼうっとなっていたのである。初めて目にしたショーに。目の前で目覚ましい活躍を見せた二人の女性に。

「あの！」

僕は勇気を奮った。彼女たちが立ち止まり、振り返った。嬉しさより緊張が先だった。上がった息を整えられず、額がじっとりと汗で濡れるのを感じた。

甘崎が大きな瞳で僕を見つめてくる。

悪戯《いたずら》っぽい笑みにドギマギした。甘崎から視線をそらすと、飛鳥井の顔をきっと見据えて言った。自分の運命を左右する重大な瞬間が、自分に訪れているのだと直感していた。

ここで言葉を間違えてはいけない。

「どうすれば、あなたみたいな探偵になれますか」

甘崎の吹いた口笛が聞こえた。

飛鳥井の顔は途端に引き締まって、僕を値踏みするような目で見た。長い息を吐いて、彼女は簡単に言った。

「ありのままに見ること。先入観なく積み上げること。一つ一つに傷つかないこと」

飛鳥井の目が僕を覗き込んだ。吸い込まれそうな、澄んだ瞳だった。今だけ、彼女が僕を対等に扱ってくれようとしているのが分かった。

「推理なんて本当に面倒なことだよ。気付いたことから逃げるわけにはいかないし、そんなものを語るだけで疎《うと》ましく思われる。冷たい目を向けられることだって少なくない」

それなら、あなたはどうしてこんなことをしているのか、という問いはまだ、僕の頭に浮かんでこなかった。

「それでも、やってみたい？」

「はい。だって――」

「だって？」

僕は口を開きかけて、自分が何一つ説得力のある言葉を持っていないことに気が付いた。ここにあるのは憧れだけだった。憧れへの情熱だけだった。

「いいじゃん理由なんて。それは追々《おいおい》考えていけばいいんだって。重要なのは、この子が今日、光流の活躍を目の当たりにしたってこと。ボクだって、そんなに色々言われたら困るよね」

「僕、子供じゃないです」

「子供じゃないの」

飛鳥井が答えてから、「しまった」という顔をして口に手を当てた。対等に扱ってくれているという、あの雰囲気は既に失われていた。何か細い糸のようなものが、自分の手からすり抜けていってしまったのが分かる。

「……まあ頑張ることは悪いことじゃないから」

飛鳥井の声に小さな笑い声が混じった。気まずさを誤魔化すような笑いだった。

「頑張りなさい、少年」

*

あれから僕は「頑張った」のだ。

観察力を磨《みが》いた。思考力を高めた。人の懐に入りこめる性格を手に入れた。

結果的に役立ったのは最後のものだけだった。僕は「ファン」から抜け出すことが出来なかったのだ。探偵小説を読みふけるのは素晴らしかった。虚構の中に描かれた、飛鳥井に似た人々に憧れを抱くのが楽しかった。自分もこうなりたいと思った。

でも、そうなれないことを知った。

葛城に出会ってしまったからだ。探偵には生まれながらの素質が要る。ありのままに見ること。先入観なく積み上げること。そう出来る人間だけが、真実に辿り着き、摑み取ることが出来る。僕は「自分」から自由になることが出来なかった。僕の目を通した世界しか、僕には見出せなかった。僕は傷ついていない振りをしているが、飛鳥井に再会した時の胸の痛みは、あの日憧れてしまった夢を僕が諦めきれていない証拠だ。未練がましい奴だと、自分でも思う。一つ一つに傷つかない——僕にはそれも難しい。

こんな時だけ、自分のことが嫌いになる。

5　山道　【館焼失まで27時間39分】

歩いて五分なら楽勝と思っていた。が、足がむくみ、豆も出来てきているらしく、一歩一歩がつらい。火の手はまだ遠いが、山火事の熱気で、森全体が熱くなっているようだ。木々が開けたところから遠くを見やると、麓のあたりから黒煙が上がっている。下生えの草から燃えているためか、目に入る木にはまだ燃え移っていない。

「そういえば君」

飛鳥井に突然声をかけられた。

「なんでしょうか」

「どこかで顔を見たことがある気がするの。気のせいかな」

飛鳥井に激励されたのに僕には成果がないから、後ろめたい気持ちもあった。だが、特段隠すまでもないと思い、過去の毒殺事件のことを持ち出した。飛鳥井は怪訝そうな顔をして、あからさまに曇った顔まで見せたが、突然合点《がてん》がいったように大きく頷いた。

「あの時の子か」

「どうも、ご無沙汰《ぶさた》しております」

「堅い挨拶なんて無用だよ。へええ、こんな風に成長したか」

飛鳥井は値踏みするように僕を眺めた。年の離れた女性に見られるのには緊張したが、懐《なつ》かしさも相まって、悪い気はしない。

「そう思ってみると、確かに面影《おもかげ》があるよ。背も伸びて、体つきも引き締まって、随分良い男になったじゃないか」飛鳥井は微笑んだが、その笑みはどこかぎこちなかった。「まさかこんなところで再会するとは。おかしな巡り合わせだね」

彼女は口調こそあの時と変わらず接してくれるが、やはり瞳は虚空を見つめているようだった。十年前と違い、髪が短くなっていることにふと思い至った。

「今は、保険の調査員を?」

飛鳥井が目を伏せたような気がした。

「大学を卒業して就職したの。今の会社は三年目かな。一度転職してね」

「へえ……。前の会社も、保険関係ですか?」

「そう。なんだか、性に合っているみたいで」

調査員の仕事が、探偵に似ているところがあるから？　そんな風には聞き出せなかった。

「今、甘崎さんは――」

「そういえば田所君は」

飛鳥井が早口で言った。僕の言葉を遮《さえぎ》るかのように性急な口調だった。

「探偵にはなれたのかな?」

彼女は口元に薄く微笑みを浮かべていた。十年前と同じく子供扱いされていることに苛立った。が、胸を張って報告出来るような成果もないことが、僕の気を消沈させた。

「探偵の助手、と言った方が近いですね」

飛鳥井はつと立ち止まった。うつろな目で葛城の背中の方を見ている。

「つまり……彼が？」

彼女はおっくうそうに腕を持ち上げ、葛城を指さした。僕が頷いて見せると、「ふうん……」と彼女はしばらく葛城の背中を見つめていた。

「そういえば君、雄山の部屋に入ってきたらしいね」

「えっ」思わずぎくりとする。「どうしてそれを」

「さっき小出さんと話しているのをちらっと聞いた。そんなに面白いものでもあったの？」

唐突な話題転換だな、と思いながら、松本清張の本や資料の話、金庫の話などをする。

「あとは、連続殺人鬼の記録なんかがまとまってました。雄山さんはよく小説で猟奇殺人者の心理を扱っているんですよ。酒鬼薔薇事件の資料とか、あと、少し前だと、爪《つめ》にネイルアートをする連続殺人鬼の――」

「くだらない」

肩が跳ねる。飛鳥井の口調は突然強くなった。幽霊の気配が消え、刺すような怒りを吐き出していた。彼女は突然口元を押さえ、僕を見て、静かに首を振った。

「……ごめんなさい。残酷な話は、あんまり、好きじゃないの」

彼女はそう言って、足早に山を下りていった。僕は呆気《あっけ》にとられた。突然彼女が示した怒りと拒絶。彼女が探偵をやめた理由と、何か関係があるのだろうか。

前方の葛城に追いついた。

「もうすぐです」と久我島が言った。道中に倒木が一本あり、半月前に倒れてそれきりだという。脇道に薄っすらと二本の轍が残っており、辿っていくと程なく家に着いた。

自宅の横に車がつけてあった。この車で財田家まで行けないのか聞いたが、「倒木があるから、難しい」と飛鳥井が首を振った。久我島も、下山して町に向かうときなどに使っていたという。

古い木造の家屋だった。建て付けの悪い引き戸を開けると、どこか懐かしい囲炉裏と畳の部屋が玄関かまちの向こうに広がっていた。玄関から囲炉裏端《いろりばた》に上がると、正面に障子《しょうじ》で仕切られた部屋がある。和室だろうか。階段の上にもう一部屋あるようだ。

「電話でしたよね。かけてみます」

久我島は足早に二階に上がっていった。

葛城は室内の様子が気になるようで、和室や玄関の下駄箱《げたばこ》に視線を向けていた。飛鳥井は重い足取りで、久我島の背中を追い階段を昇る。木製の階段が軋《きし》み音を立てた。

階上から飛鳥井の呻き声が漏れた。「二人とも、上がってきて」と彼女が言う。

二階に上がると、廊下の電話台の傍に久我島が棒立ちになり、飛鳥井が膝立ちで屈《かが》みこんでいた。葛城は飛鳥井の隣に向かい、しゃがんで彼女の手元を覗き込む。葛城の背中に遮られて様子が見えない。

「どうしたんだ？」

「電話が繋がらないんです」と久我島がおろおろした口調で言う。

「えっ。……雷の高圧電流のせいでしょうか」

電柱や電線の近くに雷が落ちるだけでも、高圧の誘導電流が流れる。雷の時に電子機器が壊れる主な要因だ。

「やられた」と葛城は憎々しげに言った。

不思議な言葉だ。葛城が体をどけて、手元を見せてくれる。電話線が電話機の根元の方で黒く焦《こ》げ付《つ》いているのが分かる。焼き切れてしまっているようだ。電話線までこんなことになるなんて。よほど近くに落雷があったのだろうか。

部屋の中がやけに焦げ臭い。

葛城はワイヤーの断面を名残《なごり》惜《お》しそうに指でなぞっていた。

「どのみち」飛鳥井は長いため息をついた。「これで外部と連絡を取る方法はなくなりました」

飛鳥井は久我島に歩み寄り、冷静な口調で言った。

「必要なものをまとめたら、早くここを離れましょう」

久我島は頷き、二階の寝室に入っていった。三分ほど待つと、久我島が大きめのボストンバッグを抱えて出てくる。中身は通帳などの貴重品類や、Ｔシャツや下着類などだと言う。全く、ちゃっかりした男である。

「すみません。妻の私物も少し持っていこうと思います」

彼は階段を下り、和室に入った。僕らは一階の囲炉裏の近くで待つことにした。

葛城は何やら障子の近くでうずくまり、右下の方を指で撫ぜている。僕は額を押さえた。葛城のスイッチが入ってしまっている。気になることがあると、いつもは内気な彼に途端に火がついて、なりふり構わなくなる。久我島の家の何がそこまで気にかかるのだろうか。僕は葛城に近付き、囁いた。

「お前、人の家でいきなり何をやっているんだよ」

「田所君も見なよ。ここ、最近穴が開いたみたいだぜ。もしかしたらついさっき、避難する前のことかもしれない」

葛城が指示した箇所に、確かに和紙が一枚上から貼られているのが見える。

「修繕したのは確かそうだが、どうして避難直前のことだと分かる?」

「ノリがまだ湿っている」

久我島は和室の奥に置かれた鏡台の前にかがみこんでいた。鏡台の上には、まだ封を切られていない、新品の化粧水のボトルと口紅。引き出しの中には貴金属類と化粧道具が見えた。壁にかかったカレンダーには、今日の日付に「買い出し」と丸文字で書かれていた。

振り向くと、葛城が押し入れを開いていた。「衣服類はここのようですね。久我島さん、早く持っていきましょう」などと言う。久我島は目をすがめていて、家の中を覗かれていることにやや動揺した様子だった。

「……だから、人の家を勝手に覗くなよ、って」

葛城は肩をすくめてみせる。久我島は「ああいえ、気にしないでください。非常時ですから人手は多い方がいいですし……」と言って、取り繕うような笑みを浮かべた。

押し入れの中にはつっぱり棒が設置され、ハンガーに妻のものと思われる衣類がさがっている。使い込まれた様子の革のハンドバッグも置かれていた。

「ああ、そうだ。栗子も避難してくるかもしれませんからね。Tシャツとか、着やすいものをいくつか見繕っておきましょうか」

久我島が押し入れを探る背中に、葛城は「ハンドバッグの中に化粧ポーチが入っているでしょうから、持っていってあげると喜ばれるでしょう」と声をかけた。おせっかいが過ぎる。

「そうだ久我島さん。奥さんにメモも残しておきましょう。『財田家に避難している』って」

「え？」

「行れ違いになると困りますから」

久我島はきょとんとした顔をしてから、「ああ、名案ですね。そうしましょう」と笑みを見せる。

葛城は久我島と入れ替わるように鏡台の前に行き、隣に置かれたゴミ箱を探った。長い付き合いながら、僕は唖然とする。

「やりすぎだぞ。ゴミ箱はプライバシー情報の塊《かたまり》だ」

また耳打ちするが、葛城は何も答えなかった。それだけ集中しているのだろう。久我島の家の何がそんなに気にかかるというのか？

幸い、久我島が後ろを向いているからトラブルにならないが。飛鳥井と僕の目が合う。彼女は苦笑いを僕に向けた。

葛城は何か満足そうな顔をしながら立ち上がり、何事もなかったかのようにこちらに戻ってきた。本当にハラハラさせる奴だ。

「あっ。寝室に印鑑を忘れてきました。すぐ戻ってきますので、ちょっとだけお待ちを」

久我島はドタドタと音を立てて二階へ上がる。

葛城はその背中を見送った後、玄関の下駄箱を開いた。中に女物のスニーカーが一足と、男物の革靴が一足。スニーカーはだいぶ履き込まれているようだが、靴紐だけが新しいものに取り換えられていた。大事に使われているらしい。

僕は好奇心が疼くのを止められなくなった。飛鳥井の視線が外れるのを待って、鏡台の横のゴミ箱を覗《の》いてみる。新聞広告を取り除けると、その下に、丸めたティッシュや化粧水を含ませた後のコットン、空になった化粧水のボトルと、口紅のケースが見えた。新聞広告は、今日付けのものが上に、昨日付けのものが下にきている。ケースは開けられた状態でゴミ箱に放り込まれていて、使い切ったから捨てたことを一目で分かるようにしてあった。後で自分で見直した時、混乱しないようにだろう。口紅ではないが、僕もシャーペンの芯《しん》のケースなどでやることがある。

これの何を見て、葛城はあんな表情を？

僕は謎めいたメモ書きとかを期待していたので、ひどくもやもやした気分になった。

「すみません、すみません。もう終わりました。行きましょうか」

久我島が額に汗を浮かべて下りてきた。ふと、変な臭《にお》いが鼻をついた。何かの燃える臭いだろうか。火の手がそこまで迫っているのかもしれない。

僕らは久我島の家を後にした。振り返ると、葛城の姿がなかったので、不安になって「葛城？」と呼びかける。「ここだよ」と言って玄関から現れたので、もう一度何かを調べてきたのではないかと思った。全く、自由な奴だ。

6 帰還【館焼失まで26時間58分】

「おー。戻ってきたか。めでたしめでたし」

財田家の玄関を開けると、出迎えたのは小出だった。

「ひでえ顔してるぜ。顔を洗ってきた方がいいんじゃねえか」

「水道はまだ？」

「いや、もう止まってしまいました」貴之は首を振る。「バスタブに水を張っておいたのは正解でした。ガスはプロパンですが、警報器が作動して停止しています。業者の点検なしでは復旧出来ません。電気は通常電源が生きているので当面は大丈夫です。もしもの時は非常用電源の準備もあります」

必要最低限は確保出来た、というわけか。僕はそっと胸を撫で下ろす。

葛城と久我島は何も言わず、疲れ切った表情でソファに座った。

「電話はどうでしたか?」

貴之が聞き、葛城が力なく首を振った。

「雷で電話線が焼き切れていたんです」

僕が補足すると、「なんと」と貴之が目を剝《む》いた。「それはよほどのことですね」

「とすれば、やはり助けを待つほかはなさそうだな……」

文男が顎を撫でた。財田家の面々は一度も家を出ていないので、煤もついていないし、汗みどろになっている様子もない。涼しげな顔をしているのが、いっそ腹立たしく感じられた。理不尽な思いだと、自分でも思う。

「隠し通路の方は、どうだったんですか」

そう問う自分の声が、勢い厳しいものになってしまったのを自覚する。

文男が首を振った。

「思わしくありません。葛城君たちが久我島さんの家に向かっている間、父と妹、僕、あとは小出さんの四人で手分けし館の中を捜索したが、それらしきものは見つけられなかった。一階の床が怪しいんじゃないかって、ほうぼう床を叩いてみたりしたが……」

「おもしれえ仕掛けはいっぱいあるのよ」

小出は無邪気な顔をして言った。

「特に四隅にある塔の中のエレベーター。あいつはなかなか面白かったな。塔には螺旋《らせん》階段もあるが、塔の真ん中に小部屋があって、それがエレベーターみたいに持ち上がるのよ。螺旋階段は、エレベーターのシャフトをぐるりと取り囲むように延びている形だな」

エレベーターシャフトの動きと、隠し通路が地階に延びているという推定。これらが結びついて、思わず前のめりに立ち上がる。もしかすると――。

僕の心中を察してか、小出が遮った。

「あ、もちろん、エレベーターの箱を持ち上げて、下に通路がないかは調べてみたぜ。残念ながら、石畳があるだけで行き止まりだったけどな」

かなりありそうな線に思えたが、ダメだったか。おとなしく座ると、小出が意地の悪い笑みを浮かべた。

「やはり夢物語なのですよ。無駄なことはやめて、体力を温存し、救助を待つべきです」

貴之が冷笑的な態度で言った。彼は当初から隠し通路の存在に懐疑的だったから、当然の反応と言えた。

「……父さんの言う通りだ。火の手はまだ遠いし、ヘリも来るだろう。まだ六時も回っていないし、少し早いが、各自の部屋で休息を取ることにしようか」

「そりゃ助かる。自分の部屋の鍵はもらえるんだろうな？」

小出の言葉に、文男が肩をすくめた。

「この非常時に盗みに入る輩もいないとは思うけどね。鍵は各部屋に一本だけだから、肌身離さず持っておけば心配ない」

「分かんねえだろ？　俺も女だから気にするっつーの、なあ？」

小出は飛鳥井に同意を求めた。飛鳥井は呆れと同意を含んだような笑みを浮かべる。

「それなら私、先に休ませてもらいますね」

飛鳥井は疲れた表情をしている。文男から鍵を受け取ると、二階の客間に上がっていった。

座の面々にも解散のムードが漂ってきた。皆、互いに言葉を交《か》わすほどの元気もなかった。

「それにしてもよ」

小出はふんぞり返って宙を向いており、誰にともなく話しているようなそぶりだ。

「金っつうのは、あるとこにはあるもんだな、ええ？」

「はあ」と僕が生返事すると、小出がわざとらしいほどの大声で言った。

「親に金があるのはもちろんだろうが、食いつぶしてるだけじゃこうはならねぇよな。貴之さんの会社って、あの有名な製薬会社だったっけか。確か、八年前に政治家への不正献金疑惑があったところだ。あの年、確か貴之さんが最高責任者になったんだったか」

小出はそこまで言うと、ぐるんと首を振り向けて、貴之の方を向いた。

かく言う僕も、小出の言動に不安を感じ、恐る恐る貴之を見た。一触即発の雰囲気にでもなったら、ここで過ごす避難生活がますますしんどくなる。

だが、貴之はいたって落ち着いていた。それどころか、とぼけた顔をして首を傾《かし》げてさえいる。

「……あなた、何者ですか？」

「ただの避難者だよ」

小出は立ち上がった。

「それじゃあ、皆さんおやすみ」

彼女は何事もなかったかのように立ち去った。それを見送ると、どっと疲れを感じた。僕が視線を向けると、貴之も一拍遅れて、肩をすくめて苦笑してみせた。

小出の態度に不審感を覚える。非常時の宿を提供してもらった、それも初対面の相手に、あんな言葉をぶつけるものだろうか？　貴之が穏やかに応対したから良かったものの、怒らせれば小出は追い出されていたかもしれない。小出の態度はあまりに無礼だった。常にゴシップを狙《ねら》う新聞記者のようだった。

しかし、それがどんなに悪意に満ちた言葉であろうと、一度聞いてしまった言葉からはそうそう自由になれない。小出への不審と同時に、貴之を疑惑の目で見てしまう。最高責任者ということは、何らかの形で貴之も関与しているのだろうか。この人が？

僕はそれ以上考えるのをやめることにした。まだホールに残っていた面々は、最低限の物資だけ受け取ると、足取りも重く、それぞれの部屋へと向かった。

7　夜　【館焼失まで21時間31分】

「君は、何も気付かないのかい」

寝る前に葛城が出し抜けに言った。ベッドに横たわった彼の表情は見えなかった。

「なんのことだよ。確かに、みんなギスギスしたり、怪しい感じだけど……財田家の人たちも腹に一物ありそうだし、小出さんも何を考えているか分からない。でも久我島さんは無害そうだな。気が弱いし」

「そうか」葛城は嘲《あざけ》るような笑い声を立てた。僕を、というよりも、自分を笑っているように聞こえた。「君は良いね」

「おい、それって一体どういう――」

「おやすみ」

疲れているのは分かるが、どうもそれだけではなさそうだ。僕に呆れている？　苛立っている？　確かめようにも、思わせぶりな探偵はそれきり口をきいてくれなかった。

眠れない。

気が昂《たかぶ》っていた。ぱちぱちと木々の焼ける音が、もう耳元まで迫ってきているような感じさえする。

客間の数が四つしかないため、僕と葛城は同じ部屋に押し込まれていた。ベッドに横になっている葛城は既にすーすーと寝息を立て始めている。床に布団を敷いて寝る、と言ったのは自分からであるが、なんだかひどく腹立たしく感じられた。いざという時の度胸は、葛城の方がある。

暗闇《くらやみ》の中でミネラルウォーターのペットボトルを探った。軽い。ダメもとで傾けてみたが、水滴がわずかにこぼれてくるだけだった。

一階に降りて、水をもらってくるか。

食堂にミネラルウォーターや缶詰など災害用の物資をまとめておくので、適宜持っていって良いと貴之からアナウンスがあったことを思い出した。

ひどく体が重い。起き上がるだけでも億劫だ。

食堂でミネラルウォーターを手に取り、生ぬるい水を口に含んだ。それだけでもだいぶ体が生き返る感じがする。

どうせ眠れないのだからと、一階の廊下を歩き始める。夜中の財田家には音がない。足音さえ絨毯に吸い込まれる。静謐《せいひつ》で神秘的な雰囲気に満ちていた。外で何が起こっているかも忘れてしまいそうなほどに。

足を止める。

吊り天井の部屋の扉が開いていたのだ。扉の向こうには真っ暗な空間が広がっている。照明がないため、部屋の中を見通せないのだ。まるで異界への扉が開いたのではないかと思わせた。真っ暗な壁がどこまでも続いているように錯覚する。

どうして扉が開いているのだろうと、中に入ろうとした。だが、どこまでも続くかに見える暗闇に怖気づき、足が止まった。僕らが久我島の家に向かっている時、残った面々が邸内を探索したというから、その名残であろう。そう、自分を納得させる。

（そういえば……）

小出が言及した塔のことを思い出した。

エレベーターになっているという小部屋……。隠し通路を探す意味でも、少し外の風に当たる意味でも、悪くない選択だ。

廊下の突き当たりの扉を開けると、螺旋階段へ続く部屋へと出た。螺旋階段は人一人通れるくらいの幅だ。

その螺旋階段に囲まれた空間に、目的の小部屋はあった。

まさしく手狭なエレベーターのようだ。石造りの空間に囲まれると、少し閉塞感《へいそくかん》を覚えたが、好奇心が勝って部屋に入る。こちらは明かりがついていたので、抵抗感も少なかった。スイッチを押してみる。自動で扉が閉まり、僕は円形の空間に閉じ込められた。

ゴウン、という大きな音を立てて、エレベーターが動き出した。

思わず体が跳ねる。事前に聞いていたのに、驚いてしまった。

頂上に着くと、逆側の扉がスライドして開いた。

目の前には、螺旋階段の天辺《てっぺん》に位置するやや広めの踊り場と、上げ下げ窓が二つ。窓から上半身を突き出してみると、外の景色を眺めることが出来た。

正面から強い風が吹いてくる。見ると、館の裏手は切り立った崖になっていた。崖と反対側の小窓からは赤々と木々が燃えているのが見える。地上から猛々《たけだけ》しく立ち上る紅蓮の照明が、漆黒の夜さえ赤く染めるかに見えた。

その時、階下から、タン、タン、とリズミカルな足音が聞こえた。

驚いて振り返ると、そこに立っていたのは、つばさだった。

「あ、なんだ、田所君か」

彼女は大きく肩を上下させ、額に汗を滲《にじ》ませていた。汗に程なく煤がまとわりついて、彼女の額が黒く染まった。

「なんだ、ってことはないだろう」

「こんな時間に起きている人がいるなんて思わなかったから。誰かと思ってびっくりして」

隣いい？　と彼女が聞くので、やや緊張しながら、「うん」と言った。

煤だらけの風に吹かれながら、彼女が前髪をかき上げた。

「葛城さん……だったっけ？　同級生なんだよね？」

「うん。高校一年の合宿で初めて話してからの付き合いだ。出会い方は結構ひどいもんだったけど」

「へえ、そうなんだ。ねえ、その出会いの時の話、聞かせてよ」

彼女はめらめらと燃え盛る炎を背にしながら、恐ろしい現実のことなど忘れたとでも言うように、無邪気な声で言った。

葛城と出会った頃の自分を思い出すと、顔が熱くなる。

僕は、葛城との最初の事件のことを出来るだけ感情豊かに、面白く聞こえるように話してみせた。

合宿先での殺人事件、二人での推理対決、葛城の精緻《せいち》な推理。

あの頃の僕は、自分が探偵になろうとあがいていた。だから目の前で目覚ましい推理を展開する葛城に嫉妬《しっと》し、彼を打ち負かそうとしていたのだ。あの事件によって、僕は僕の天分を知ったのだ。探偵には資質が要ると、才能が要ると直感してしまった。葛城は探偵を「生き方」であると言った。どんな時であれ、謎に立ち向かい、明らかにすることが自分の天命なのだと。僕にはそんな覚悟はなかった。

それでもなお僕が葛城と一緒にいるのは、推理に一心不乱な葛城のことが心配だからだ。いつか彼の態度が軋轢《あつれき》を生み、彼を追い詰めるのではないか。気が合う友人であるという以上に、そんな不安のせいで、彼のことを放っておけないのだ。

彼女は相槌《あいづち》や身振り、時には顔の表情も大きく動かして、感情豊かに反応してくれた。

自分が名演説家にでもなったみたいだ。

「えー、全然想像つかないよ。葛城さんにツンケンしてる田所君なんて。今じゃもう兄弟みたいにベタベタしてるじゃない」

「ベタベタってなんだ、ベタベタって」

僕が不満をあらわにすると、彼女は鈴の鳴る様な声で笑い転げた。

ベタベタしている、のだろうか。僕は少し不安になった。僕にとっては、葛城という名探偵は一人きりである。だが、葛城にとっての僕はそうでないかもしれない。不安に思うからこそ、僕は葛城を繋ぎ止めようとするのかもしれない。そんな僕らの関係を「ベタベタ」と見る者もいるだろう。葛城は、どう思っているのだろうか。

「いいなあ、田所君は」

迷いを振り切り、彼女に視線を戻す。彼女は眼下の炎の方へ、うっとりとした目を向けた。

「どうして?」

「どうしてって」彼女はきょとんとした表情をしてから、慌てたように付け加えた。「気を許せる相手がいて、ってこと」

彼女にはそれがいない、ということだろうか。屋敷に家族と共に閉じ込められて。

「あーあ。私も夏休みが終わったら、もっと楽しくなるのかなあ」

「こういう高原で家族と過ごす夏休みってのも、いいと思うけどね」

彼女は上げ下げ窓の枠にけだるげにもたれかかったまま、「何も知らないくせに」と言わんばかりの恨みがましい瞳を向けた。僕は肩をすくめる。

「だって、葛城さんと田所君が来るまで、私、本当に退屈してたんだから。家族と過ごしたって面白くないもの。分からず屋のパパと意地悪な兄さんしかいないんだもの。お爺さんとはお話が通じないし」

「そうか」僕は話題を変えた。「ところで、何で僕のことは『田所君』で、葛城のことは『葛城さん』なの？」

「だって」彼女はきょとんとしたような顔をしてから、くすっと顔を綻《ほころ》ばせて笑った。「田所君の方が親しみやすいから、かな」

「そう」

人畜無害と思われている、ということか。男としては複雑な気分だ。

赤々と燃える炎が、何かの舞台装置にさえ感じる様な夜だった。それほど僕はいい気分だった。

「私、今本当に楽しいの。お屋敷の中だって、今までは、危ないから見て回っちゃダメだーって、歩き回るのを止められたんだから。書斎とかリビングとか、入っていいのは決められた部屋だけ。でも今は、宝探しみたい！　今だって、心当たりの場所を捜し歩いてたら、田所君がいたの。こんなこと、今までなかった！」

もちろん、そのいい気分を後押ししていたのは、彼女のこの異様なまでの無邪気さでもあった。僕らを取り巻く状況と彼女の発言だけを並べてみると、無神経としか思えないほどなのだが、どうも気にならない。僕の脳はおかしくなってしまったんだろうか？

そうだ。この感覚には覚えがある。

飛鳥井光流を初めて見た時のあの感覚だ。

財田つばさを目の前にして、今、ようやく気が付いた。あの時、僕は恋をしたのだ。「探偵」という存在に恋をしたのだ。僕が飛鳥井に本当に言いたかったのは、あなたのような探偵になりたい、ということではなかった。あなたのお傍に置いて欲しいと。僕はそう言いたかっただけだったのだ。

だから僕は探偵になれなかったのだ。

十年ぶりに気付いたその答えが、深く自分の心を打ちのめした。

「田所君、今日は疲れた？　長い旅だったでしょう」

「ああ、本当にね。長い、長い旅だったよ」

本当に疲れた。十年分の疲れだ。

いつまでも続きそうなため息を吐く。今ならぐっすり眠れそうだった。

だが、彼女に引き留められた。

「私たち、ここで死んじゃうのかな」

彼女は力なく微笑んだ。彼女の声はかすかに震えていた。内心の恐れを冗談に変えてしまいたいとでもいうような笑みだった。

喉が干上がるのを感じた。僕は馬鹿だ。彼女が楽天的だなどと、どうして考えていたのか。彼女だって、同年代の女の子だ。不安でないはずがない。

「きっと助けが来る」

自分の言葉の頼りなさに呆れ返った。嘘でもなんでも僕が君を守ると言い切ってしまえない自分の度量のなさが情けない。誰かが助けてくれる。いや、葛城が助けてくれる。僕は業火を目の前にしてさえそのように楽観的なのだ。

彼女は曖昧《あいまい》に微笑んだ。その気遣いがつらかった。

駄目だ。僕は首を振る。このまま別れたら、きっと彼女は今夜よく眠れないだろう。僕が探偵ではない何者かになりたければ、ここで逃げ出してはダメなのだ。

「つばささんは」

名前を口にするだけで緊張した。

「休みの日は、何をするのが好き?」

彼女は目を瞬《またた》いた。

「公園とか川べりとか……明るいところで散歩するのが好き」

「僕はよく、映画を観に行って、帰りに喫茶店に行って本を読む。友達と一緒に行く時はファミレスか何かで映画の感想戦をやる」

「うん。なんか、田所君らしいや」

「どういう意味だよ」

そう言うと、彼女はようやく笑ってくれた。

「映画は嫌い？」

「あんまり見ないの」

「僕が誘ったら、観に行く？」

彼女は目を丸くした。

「行きたいかも」

「じゃあ、夏休み明けの週末に映画に行こう。終わったらオススメの喫茶店に連れていく。そこのレモンスカッシュが自家製で美味《うま》いんだ」

「でも、お金もかかるだろうし、パパだってなんて言うか」

「大丈夫だ。葛城の家はあれで金持ちだし、なんなら僕からたかってもいい。三人で行こう。ベタな恋愛映画でも、くだらないナンセンスコメディでもいい。三人で映画を観に行こう。感想戦が盛り上がったってお通夜みたいになったっていい。三人で遊びに行こう」

口から勢い良く溢れ出る言葉を止められなかった。あえて葛城の名前を出したのは、断られるのが怖かったからだろう。自分が情けなくなるが、それでも、僕は言わなければいけないのだと思った。

「だから、僕らはここから生きて還るんだ」

つばさはしばらく真剣な表情で僕の顔を見つめた後、耐え切れなくなったように笑い始めた。僕も一緒になって笑った。

「田所君、結構強引なんだね」

「気に障《さわ》った？」

「ううん、全然」

彼女は首を振る。そうして彼女は小指を差し出す。「約束」と彼女が言って、意味を理解する。僕は自分の小指を彼女のそれに絡めた。

「じゃあ、約束、したからね」

「ああ。約束だ」

僕が力強く頷くと、彼女は小指を振りほどき、踊るような足取りで歩き出した。螺旋階段のステップに足をかけ、振り向く。

彼女は名残惜しそうに手を振った。

「また明日」

明日。こんな状況に置かれながら明日の約束をするなんて、傍《はた》から見れば滑稽《こっけい》な風景だろう。だけど、この言葉を彼女から引き出せたのが嬉しかった。とても小さな成果だが、自分にとっては一つの勲章だった。

「また明日」

十年分の疲れも、少しだけ吹き飛んだ気がする。

＊

財田貴之は、雄山の部屋の前に立った。それだけでムカついてくる。

（やれやれ！　この親父《おやじ》と来たら、最後の最後まで迷惑をかけやがる！）

貴之は部屋に入り、安らかな寝息を立てている自分の父親の顔を眺めた。忌々しさが胸の中に込み上げてきて、今にも目の前の老人を絞め殺しそうになった。

財田雄山は小説家だった。典型的な昔気質《むかしかたぎ》の男性作家だった。謙虚に小説を書いたのは、三十六歳で会社を退職するまでに書いた二作目までで、松本清張のフォロワーとしてベストセラーを連発し、早くも売れっ子の仲間入りを果たすと、すぐに自分の王国を築き始めた。好色で、短気で、乱暴だった。作品を完成させたその一瞬だけ、彼はまともな人間に戻り、そして口さがない書評が載り始めるとすぐに元の暴君に戻った。

貴之は本棚に並べられた松本清張の本に触ろうとして、やめた。

雄山は清張と比されることで売れ、清張がいてこそ読まれた。それだけに、雄山の想《おも》いは愛憎相半ばしていた。清張が傑作を書くたびにあるいは喜び、あるいは当たり散らし、あるいはひどく塞《ふさ》ぎこんだ。子供の頃、漫画の雑誌を買いに行って、新刊が出ているのを見かけては、今回の父の反応は、どんなものになるだろうと怯えた。当たり散らされなければいいがと思うと、胃がキリキリと痛んだ。

文学少年だった貴之は、父が初めて小説を出した時喜んだ。中学生の頃、小説に没頭したのはそれが故《ゆえ》でもあった。しかし、すぐに小説が大嫌いになり、自分は父のようにはならないと固く誓った。その時期に父に読ませられたある原稿のせいだった。清張の影響で推理小説ばかり書かされていた父は、実のところ、純文学を志していた。だが父にはその才能がなかった。清張には女性の手記からなる『ガラスの城』という長編があるが、あのようには女の欲望を描くことが出来なかった。エロ親父臭い父親の文章で読まされる、一組の男女の心中までを描くその物語は、鼻紙にでもした方がマシな代物だった。

自分は文学などやらない――。

貴之は小説から遠ざかって、一流大学の法学部に入ると、一流の企業に就職した。雄山の手など借りなくても一人で生きていけるように必死で働き、とんとん拍子で出世してきた。

(それを――それを！　最後の最後までこのクソ親父に！)

感情の昂りの故か、貴之の息はひどく上がっていた。これからなす犯罪に、緊張が高まっていたせいでもあった。

8　翌朝　【館焼失まで13時間14分】

「いつまで寝ているつもりだい？」

目を開けて真っ先に飛び込んできたのは、煤けた葛城の仏頂面だった。

「……おはよう」

「おはよう」

「おかしいな。宿の部屋は別のはずだろう?」

「寝ぼけるのも大概にしたまえよ。ここは合宿先の宿舎じゃない」

僕は自嘲気味に笑った。目覚めたら全てが夢で、危機など終わっていれば良かったのに。

「全てが夢になれば、昨日のことも夢になるのか」僕は一人で呟いた。「それは寂しいな」

「なんでもいいから、早く起きてくれないか? 君の悪い癖《くせ》が出ているぞ」

重苦しい体を起こして、腕時計に目をやると七時だった。つばさと別れてから、夜中に一度トイレに起きた記憶があるが、結構ぐっすり寝ていたらしい。そういえば、トイレの電球を替えなければ。

朝の支度《したく》を始めた。だが、ほとんど着の身着のままでやってきたので着替えもない。葛城が用意しておいてくれた、水で濡らしたタオルで顔を拭《ふ》くと、少しは生き返った心地がした。

階下に降りると、小出、久我島、貴之、文男が既に起きていた。

「お。生きてたかよ、坊主ども」

小出の減らず口は、朝から付き合うには疲れる。僕は「おかげさまで」と軽く流した。

「あといないのは、飛鳥井さん、つばささんですか」

「父は眠ったままですね。朝六時の時点でバイタルチェックとおむつの交換に行きました。その時、ついでにつばさの部屋にも声をかけたのですが、返事はありませんでした。鍵もかかっていましたし。まあ、あの子も疲れているのでしょう」

「まあ、昨日から忙しかったですからね」

と葛城が言うと、貴之が頷いた。

「飛鳥井さんは？」

「一度声をかけましたが、朝は弱いようですね」

貴之が言って、左手に持ったプラスチックの容器にスープをよそって渡してきた。コンソメスープだ。

「生野菜が余ってたからね。冷蔵庫も雷でオシャカになってるから、悪くなる前にみんなで食べた方がいい。カセットコンロ用のボンベも、想定よりは残っていた」

雷の電流で冷蔵庫自体が壊れた、ということらしい。

文男が、あ、と言って手を広げた。

「もちろん、僕は昨日外に出てないから、手は綺麗なもんだぜ」

僕たちは思わず笑った。スープの温かさが心をほぐしていたからだと言ってもいいだろう。シンプルな具材を煮ただけの料理だったが、それだけに、貴重な食料であることが身に沁《し》みた。

財田家は防災意識が高かったのか、ミネラルウォーターやアルファ米の備蓄には事欠かない。当面食料の心配はなさそうだ。

「外の状況は？」

葛城が問うと、文男が応《こた》えた。

「尖塔に上って窓から確認したが、やはり火の手は迫ってきている。川を越えるのも時間の問題だろうな」

「そんな……」

「そう暗い顔をするなよ。今に助けが来るさ。……さて、と。僕と父さんはつばさに声をかけてこよう」

「僕らは隠し通路でも探してみますかね」

僕が自信満々に歩き始めると、小出と二人残されることに不安を感じたのか、久我島も後からついてきた。

廊下を歩いていた葛城が、つと足を止めた。

「おい田所君——これは一体なんだ？」

葛城はしゃがみこんだ。

吊り天井の部屋の扉の前だ。彼の視線の先を追うと、扉の下部に、赤黒い痕《あと》が覗いていた。

体が冷えるのを感じる。昨日の夜、吊り天井の部屋の扉は開いていた。あの時、扉の向こうに暗闇を見、異界への扉が繋がっているような感じがした。だが、今目にしている赤黒い痕は、異界などではない。生々しい現実の、暴力の爪痕《つめあと》だった。

血だ。

全身に鳥肌が立つ。

「信哉……扉を開くぞ！」

「扉横のスイッチだ！　内開きの電動式だったはず！」

果たして扉は動き始めたが、しかし、何かにつかえて動かない様子だった。

「ど、どういうことなんでしょうか？　電気は通っているはずですが……」

久我島が目をぱちくりさせながら言った。彼の呼吸が荒い。その音を聞いていると、僕の悪い予感がますます高まっていく。

葛城は真っ青な顔をして呟いた。

「天井だ……」

「え？」

「天井が降りているんだ。だから、内開きの扉がつかえて開かない」

僕はアッと声を漏らした。

「天井が降りているって――それって――」

扉の下部に覗いていた血を思い出し、思わず口元を押さえた。嫌な想像が浮かんだ。朝食の場に降りてこなかった二人のことを思い出す。飛鳥井とつばさ。僕は首を勢い良く振った。

「急ごう。隠し部屋に行って確かめないと。久我島さん——申し訳ありませんが、財田貴之さんと文男さんを呼んできていただけないでしょうか。ここから先は、家人の協力が必要になるでしょうから」

吊り天井の部屋の前に、僕、葛城、久我島、文男、貴之が集まった。小出も騒ぎを聞きつけてか、何やら興味深そうな顔でついてきていた。

廊下の床のスイッチを押し、角を曲がる。ウィンチのある隠し部屋に辿り着いた。吊り天井はこの部屋にあるウィンチから巻き上げられて吊るされている。

二台のウィンチに巻かれていた鋼鉄製のワイヤーは、ウィンチから外れていた。

「一体どうなっているんだ？」

「これだと思う」

葛城が床から拾い上げたものを見る。金属製の部品が数個。どうやらネジのようだ。

「ワイヤーロープの末端がこれで留められているんだ。端を折り返して輪っかにし、ワイヤー二本をネジで貫いて固定している。クリップ留めと呼ばれる方式だ。簡便な方法だからこれになったんだろうが、ネジを定期的に閉めなおさないといけない。こんな風に」

葛城はネジの一つをつまみ上げた。

「ネジ山が潰れていたりすると、メンテナンスが出来ないからね。事故の原因になるんだ」

「なんでそんなことまで知っているんだよ」

僕は呆れながらぼやく。葛城の表情が真剣なままなので、自分の顔を引き締めた。

「吊り天井をもう一度持ち上げましょう」

貴之の提案に、座の面々が頷く。

「取り換えられるネジは取り換えて、締めなおせば天井を持ち上げられるはずだ」文男が青い顔をしながら言った。「早く、部屋の中がどうなっているか見ないと……」

文男は「確か、倉庫に工具と予備のネジがあったはずだ」と、隠し部屋を出ていった。ふらふらとした足取りで頼りない。不安に胸が潰《つぶ》れそうなのだろう。

「おい、このまま繋ぐのは無理そうだぜ」小出がワイヤーの端を持ち上げた。「切れてるっぽいぞ、ここ」

ワイヤーは複数の素線を束ね、より合わせることで作られているという。素線を束ねたものをストランドと言い、ストランドをより合わせて一本のワイヤーになる。今、固定されていた端の部分のワイヤーの、素線が一本千切れていた。

「ワイヤーは複数本の素線を束ね、より合わせて作られているが、素線の一本一本は湾曲部で少しずつ位置がずれる。陸上でスタート位置がずれるのと同じだ」

「ズレると負荷がかかって、こうやって外側の素線が切れるんだな。だが、一本切れたくらいなら、大した問題じゃないだろ」

「大間違いだよ田所君。一本切れるだけでも、残った素線にかかる負荷は増大する。恐らくだが、まずワイヤーが経年劣化によって切れ、クリップ留めのネジにも過大な負荷がかかるようになった……」

「それで説明がつきそうだな」と答えると、「……もし、これが本当に事故ならね」と葛城は小声で言った。

「だけどよお」小出が鼻を鳴らす。「繋ぎなおすにしても、ダメになった部分を再利用するわけにはいかねえだろ」

「クレーン構造規格上、ワイヤーロープは二巻き以上、捨て巻きをすることに決まっている。つまり余りのワイヤーだね。現場では五巻きとか八巻きとか、多めに巻いておくことが多いらしいが……うん、ここもどうやらそうらしいな」

貴之が、なるほど、と呟く。

「素線が一本切れてしまっている末端の部分を避けて、余りの部分を利用すれば、もう一度ワイヤーを固定できそうですね。やってみましょう」

文男が工具箱を抱えて戻って来ると、貴之と二人で作業を始めた。ネジはワイヤーの太さに合わせて作った専用のものらしい。ネジ山が潰れていたり、錆が浮いていたりするネジだけを予備と取り換え、ワイヤーを再び固定する。

僕や葛城も手助けし、素人作業で固定し直すだけでかなりの時間がかかった。どうにか動作できるようにすると、ウィンチを作動させ、ワイヤーを巻き取っていく。

天井が動くと、館全体が揺れたかに思った。ここは吊り天井の部屋の真裏にあたるので、なおさら震動を強く感じるのだろう。

「随分時間がかかるな」

貴之が焦れたように口にした。

「ウィンチをゆっくり巻き取っているからですよね。降ろす時は?」

「ウィンチによる制動で、ゆっくり降ろしていく。上げる時も降ろす時も一緒だ。だが、ワイヤーが切れていたとなると――」

文男が絶句する。

自分の顔から血の気が引くのが分かった。

天井は、一気に落ちたはずだ。

天井がようやく持ち上がる。その間一分。吊り天井の部屋の扉を開く。部屋の扉は石造りのため重すぎて手動では動かせないようだ。

「このまま扉は開いておきましょう」

貴之は大声で言った。

「ワイヤーは留め直しましたが応急処置にすぎません。皆さんは、この内開きの扉の安全地帯からは出ないように――」

そこまで言うと、貴之が絶句した。

その理由は即座に全員が理解した。

「あ、あ、あ、あ」

久我島が口を押さえ、扉に背中をつけて、ずるずると体を預けていた。顔はすっかり青ざめていて、目の前の事態に誰よりも強く動揺していた。

「こりゃ、随分刺激的だな」

小出の反応はあまりにも不謹慎だったが、唇はかすかに震えていた。軽口で気を紛らわそうとしているようだった。

「おい、嘘だろ、なあ、嘘だと言ってくれよ」

文男がそのものに駆け寄った。それを咎《とが》める人間はいなかった。誰一人、そんなことには無頓着《むとんちゃく》だった。

いや。

「死んでいる」

目の前で事実を呟いた、この男だけは別かもしれないが。

僕は部屋の中に目をやった。廊下から差し込む光に照らされてそのグロテスクな物体はなまめかしく血を光らせていた。

彼女が潰れていた。

床の上に鮮血が広がっている。彼女の体はその中心に横たわり、腕と足があり得ない方向に曲がっていた。

——私たち、ここで死んじゃうのかな。

蘇《よみがえ》る記憶は残酷だ。

誰一人、こんな死に方は予想していなかった。

肘の肉を突き破って骨が突き出している。裂けたワンピースから赤黒いものが飛び出ている。胴はぐちゃぐちゃの液体をまき散らしながら、内臓の形さえ残さないほど平べったく潰れていた。人間の形を保っていない。彼女の着ていたワンピースがそこにあるから、それが彼女だとようやく分かる。手首が腕の骨から外れ、少し離れたところで潰れていた。

昨日の夜、確かに触れたはずの手が。

つばさは潰されて、死んでいた。

＊　フラッシュバック

「あー……」

自分の声が次第に沈んでいくのが分かった。体に力が入らなくなってきて、すっかり項《うな》垂《だ》れると、頭を抱えてうずくまる。

「言い過ぎた……」

「『一つ一つに傷つかないこと』。光流にそっくりそのまま聞かせたい言葉だよねー」

美登里がふふっと笑いながら言うので、「うるさいやい」と言い返す。

ホテルでの毒殺事件を解決した女子高生二人組。私と甘崎美登里は、まだバイトの給仕の制服を身にまとったままだった。一息つこうと、ホテルのテラスに出てきたところだ。

爽やかな風が吹き抜けて、私の長い黒髪を揺らした。

「あんな小さな男の子にアドバイスするとか、向いてないんだって。私、部活に入っているわけでもないし。むしろ美登里の方が得意でしょ？　美術部で、『みど先輩、みど先輩』って慕《した》われてるじゃん」

「嫉妬？」

「うるさい」

ぴしゃりと言ってから、思わずため息を漏らす。

「美登里は後輩に教えるのもうまいし、遊びにもよく行ってるし……その点私は全然ダメ。あの子も憧れるなら美登里に憧れれば良かったのに」

へそを曲げた時の自分が面倒くさいのは分かっている。美登里は呆れたような優しい笑みを浮かべて、「分かってないなぁ」と私に言った。

「先輩って、仲良かったりベタベタしてたり教えるのが上手《うま》かったりするだけじゃないんだよ」

「……そうなの？」

「そういうもんなの。ただそこにいるだけで、打ち込んでる姿を見せ続けるだけで、後輩に残せるものがあったりさ。だから落ち込むことないって。今日の光流はすっごくカッコ良かったし」

顔を上げて、思ったよりも近くにあった美登里の顔を見上げながら、「……本当？」と聞いた。

「うん。本当本当。どうしてそんなにナイーヴなのかね、うちの探偵さんは」

「悪い？　これで結構疲れるんだから。いろんなことに真っ先に気付く、っていうのは」

「んー。だってほら、光流のポジションって、唯一無二でしょ。探偵は一つの事件に一人だもの。だから、光流はそれだけで価値があって、わたしにとってたった一人の名探偵」

美登里に褒められると満更でもない。口元が綻んでしまうのが自分でも分かる。

「それに引き換え、わたしのポジションなんて、誰がやってもいいわけじゃない？　探偵は取り換えられないけど、ワトソンなんていくらでも取り換えがきく。本当に心配なのは――」

その時、自分の頭に血が上ったのが分かった。

美登里の胸倉を摑む。制服にプリントされたホテルのロゴが歪んだ。

私と美登里の顔が接近する。お互いの息がかかる位置だった。美登里は余裕のあるような表情を浮かべている。それが腹立たしく、そして、こんな表情も愛おしいと感じている、自分のことがなお腹立たしかった。

「私にとっても美登里はたった一人のワトソンだよ」

「そりゃ嬉しいな」

「美登里以外なんて考えられない」

「情熱的だね」

「茶化《ちゃか》さないで」

美登里は首を傾げた。

「だから二度とそんなこと言わないで」

彼女はしばらく私の顔を見つめて、なんの返答も寄越さなかった。

私は、意を決して口にしたのが馬鹿馬鹿しくなって、大げさに息を吐いて彼女のシャツから手を離した。途端に恥ずかしくなって、テラスの柵《さく》にもたれて頬杖《ほおづえ》をついた。美登里は隣にスッと入り込んできた。

「でもあの子、本当に探偵になるのかな」

「素材は良さそうじゃん？」

「素材？　あの子に何か推理させたっけ、私たち」

「え？　あ、素材っていうのは、顔」

「探偵になることと、顔が良いかどうかは本質的に関係がない」

「それはどうかな。少なくとも」

美登里は肩掛けの鞄からスケッチブックを取り出し、バサッと開いた。

「わたしが描きたくなるかどうかに関わる。だから重要事項」

甘崎美登里の趣味は絵だ。鉛筆で描く精密なデッサンと、それをもとに描く水彩画が彼女の専門で、美術部に所属している。コンクールなどには元来興味がない性格らしく、絵を描く場所と画材を得るために、部に入っているらしい。

「私はさ」

今なら素直になれる気がした。

「美登里が求めてくれるから、探偵なんてやってるんだよ」

「わたしが？」

美登里が目を丸くした。

「重い女」

「あのねえ、人が本気で――」

言い返そうとした時、美登里が嬉しそうに星空を眺めているのを見た。何が可笑《おか》しいのか、彼女はひとりでに笑い始めた。無邪気な笑顔だった。自分が笑われているような気がして落ち着かなかったけれど、私はそんな彼女の表情に惹かれたのだ。深刻に考えすぎる私には、彼女のような相棒が必要だった。

「そうか。光流がわたしを変えたみたいに、わたしも、光流を変えていたんだね」

「え？」

「わたしさ」

美登里が言った。

「今、親戚《しんせき》の本の挿画を頼まれてるんだ。ファンタジー作家なんだけどね。わたしのデッサンを見たその人が、ぜひ描いてほしいって。読ませてもらった原稿が面白くて、それが今は楽しくて仕方ないんだ」

私は何かを言いかけて、口を閉じた。

彼女が夢をかなえようとしていることを喜ぶ気持ちと——そして、胸をチクリと小さく刺した痛み。

その正体が何か自分でもよく分からなかった。

「ねえ光流」

美登里が私を振り返った。ショートカットの髪が揺れて、はにかんだように微笑む彼女の顔が眩《まぶ》しかった。彼女のしなやかな指が私の指先に触れて、次いで縋りつくように私の手を握った。

「わたしたち、ちょっとずつ変わっていくのかな。それでもわたしたち、ずっと一緒にいられる？　ずっと、変わらずにいられる？」

なぜ、美登里がそんなことを言ったのか分からなかった。私はただ、その必死な様子に気圧されて頷いてしまった。

「本が出来たら、光流にもすぐプレゼントするからね」

私は緊張から解放されて、気安い雰囲気で言った。

「それじゃあ、未来の名イラストレーターにサインももらっておこうかな」

「じゃあ、光流へのサインが第一号ね」美登里が笑った。「高くなるよ。これから」

「楽しみにしてる」

私が言うと、私の手を握りしめたまま、美登里が満面の笑みで笑った。

その次の瞬間、周囲が暗転して、私の手の中に、彼女の手が残されていた。

言葉通りの意味だ。彼女の手は手首から切断されていた。繋がっていた体の気配を幽霊のように漂わせながら、手首は冷たく冷え切っていた。生々しいほどの感触がしっとりと私の手の平に張り付いてくる。今にも握り返されるのではないかと思うほど、その手は不思議と生き生きとしていた。

死体の爪には水色のネイルアート。美登里も好きだった色。


……私は知らない天井を見上げていた。

ざらついた空気を呼吸するうちに記憶がハッキリとしてくる。山中。山火事。財田の屋敷。私たちは火の手から逃れるために屋敷まで避難している。

——まだ手の中にあの感触が残っている。

小さく、汚い言葉を呟いた。自分の耳にも届かないように。

質《たち》の悪い夢だ。一番幸せだった頃の夢。探偵である自分といつも傍にいる彼女の存在に何も疑問を抱いていなかった頃の夢。そして全てを喪《うしな》った後のこと。あの手首の感触が、自分の手の中にまだ残っているような気がして、ぶるりと身を震わせた。くしゃみが出る。鼻が詰まって仕様がない。昨日引いた風邪がまだ続いているようだ。いや、これは恐怖のせいだろうか。

あの少年が再び目の前に現れたからだろうか？　思い出したくもないことを思い出してしまった。今はもう私も二十八になって、心は象牙《ぞうげ》のように固くなって、一つ一つにいちいち傷ついていられないという言葉は本当になった。

そうして、もう私の隣に甘崎美登里はいない。

——それでもわたしたち、ずっと一緒にいられる？　ずっと、変わらずにいられる？

それが彼女の遺《のこ》した言葉だった。

だから私は彼女のことが嫌いになった。彼女を知る前の自分には戻ることが出来ないのと同じように、彼女を喪う前の自分には戻ることが出来ない。彼女は変わらないという不可能を私に強いようとした。私はそれに応えようとした。でも出来なかった。だから彼女を嫌いになることでバランスを取ろうとした。

それでこの有り様だ。

美登里を喪ってから、眠れない夜が増えた。でも、ここまでひどいのは久しぶりだ。呼気の一つ一つで、肺の中に煤を送り込んでいるような気さえしてくる。肌が汗と汚れでベタついているのがたまらなく不快で、早くここから逃げ出して、シャワーを浴びること以外は考えられなくなってくる。だが、考えることを捨てることは出来ない。それを捨ててしまったら、私は本当に彼女に顔向けが出来なくなる。

……たまに、考えてしまうことがある。

大抵は嫌なことがあって気分がささくれだった夜や、二日酔いのひどく痛む頭を抱えた朝、そして今日のように、何一つ希望を見いだせない昏《くら》い朝に考えることだ。

私とあのまま一緒にいれば、甘崎美登里は幸せだっただろうか。

恐らく、私は彼女を幸せには出来なかっただろう。彼女を欲してはいけない理由はいくらでもあった。それでも、彼女の羽をもいででも自分の傍にいてほしいと願う、自分はそういう身勝手な女だ。

そうして彼女は、自分が不幸になったことなど、おくびにも出さないだろう。私はそれにも耐えることが出来、気付いていないふりさえ出来ただろう。

あの時、私は何かを間違えたのだろうか？　どんなことをしてでも、彼女に傍にいて欲しいと願うべきだったのだろうか？

ドアを叩く音がした。

「大丈夫ですか、飛鳥井さん！」

田所というあの少年の声だ。大丈夫か、とは変な言い草だ。それだけで全てを察してしまった。途端に体が重くなる。昔は悲劇の臭いを察知するだけで体が機敏に動くようになったのに。今は目の当たりにするのを少しでも先延ばしにしようとすることしかしない。

同時に軽い苛立ちを感じ、壁を叩きそうになった。その事態を前に、のうのうと寝ていた自分に。

「ねえ」

「どうしましたか」

「一つだけ教えておいて、葛城君」

「はい」

「誰が死んだの？」

扉の向こうの葛城は、驚く気配さえ見せなかった。

「……あの子です」

私は瞑目《めいもく》した。「すぐに行くから」と答えると、扉の向こうからようやく二人の気配が消えた。何が「あの子」だ。その呼び方に腹が立った。「あなたなら分かるでしょう？分かっていたでしょう？」と言わんばかりのメッセージだ。大嫌いだ。頭が割れるように痛む。最悪の気分だった。

ねえ、美登里。

こんな私を見たら、君は呆れるかな。

9　死体　【館焼失まで11時間40分】

「……ひどい」

小さな呟きに反応して振り返ると、不機嫌そうな顔つきをした飛鳥井が、口元を押さえていた。

僕と葛城は飛鳥井に声をかけた後、事件現場に戻ってきた。内開きの扉の「安全地帯」

から様子を見ながら。

そこに残っているのは、僕と葛城、小出、そして今来た飛鳥井の四名。

文男と貴之は亡骸《なきがら》に縋りつき、魂の抜けきったような表情だった。文男は「父さんをソファで休ませておきます」と気丈に言って出ていったが、彼もまた顔面蒼白《そうはく》であった。無理もない。

久我島は死体を見た瞬間から最も気分が悪そうだった。「吐くなら外で吐いてこいよな。残りのミネラルウォーターは二十本だ。人数を考えると少ない。貴重な水をゲロの処理なんかに使わせるな」と小出に追い立てられ、外に向かった。小心な彼の動揺ぶりは異常で、それだけに、かえってこちらは冷静になれたことだけは、ありがたかった。

「田所君、スマートフォンのバッテリーは生きているかい？　出来たら、現場の写真を撮っておきたい。避難した後、警察の捜査の参考にもしてもらえるだろう」

「まるで殺人事件でも調査するみたいな言い方だな」

小出が冷笑的に言う。僕は気が進まなかったが、撮影を始めた。

「いよいよ、真打ちのお出ましですね」

部屋に入ってきた飛鳥井に、葛城が言った。彼には珍しい、絡むような口調だった。同業者の存在に、葛城なりのライバル意識を燃やしているのかもしれない。

飛鳥井が眉をひそめて葛城の顔を見つめ、次いで僕の顔を見た。

その時、僕は不思議な感覚に打たれた。昨日の飛鳥井の目は、どこか、意志のない幽霊の目を思わせた。目的もなく、あてどなくさまよっている幽霊だ。

だが、今彼女の目は違っていた。冷ややかな視線だが、まっすぐに僕を見据える目には力がある。なぜだろう。事件を前にして、やはり彼女も、昔の血がたぎっているのだろうか。だとすれば、探偵というのは随分と因果《いんが》な生き方だと思う。

「ごめんなさい」飛鳥井と葛城の間を取りなそうと言った。「昨日、葛城にあなたの話をしたんです。それで、葛城も興味を持っているようで」

彼女はじろりと僕を見た後、黙って手袋をはめた。

「へえ、手袋か。まるで探偵の真似事《まねごと》でもするみたいじゃないか」

小出が皮肉めいた口調で言う。

「探偵なんて、もうやめましたよ。これは日焼け対策で鞄に入れていただけです」

飛鳥井はそれ以上の説明は必要ない、とでもいうように、むっすりと黙り込んで作業を始めた。僕はショックで頭がぼうっとなったが、聞き出せる雰囲気ではなかった。

吊り天井の部屋はシンプルな造りだ。天井を吊る装置は隣の隠し部屋に外付けされているため、中に一切の家具はない。電動式の内開き扉があるほかは、コンクリート製の箱のようにしか見えない。扉の横、肩ぐらいの高さに、扉を動かすスイッチがある。廊下にも同じ位置に設置されている。その灰色の空間に、グロテスクな赤の色彩がぶちまけられていた。まるで子供が無邪気に絵筆を振るったように。

つばさの死体は部屋の手前側——扉から近い位置にあった。周囲には血痕《けっこん》や、砕《くだ》けた骨や潰れた肉が四散している。血痕は奥の壁にも少量付着し、床にも点々と残っている。

「どうして、扉の下の方まで血がついていたんだろうな。あの血さえなければ、僕らは彼女を発見出来なかったかもしれない」

僕が言うと、葛城は大きく頷いた。

「この位置に死体があるからには、死体から直接血が付着したとは考えづらい。死体が移動されたなら、死体から扉までの床に痕跡が残っているはずだ。とすると、犯人の手や服から付着したと考えるべきだろうね」

「扉の下の方に付着したなら、靴か、ズボンの裾か」

僕が言うと、葛城は頷き、「さすがに処分しているだろうけどね」と口にした。先を読まれている。

「この非常時に衣服を処分するか？」

と僕が問うと、飛鳥井が肩をすくめた。

「さあ？　あるいは、服を処分しても替えに困らない人たち、とかかも」

屋敷の人たち……。

「それにしても、この無残な死に方は――」

飛鳥井は無残な死体を見てから、視線をすっと上にあげた。

「吊り天井、か」

天井は白で、死体から垂直に見上げた位置に、生々しく赤の血痕が残されていた。血が天井から滴《したた》り落《お》ちた痕跡も床に残っている。今天井に残っているものは全て凝固しているようだ。

「天井の痕跡からも明らかですし、ここまで無残な死に方に合致するのは、まさしく吊り天井でしょう」僕は言った。「もちろん、別の場所で墜落した遺体を、ここに運んできた可能性もあるかもしれませんが」

「死体だけなら、そうだろうね」葛城が首を振る。「だが、そうなら天井を降ろす意味はない。それに、別の場所で墜落した遺体を、血を垂らさずにここまで運んできたというのは現実的ではないね」

僕の仮説は大抵一蹴《いっしゅう》されるが、葛城が丁寧に論拠を挙げてくれるのでそれほど腹は立たない。

「この部屋には家具がないね。吊り天井の動線を確保して下まで下げるためか」

飛鳥井は誰にともなく呟いた。

「随分無骨な部屋だとは思っていたがな。ウィンチも別の部屋に外付けしているしよ」小出は一人で得心している。「本当に天井が降りてくるとはなあ。恐れ入ったぜ」

「これはどう言い表すんだろうね……『圧死』、かな」

飛鳥井の口調は重苦しい。うなだれて、つばさの死体を見下ろしている。

「吊り天井の落下による、出血多量と全身の複雑骨折。ひとたまりもなかったでしょうね」

彼女の言葉を聞きながら、無残な物体を再び見下ろした。正視に堪《た》えない光景だった。つばさだったものの胸元に、何か光るものがあるのを見つけた。

「あれは……?」

ためらっている僕をよそに、飛鳥井は血だまりの中に靴を浸し、つばさの胸元を探った。彼女は首にネックレスをかけて、そのペンダントトップに鍵をつけていた。鍵には鈴もついていた。山道で聞いたあの鈴だ。

飛鳥井はハンカチで鍵をつまみ上げる。どこの鍵だろう。天井で押し潰された時の影響か、鍵の先端はひしゃげていて、もはや使い物になりそうもなかった。

「貴之さんや文男さんに聞けば、何か分かるでしょう」

飛鳥井は言って、死体から鍵付きのペンダントを取り去った。

「これだけひどい死に方なら、みんな驚いたでしょう」飛鳥井は僕の方を振り向いた。「皆さんの様子はどうだったかな、田所君?」

僕は死体発見時の様子を伝えた。思い返しても、肉親である貴之、文男の衝撃はいかほどだったか分からない。

彼女は僕の報告を聞いた後、しばらく目を閉じていた。何かを考えているのだろうか。

「——確か、この天井を動かす仕掛けは、一階の隠し部屋にあるんだったたね」

「はい」

飛鳥井の言葉に、葛城が応える。

「一階廊下の隠し部屋の奥に、この部屋の天井を吊っているウィンチがあります。発見時に切れていたワイヤーをウィンチに繋げ直し、巻き取って、天井を持ち上げました。僕と田所君、貴之さんと文男さん、久我島さんの五人がかりで、ですが」

「手回しがいいね」飛鳥井が無感動な顔で言った。「さすが現役。この部屋から隠し部屋までの距離は？」

「一分とかかりません。隠し部屋は、左手にある突き当たりを左に曲がった先の部屋です。途中の床に、隠し部屋を開けるスイッチがあるので、操作して行けば良い……」

「なるほどね。ちょうどこの部屋の裏に隣接している形か」

「今こうしている間にも落ちてこないんだろうな？」

小出の問いに、「しっかり固定してあるので、大丈夫なはずですが」と葛城が答える。

「発見時には、天井は落ちていて、扉は閉まった状態でした。そして、天井がつかえて扉は開かないようになっていた」

「ワイヤーが切れていたから、持ち上げることも出来なかった、と」

「それにしても、全く常軌を逸《いっ》していますね」僕は唸った。「犯人はウィンチを操作して吊り天井を落下させ、この部屋にいたつばささんを殺したってことですよね？　一体どうやってそんなことを……」

葛城と飛鳥井からの反応はなかった。もったいぶるのは探偵の性《さが》ではあるが。あまりつれないとこちらも拗《す》ねてしまうぞ。

「不可能が過ぎる。第一、どうやって狙いをつける？　あの隠し部屋には昨日僕らも入ったが、あの部屋からここの様子は見られない……」

葛城の言葉に、小出が鼻を鳴らしながら反応した。

「お前の言う通りだ。この部屋には扉が一つあるだけだな。小窓さえない。外から様子を確認する手段がないじゃねえか」

「音で確認した、というのはどうだろう？」と僕は思いつく。

「試してみるかい？　田所君が今からあの部屋に入って、僕らが何か言うのが聞こえるかどうか聞いてもらうんだ」

僕は賛成した。飛鳥井も渋々《しぶしぶ》ながら同意し、僕と小出が隠し部屋に入り、飛鳥井と葛城が吊り天井の部屋に残ることになった。扉を閉めると二人は不安そうな顔をしたが、三分後に必ず扉を開けると約束すると安心した様子だった。

僕と小出は隠し部屋に留まり、三分待ったが、なんの物音も聞こえなかった。

「戻るか」

小出はややつまらなそうな表情をして言った。

戻ると、葛城は顔を紅潮させていた。飛鳥井はいたたまれない表情だ。

「あらん限りの大声で、校歌を歌っていたんだけどね」

「マジかよ」小出が口笛を吹いた。

「全然聞こえなかった。すまない、葛城」

「いや、いい。扉を閉めると、隠し部屋にはなんの音も聞こえないことがこれで分かった。扉の目の前ではどうだった？」

「同じだ。壁が厚いのか、中の音は全く聞こえなかった」

　うん、と葛城が頷いた。

「扉を閉じてみて、もう一つ気付いたことがあります」葛城は呼吸を整えると、改まった口調で言った。「この部屋の扉は両開きの内開き扉です。であれば、扉があいた状態——外から見える状態だったなら、天井は扉に引っかかって止まるはずです」

　石造りの重厚な扉で、高さが二メートル五十センチほどである。かなり重く、手動では動かすことが出来ない。電動式で、スイッチは外と内の扉脇に計二ヵ所設置されている。

　これだけ重量のある扉である。天井が下がってきたとしても、扉ごと潰れるということはあるまい。

「扉に引っかかったとすれば、落ちてきた天井は斜めになるってことかな？　そうすると、つばささんも潰されずに済んだんじゃ……」

「ああ。だから、つばささんが亡くなった時には、扉は完全に閉まっていたと考えるしかない」

「それなら、どうやって犯人は中につばささんがいることを確認出来たのか……」

　僕はこめかみを揉《も》んで、仮説を捻りだした。

「仮説は色々と考えられるな。一、事前に本人から聞いていた。二、入るところを見ていた。三、この部屋に入っているという理由に心当たりがあった」

「この段階では、どれもありそうだな」葛城が顔をしかめる。「でも、本当に犯人が吊り天井を落としてつばささんを殺そうとした、という考えが正しいなら……最大の問題は、どうしてつばささんは扉を開けて逃げようとしなかったのか、になると思う」

「あ……そうか」

僕は頷きながら口を動かす。

「扉が外開きなら、バリケードか何かを設置して、被害者の脱出を犯人が防いだと考えてもいい。だけど、内開きだからそれも出来ない。この扉には取っ手もないから、鎖とかでロックする方法も取れない。外から鍵を掛ける方法がないんだ」

「夜間に明かりもない中で、部屋の中に入ったつばささんが扉を閉めたとは考えづらい。死体の傍には懐中電灯の類も見当たらないしね。扉を閉めればここは完全な暗闇だ。こんなに何もない部屋で、暗闇の中で何をするというんだ？」

「……蛍光塗料が塗られているとか」

葛城に横目で睨みつけられる。

「とにかく、事件当時、つばささんが扉を開けていたと仮定する。すると犯人は、廊下の扉スイッチを押して扉を閉め、ウィンチのある隠し部屋に向かい、ワイヤーの固定部を破壊しなくてはならない。巻き付いているワイヤーから固定部分を見つけて、クリップ留めに使われているネジを外す。これは大仕事だね」

「一つネジを外した段階で、重さがかかって、他のネジが勝手に外れたのかもしれないぞ。だけど、工具を使わないといけないし、ウィンチ二つ分でそれをやらないといけない。どんなに少なく見積もっても、五分は下らないだろう。十分が現実的なセンかな」

五分、十分か、と葛城は呟く。

「つばささんが扉を閉められたことに気付いた後、再び開けて逃げるには十分な時間だ」

「縛られでもしていたのかも。もしくは睡眠薬を飲まされていたんじゃないかな」

葛城の疑問に飛鳥井が応じる。こちらを振り向くそぶりはない。

「比較的原型を留めている部分の皮膚を見る限りは縄の痕、それに類する圧迫痕はありません。前腕部や足などですね」葛城が目も合わせずに応じる。「睡眠薬の線はあり得るかもしれませんが、どこから入手したかが問題になりそうです」

「他にも仮説はある」僕は口を挟んだ。「犯人から逃げて、この部屋の中に隠れていた。これならどうだ?」

「わざわざこの部屋に逃げてくるか? 逃げるならもっと別の部屋がいくらでもある。それに、もしここに逃げたのだとしても、天井が迫ってきたなら外へ逃げればいい話だ。みすみす潰される必要はない」

「じゃあ——」

僕が次の仮説を挙げようとした時、飛鳥井が再び水を差した。

「随分息が合ってるね」

飛鳥井が感想を漏らした。

「可能性の検討が手早い。問題点の洗い出しと仮説の頭出しを田所君がやって、判断と仮説の整理、否定を葛城君がしている。役割分担が出来ているんだね。二人の頭の回転がいいんだろう」

「……それほどでも」葛城は唇を尖《とが》らせながら言った。

そう言う飛鳥井も、僕らのペースについてきていたではないか。言葉の上では褒めているが、僕はそこに何らかの含みを嗅《か》ぎとった。

「だけど、少し先走りすぎるところがあるね」

「そうおっしゃるなら、ぜひ『先輩』にご教示いただきたいですね」

葛城は勢い込んで言った。少し強気な口調で、人付き合いの苦手な葛城には珍しい。彼の表情だけでは、感情が読めなかった。探偵だった女性への対抗意識なのか、それとも、純粋な尊敬の念なのか。

「前提の確認を飛ばしている。私をウィンチの隠し部屋に連れていってくれないかい?」

さっき訪れたばかりの隠し部屋に、飛鳥井を連れて向かった。

彼女はウィンチの傍にしゃがみこんだ。その視線の先には、今は留め直されているワイヤーの部分があった。飛鳥井は葛城を呼び、発見時のワイヤーの様子を洗いざらい聞き出した。

その間、葛城は隠し部屋の入り口から奥まで何度も行き来していた。手持《ても》ち無沙汰《ぶさた》なのだろうか。

彼女はため息を吐くと、「私たちもホールに行こう」と言って部屋を立ち去った。

「こいつはいい」と小出が笑った。「やっぱり探偵っていうのは、もったいぶらないとな」

その時、ずうん、という地響きのような音が響いた。

「なんだ？」

小出がきょろきょろと見回しながら言う。

「雷のような音でしたね」

「まだ荒天が続いているのか」

「しかし、光は見えなかったような」

廊下には窓があるが、閃光《せんこう》は見えなかった。

「違う方角に落ちたんだろう」

と僕が言うと、葛城は「ああ、そうだろうね」と上の空の様子で答えた。

なにげなく時計を見る。午前九時。つばさの死体を見つけてから、優に一時間が経っていた。


ホールに戻ろうとしていた時だった。

久我島がホールから走って来る。手にラジオを持っており、息を切らしながら、額に汗を浮かべている。廊下の奥へ向かおうとしているようだ。

「おい、そんなに慌ててどうしたんだよ」

「どうしたって、聞こえないんですか？」彼は大きな声を出した。「助けが、助けが来たんですよ！」

助けが？　その時、急にヘリコプターの音が聞こえてきた。ああっ、と思わず口から声が漏れる。

「ヘリが来ているんだ！」

「ええ、ですから、塔の上に上がって助けを求めようとしているのです。文男さんと貴之さんは、今、館の玄関から外に出て、助けを呼んでいます。あのあたりも空から様子が見えますからね」

久我島はラジオを持ち上げた。

「ラジオでも山火事のニュースをやっているのですが、電波が悪いのか、よく聞き取れなくて。塔の上の方でなら聞こえるかもと思って持ってきたんです……でも、ラジオなんて関係ないですよね、これで助かるんですから！」

僕は希望が胸の奥から湧き上がってくるのを感じた。希望に音があるとすれば、今だけはヘリコプターのプロペラの音がそれだった。

僕たち四人は久我島のあとに続いて塔に上った。四本ある塔のうち、手前側の塔、つまり、山の表側に面した塔だ。

塔の窓から下を見ると、燃えている森が見える。ススキ野原に炎があらかた燃え広がり、今は川近くの低木まで火が広がっている。もう一キロ先まで炎が来ているようだ。

上空を見上げると、一機の白いヘリコプターが旋回していた。館から五十メートルほど上空だ。

これで助かるんだ！　僕の身体を安堵と、次いで歓喜が満たした。

「おーい！」

久我島が必死な声を上げた。窓から大きく身を乗り出し、ぶんぶんと手を振り回している。「危ないですよ」と言って、飛鳥井が久我島の腰を押さえていた。だが、彼女の顔にも安堵の色があった。

その時、ヘリコプターが大きく揺れた。

「どうしたんだ？」

僕は言って、隣の葛城を見た。葛城の表情が青ざめている。

「風だ……」

「え？」

「強風だよ。それでヘリコプターが近寄れないんだ」

その場の全員が、呆気に取られた顔で葛城を見た。飛鳥井が首を振る。

「……あり得る。昨日から風が強かったけど、この山の裏手は切り立った崖になっているから、風が吹き上げてるんだ。ヘリが安全に航行できるためには、秒速約20メートルの風力階級8がせいぜい。小枝が折れるくらいの風ってことね」

どうして葛城といい飛鳥井といい、そんな知識まで持っているんだと呆れそうになるが、風のことはよくイメージ出来た。昨晩、反対側の塔に上がった時にも、風の強さは感じていた。しかし、ヘリコプターがあんなに傾ぐくらいだから、上空ではより強力な風が吹き荒れているに違いない。

「ひどい揺れ方……風力階級8を超える風が吹いているかもね。ヘリからロープを下ろそうにも、これじゃ無理だよ。安全に避難できない」

飛鳥井が悔しそうに言い、唇を噛んだ。

「そんな……」

僕がうなだれた時、「あっ！」という葛城の叫び声が聞こえた。

「み、見てくれ！　帰っていくぞ！」

ヘリがそっぽを向き、遠くへ消えていく。裏切られたような気がした。希望を感じていただけに、ダメージは尚更大きかった。飛鳥井や葛城も茫然としてヘリの消えた方角を見つめていた。久我島は床に崩れ落ち、小出は忌々し気に舌打ちをした。

久我島が置いたラジオが、追い打ちをかけるように囁いた。

『……昨日からN県M山で発生している森林火災は……標高百メートル付近まで燃え広がり……空撮ドローン二機を派遣しましたが、突風により墜落……取材のヘリコプターも近づけていません……消防庁の救助ヘリは、強風の中近付くことを試みておりますが……打つ手がない状況です……』

重い足を引きずってホールに戻ると、文男と貴之も戻って来ていた。これで雄山を除く生存者七名が揃ったようだ。財田貴之はソファに前かがみに座って、組み合わせた両手に額をつけていた。財田文男は椅子に深く座り込んだまま虚空を見上げていた。

「……ああ、君たちか……」

文男が我に返ったように言う。つばさの死による憔悴と、助けが来ないことへの落胆。二つが合わさったせいか、生気が抜けたような顔をしていた。

「このまま、助けが来ないなんてこと、ないですよね？　ね？」

久我島が青い顔をして言う。その質問が皆を苛立たせた。

「分からないだろ、そんなの」文男が投げやりに言う。

「これはいよいよ、隠し通路探しが現実味を帯びてきたかもしれませんね。夢物語と笑うわけにもいきませんか」貴之は力なく首を振って言った。

飛鳥井が諦めたように目をつぶる。

「ヘリが期待できない以上、出来ることをするしかありません。全員で協力して——」

「全員で？」

その時、文男のまとう雰囲気が変わった。

「いや……ダメだ。全員で協力なんてできない。誰かがやったんだ、誰かがつばさにあんな真似をしたんだ……許さない……許さないぞ！」

文男の語気は乱暴で荒々しかった。

「この中の誰かがつばさを殺したなら、そいつには助かる資格はない！　ここに一人取り残されて焼け死ぬべきだ。誰か分かるまでは、協力なんて出来ない」

そう、誰が――。加えるなら、なぜこんな時に。疑問は結局のところその二点に集約される。奇抜な殺害方法の疑問や、内開きの扉と吊り天井の動線など、細かい問題は他にもあるのだが。葛城はどのような答えを出すのだろう。僕の心は不謹慎にも、その期待にわずかばかり高揚していた。かと思えば、次の瞬間にはつばさの笑顔を思い出して深く打ちのめされた。

「いえ」

ところが、口火を切ったのは飛鳥井だった。

「あれは殺人ではありません。犯人はいません。いわば」

そうして元探偵は、静かに続けた。

「不幸な事故です」

10　検討　【館焼失まで10時間31分】

「事故ですって？」

貴之が素《す》っ頓狂《とんきょう》な声を上げた。

僕には飛鳥井の言っていることの意味も、彼女の意図もまるで分からなかった。あれが事故？

「事故死……一体何を根拠に、そのようなことを言われるのですか？」

貴之が問いかける。

「そう考えるのが一番自然だからですよ。まず、ワイヤーの素線が一本切れていました。これは湾曲による素線のズレと、経年劣化が原因の自然現象です。

ワイヤーの断裂の仕方も、重さに耐えきれずに引きちぎれた、ギザギザの断面でした」

葛城が小さく、「そこは僕も同じ考えだ」と呟いた。

「素線が一本切れるだけでも、残る素線にかかる重さは飛躍的に増大する。クリップ留めのネジに過大な負荷がかかり、一本のネジが壊れた。クリップにも負荷がかかり、ネジが外れる。そうして、今回の痛ましい事故に繋がった……」

飛鳥井が無念そうに首を振る。

「悲しむべき事故です。ですが、誰かを恨むべきではありません。事故は事故として受け止め、今は前に進むべきです。さあ、出来ることから――」

「二つ同時に、ですか？」

葛城が鋭く、強い調子で言った。射抜くような眼光で飛鳥井を見つめている。ひやりとさせられた。

「どういう意味かな、葛城君」

「二つのウィンチに、同時にそんな事故が起こったと？　偶然が過ぎるのではありませんか？」

「完全に同時、ではないでしょうね。ですが、一つ目のウィンチが壊れた時点で、もう一つのウィンチにかかる吊り天井の重さは倍になります。その負荷によって、もう一台も壊れた……と考えてもよいでしょう。もちろん、急激な負荷になりますから、時間差があるとはいえ、一分と持たなかったでしょう」

飛鳥井は淡々とした調子で続ける。

「それに、もしあれが事故でないとしたら、なんだというの？」

彼女の口元に薄い笑いが浮かんだ気がした。見たかどうかさえ、確信を抱けないほど一瞬のことだった。誘われたのだ、と思った。彼女は葛城からその言葉を引き出そうとしているのだ。

「……殺人です」

葛城が絞り出すような声で言った。文男と貴之が緊張した表情を浮かべた。久我島が息を呑む。小出の表情は読めなかった。面白がっているようにも見える。

「そういえば君――探偵を名乗っていたね」文男が葛城を睨みつけている。「これが殺人だと言うなら教えてくれよ。犯人は誰なんだ？　僕は誰を罰すればいいんだ？　答えてくれよ探偵、なあ」

「ハハッ、こりゃいい、葛城が探偵だって？」小出が大げさな拍手をした。「飛鳥井もさっき、『探偵はもうやめた』って言ってたよなぁ。つまりこれは、探偵と元探偵の対決ってわけだ」

貴之や久我島は、唐突に発せられた「探偵」というフレーズに驚いているようだ。無理もない。この密閉空間に、探偵を名乗る奇矯な人物が二名もいるのだ。偶然にしては出来すぎている。

「天井は人為的に落下させられたのだと考えます。ワイヤーのストランドはとても人間の手では切れません。切れていたのは、飛鳥井さんの言う通り自然現象でしょう。ですが、ネジを外したのは人間です」

「外した、ね。でもそれって、どれくらい時間がかかる作業なの？　葛城君と田所君は、時間の概算をしていたよね。吊り天井の部屋の扉を外から閉じる。隠し部屋に移動する。隠し部屋で二つのウィンチのワイヤーを順に細工し、天井を落下させる。君たちの推定では、五分、十分だったかな？　つばささんが逃げるには十分な時間だ」

「しかし――」

「一つ目のワイヤーのネジを外した時点で、当然中の人間は天井の異変に気が付く。その時点でつばささんは電動扉のスイッチを操作し、扉を開けて逃げることが出来たはず」

「それは……」葛城が言いよどんだ。

「それに、殺人だとしても、ネジに細工する面倒をかける必要がある？　天井を下ろすだけでいいなら、ウィンチを操作するだけでもいい。なぜあえて、ネジに細工するなんていう面倒な方法を取ったのかな？」

葛城が黙り込んだ。

「事故と考えた方が、すっきりと理解できる。逆に殺人と考えるには、いくつもの矛盾を解決する必要があるでしょう。なぜ、こんな殺害方法を選んだのか。なぜ、ネジへの細工なんて面倒なことをしたのか。なぜ、つばささんは天井の異変に気付いても逃げることが出来なかったのか――」

飛鳥井の言い回しは、教師が出来の悪い生徒に優しく教えているような口調だった。周囲に良い印象を振りまきつつ、特定の生徒にだけははっきりとプレッシャーをかけるような狡猾《こうかつ》さがあった。

「……扉側！」

葛城は反抗するように声を張った。

「先に扉側のワイヤーを細工した！　これでどうですか？　天井が、扉側を塞いだ状態で斜めになる。被害者は扉から逃げられなくなった状態となり、その後でゆっくりと、もう一本のワイヤーの留め具を外した」

貴之と文男の身にまとう雰囲気が、明らかに変わった。残酷な想像に顔をしかめ、推理を弄《もてあそ》ぶ葛城に反発を抱いている。久我島は口を半開きにして震えており、目の前の事態についていくのに精いっぱいの様子である。この発言で面白そうに笑みを浮かべているのは小出くらいのものだ。これは葛城の失敗だった。真実を追い求めるあまり、場の空気を顧みなかったからだ。

飛鳥井は口を開いた。目を細め、慈しむとさえ言っていいような柔らかな笑みを浮かべる。しょうがないですね。私が答えてあげるほかありませんもの。

「つばささんのご遺体は、吊り天井の部屋のどこにありました?」

「部屋の手前側――」

葛城はそのまま絶句した。

葛城の推理が正しければ、つばさは部屋の奥で潰されていたはずである。

「あなたのお話とは、合わないようですね」

「なんという……」

貴之が無念に駆られるようにして首を振っている。

「事故……ね。妹が浮かばれない気もするが、一理あるのは確かだな」

文男が悲痛な面持ちで言う。

「ですが!　あんな死に方が――あんな死に方が事故なはずないではないですか!」

久我島は悲鳴のような大声を上げた。

「随分都合の良い話に聞こえるがな」

ふん、と鼻を鳴らして小出が言った。

「ちょ、ちょっと待ってください」

僕は慌てて立ち上がった。ここで抵抗しなければ、一気に事故死説に傾いてしまう。

「確かに、事故死の可能性はあります。ワイヤーに関する指摘も、天井が降りてきているのに逃げなかった不自然さも、飛鳥井さんのおっしゃる通りだと思います。ですが、それらの疑問にも意味があるはずで――」

「じゃあ、あなたは解答を提示出来るのですか？」

体が硬直した。次いで無力感が襲ってくる。出来ません、と答えることさえ出来なかった。

葛城は小鼻をぴくぴくと震わせていた。

出た、と僕は身構えた。彼の反応が出始めている。彼の暴走はまた新たな軋轢を生むかもしれない。だが、この局面を打破するキッカケにはなるだろう。

「あなたは……なぜそこまで事故死にこだわるのですか？」

「こだわる、と言われるのが分かりませんね。私はただ自分の意見を述べているだけです」

飛鳥井は言葉を切り、強調するように言った。

「こだわっているのは、葛城君の方ではありませんか？」

葛城の目が泳いだ。動揺している。あの葛城が。

「……田所君に確かめたんですが、あなたは昔探偵として生きていたようですね」

「生きていた？　随分変わった言い方をするね。まあ、そうですね。昔の話ですけれど」

「探偵というのは、どんな時でも真実を追い求めるべき者です。どんなに衝突を繰り返そうと、事件に光明をもたらす者のことです。少なくとも僕はそう考える。僕らは真実に忠実であらねばなりません。どんな時でも、正しい推理だけが、正義たりうるのではありませんか？」

飛鳥井の顔が嫌悪感に歪んだ後、途端に緩《ゆる》んだ。戸惑ったような笑みを浮かべ、ゆっくり首を振る。青臭い情熱を嗅ぎ取るときの、うっとうしくも、何かを懐かしく、胸のすくようなものを見るときの感覚。彼女の表情は「あなたもまだまだ若いね」というメッセージを発していた。

僕の中に、飛鳥井光流と出会ったあの十年前の夏が去来する。この十年の間に何が起こったのか。何が、彼女を変えてしまったのか。

「推理が人の命を奪う時もある」

飛鳥井は冷静な口調で言った。

「だから私は探偵をやめたの」

葛城が言葉を失った。僕も同じだった。そして、

「十年前の冬、甘崎という女の子が殺された。私が、探偵だったせいで」

彼女の隣に、あの人がいない理由を知った。

飛鳥井は椅子に座り直し、感情を抑えたような低い声で話し始めた。

「私と甘崎の学校の女子生徒が連続殺人犯に殺された。死体に猟奇的な装飾をする殺人鬼

でね。自分たちのクラスメイトが死んで、殺人鬼の趣味で花で飾りつけされて。それで、甘崎が言った」

——わたしたちで、こいつのこと、捕まえられないかな。

驕《おご》りだ。だが、そう決意させるほど、二人にとって衝撃的な事件だったのだろう。

「私と甘崎のペアは殺人事件も解いた経験はあった。バイト中に巻き込まれたりがほとんどでしたが」

「僕と飛鳥井さんたちが出会うことになった事件も、まさしくそのパターンでしたね」

飛鳥井がどこか神妙な面持ちで頷いた。

「だからこそ、クラスメイトが殺されたという衝撃は大きかったのです。シリアルキラーを捕らえるなんていう大それたことを考えたことなんて一度もなかった。ですが」

上手くいってしまったの、と飛鳥井は自嘲気味に笑った。自分を責めているかのように。

「シリアルキラーの行動パターンを発見したのです。毎週、一日ずつ曜日をずらして殺人を行うこと、殺害場所に一定の規則性があること。地図の上にプロットすると特定の意図が浮かび上がる、というものでした」

身内の死に悲しみや怒りをあらわにしていた貴之と文男も、前のめりになって話を聞いている。飛鳥井の話に引き込まれている様子だ。

「私は警視庁勤務だった甘崎のお兄さんを通じて、警察にその情報を提供しました。次の犯行は金曜日、この場所で行われる。あまりに遊戯的で一蹴されかねない推理でしたが、次の殺害場所として予想される地点に緊急配備が敷かれました。その日には殺人が起こらなかったのです」

では、と久我島がおずおずと言った。

「飛鳥井さんは一つの殺人を防いだのでは——ありませんか」

自信なげに語尾がかき消える。

「そうです。一つの殺人を防ぎ、そして、別の殺人を生み出してしまった」

その先を語ろうとする飛鳥井はつらそうだった。顔をしかめ、組み合わせた両手は震えている。

「……警察内部から情報が漏れた、と聞いています。その事件の犯人だった戸越悦樹《とごしえつき》に、情報提供者が私たちと知れてしまった」

冷たい雨の降る冬の月曜日のことだった、という。

＊　回想

朝から冷たい雨が降っていた。湿度が高い分、今日は喉の調子が良いが、口から漏れる息は白い。あまりの寒さに耐えきれず、タイツを穿いてきた。

マフラーから口元を出して、ほうっ、と白い息を吐いてみる。そんなことをして電車を待つ退屈を紛らわせるほど、今朝は退屈だった。

八号車の三番目の扉の位置の先頭に立っていた。ここに立っていると、私より二分遅れて甘崎美登里がやってきて、「おはよっ」と私の視界の左下から、手を振って現れる。普段通りなら他愛《たわい》もない話を始め、機嫌の良い時には後ろから抱きつかれる。機嫌の悪い時や体調の悪い時は無言で後ろに立つので、私から話しかける必要があるが、衣替えの季節にはどんなに機嫌が悪かろうと服装を褒めてくる。毎年見てるのに、と答えると、しばらく見ないと新鮮になるでしょ、と笑って答えられる。それなら彼女にとっては夏の暑さも冬の厳しさも毎年新鮮で仕方がないのかもしれないと、少し羨ましくなったりする。

夏服の上からカーディガンを羽織《はお》っていた秋口の服装から、ようやく冬への服装に切り替わった日に、彼女がいない。褒められたかったのでも、残念、というのでもない。ただ心に小さな穴が開いたように落ち着かなかった。

いつもの時間の電車が来ても彼女は現れなかった。私はいつも通り端の席を取り、普段甘崎が座る席には駆け込みで入ってきたスーツ姿のおじさんが座った。

昨日の日曜日、彼女は親戚のファンタジー作家に会い、挿絵案の下絵を見せてきているはずだ。

「楽しみにしててよね。自信作なんだから」

少しだけ見せてよ、と言うと、「ダメ！」と言って、愛用のポートフォリオを抱きしめてイヤイヤと首を振る。Ａ３サイズの、折り畳み式の紙製のファイルで、スケッチを持ち歩くために使うものだ。

「何がダメなの。そのポートフォリオの中にクリアファイルを入れて、大層大事そうにしてるのは知ってるんだからね」

それに、と私は続けた。少し悪戯心が芽生えたのだ。

「作品になったらもっと多くの人に見られるんだよ」

「光流の意地悪。でもでも、下書きを光流に見せるのは別なの。光流だって、頭の中の考えが完璧《かんぺき》にまとまるまでは、推理を口に出してくれないじゃない」

と彼女は顔をむくれさせて言った。それとこれとは、話が別だけれど。

彼女の言うファンタジー小説の筋は断片を聞かされていたから、私の中にも一つのイメージが出来つつあった。世界に散逸した八つの宝石を、一つ一つの試練を潜《くぐ》り抜《ぬ》けて集めようとする少年少女の冒険。イメージを持たせられれば持たせられるほどハードルが上がるんだから、見せてくれればいいのに、という軽い嫉妬心混じりの想いで、私にしてはしつこく美登里にアプローチをかけたが、彼女のガードは固かった。

——楽しみだなあ。

その作家はどのくらい有名なんだろう。何部くらい出るのか。本屋さんに並ぶのを楽しみにしてて、と彼女は言うが、平積みでなくて、棚に一冊だけぽつんとささっているだけだったら、彼女は落胆するだろうか。私は脳裏に浮かんでくるくだらない現実を彼女の前では口にしなかった。そんなことは関係がない。彼女が完成した本を見せる時、この世界にはその絵を描いた彼女とそれを見る私しか存在しない。小説の著者だって、私たちの間には立ち入らせない。

駅を出て傘をさしながら歩いていると、傘が弾《はじ》く雨音と、周りを歩く同じ学校の生徒の話し声がやけに大きく聞こえてきた。

校門の周りに生徒がたむろしていた。様子がおかしい。胸がざわついた。昔から事件に巻き込まれ続けてきた。その現場に漂う空気を嗅ぎ取った。傘を放り捨てる。どいて、と叫んで人の波に分け入っていく。お前は見るな、という怒鳴《どな》り声《ごえ》が遠くに聞こえた。

その光景を見た時、私にはもう二度と、平穏な夜が訪れないことを知った。

青白い彼女の顔は苦悶《くもん》に歪み、目を大きく見開いていた。彼女の周囲には色とりどりの造花が飾られており、偽物の花は雨さえ弾いて嘘くさい極彩色を放っている。翼に見えた。彼女から散った色とりどりの翼。彼女を欲した時、たとえ羽をもいでも彼女に傍にいて欲しいと思ったことを思い出す。**それでもわたしたち、ずっと一緒にいられる? ずっと、変わらずにいられる?** あの羽を奪うのは私だったはずなのに。全ては遅すぎたのだろうか。

犯人は犠牲者の爪にネイルアートを施す性癖があった。花の装飾を掻き分けると、黒と白のチェック柄《がら》、そんなシンプルなネイルが見えた。

死体の傍《かたわ》らに、彼女愛用のポートフォリオが打ち捨てられていた。紙製なので雨でところどころ滲んでいる。

端から何かの紙が覗いている。私は無意識のうちにハンカチを取り出し、折り畳まれたポートフォリオを開く。クリアファイルも、彼女の絵もなくなっている。犯人が持ち去ったのか？　一体どうして——私の頭は混乱した。

ポートフォリオには代わりに一枚の紙が挟み込まれていた。小さな紙片に黒い、几帳《きちょう》面《めん》な字が書かれている。

——君のせいで、仕切り直しだ。

女性教師に後ろから抱き留められて、ようやく私は自分が叫び声を上げていることに気付いた。紙片をポートフォリオごと地面に叩きつけ、雨に濡れた泥だらけの地面の上で踏みつけた。顔が濡れているのは雨のせいではなかったことに気付いた。

「私のせいだ！」

自分の声が裏返って、割れていた。

「私のせいだ……！」

＊

「私は甘崎の死後、一人で戸越悦樹を追い詰めました。結局、戸越は警察の捜査の手が伸びる直前に首吊《くびつ》り自殺《じさつ》。それが、私の探偵としての最後の仕事になった」

あまりにもさらりと語られたため、それがこの話の結びであることにしばらく気が付かなかった。呆気ない結末だった。

「自殺……それはつまり、戸越が敗北を認めて？」

「現場には遺書と、殺人事件の証拠品が遺されていました。私と当時の警察は投降だと受け取った」

飛鳥井の重苦しい過去に、みんな言葉を失っていた。財田貴之は痛ましいといったような顔つきで首を緩やかに振り、文男は腕組みをしたまま俯いている。久我島は啞然としたような表情で飛鳥井を見つめていた。壁に寄り掛かって腕を組んでいる小出だけは眉一つ動かさなかったが、言葉は発しなかった。

葛城は体を震わせていた。口を何度か動かし、何かためらっている様子だった。やがて覚悟を決めたように、

「……そしてそれを最後に、探偵であることから逃げた、と？」

僕は思わず立ち上がった。

「葛城！　お前、そんな言い方は……！」

今の葛城は暴走している。そのせいで、味方が少しずつ減っているとも気付かずに。

「田所君」

僕の不安を見抜かれたのか、飛鳥井が呼びかけてきた。まるで母親のような優しい口調だった。

「別に私は気にしていないよ」

飛鳥井ははかなげに笑う。

「葛城君の言うことは正しいですから。何とでも言って」

彼女はおもむろに立ち上がった。

「そう。私は推理をすることを放棄したのです。謎を解くことを、探偵であることをやめたの」

飛鳥井の声音は、あっけらかんとしていた。どこか開き直ったような態度だ。

「でもそれは、推理だけでは解決出来ないことがあると知ったから。妄信することをやめたからです。今の私たちが、まさにそう」

彼女は両手を広げる。

「私たちは今、山火事に巻かれて命の危機に晒されています。救助ヘリは折からの強風で近寄れず、帰ってしまいました。正面からは炎、背面は崖で逃げ場がなく、炎は一キロ先にまで迫っています。風が弱まるのを祈るか、消火剤による鎮火を待つか、それとも奇跡の大雨でも期待するか……。これが私たちの直面している現実です」

ですが、と彼女は続ける。

「もともとはこの葛城君が提起してくれたように、この館には外へと通じる隠し通路が存在している可能性があります。その通路を見つけることが出来れば、生存確率はグンと上がる……祈るばかりでなく、自分たちの力でこの状況から抜け出すチャンスが生まれてくるのです」

「本当にそんなものがあれば、の話だけどな」

小出が水を差したが、飛鳥井の演説に引き込まれている他の面々には効果がないようだった。

「ですから、今私たちがすべきは、この隠し通路を見つけるべく手分けをして調べることです。あるいは分担して、助かるためにすべきことを進めていくことです。断じて――」

彼女は葛城を見下ろし、結論を叩きつけた。

「推理に耽溺《たんでき》して、この現実から目をそらし続けることではありません」

小出の言う通り、これが探偵と元探偵の戦いだとするなら――勝敗は歴然としていた。

葛城は座ったまま飛鳥井を見上げ、唇を引き結んでいた。飛鳥井の意見をじっくりと吟味し、その人間性を値踏みしているかのようだった。

「確かに……一理ありますね」

貴之が重々しく言った。

「ここでいくら話し合っていても、我々が山火事に襲われている事実は変わりません。まして、お互いに疑心暗鬼になれば、全員共倒れになります。飛鳥井さんはリアリストですね。私はあなたに賛同しますよ」

年長者が口火を切ったのは、場の空気において大きな要素になった。

他の面々も同意を示し、葛城と僕は孤立した。

「君は――君たちはどうする?」

飛鳥井は葛城に話を振った。あとから僕にも言ってきたのが腹立たしかった。まるで僕は一人では決断が出来ないと言われているように感じた。

「確かに、今は協力すべき場面だと思いました。力仕事なら喜んで引き受けますよ。若いですから」

悔《くや》しくなって、むやみに強い口調で答える。葛城の味方をしたい気持ちは山々だったが、彼らを敵に回すのも恐ろしかった。僕は臆病者《おくびょうもの》だ。

「あなたの信念には納得していません。僕は推理をすることで変えられることもあると思っています」

「若さの特権だね。眩しいな」

飛鳥井の口調は冗談めかしていたが、煽るような響きに悪意を感じる。もはや取り戻せないものへの恨みが込められているようだった。

「……ですが、この場においては、あなたの意見が正しいと思います」

葛城が折れた。

僕は密《ひそ》かに驚きながら、一方で妥当な結論だとも思った。流れは明らかに彼女にある。この孤絶した環境の中で孤立することこそ、本当に避けるべき事態だ。

同時に、この時の彼女は巧妙であるとも感じた。葛城への反発を感じている貴之や文男に、「若さゆえ」という葛城の行為の理由を与えたのだ。あなたたちだって、心覚えがあることでしょう？　彼女は彼ら二人に聞かせているのだ。だから、私たちも寛大な心で彼を許そうじゃありませんか。結局は、自分のチームに葛城を加えるための策略だ。老獪《ろうかい》。そんな言葉が浮かぶ。はっきり言って僕は感嘆していたが、直接の標的となった葛城はそれどころではないだろう。未だ承服しかねる様子で、その証拠に手がわなわなと震えている。

飛鳥井光流はこんな人ではなかった——同時に、僕の胸にはそんな失望が浮かぶ。推理や思考は昔のままなのに、彼女にはあの時の輝きがなかった。僕が大人になったのか。彼女が大人になったのか。どちらにせよ、全てが変わってしまった。

彼女は本当に、言葉通りのことを考えているのか？　僕らに真相を追究させないことで、何かを達成させようとしているのか？　だが、何のために？　それが分からなかった。

「……俺はパスさせてもらうぜ」

壁にもたれかかっていた小出がふいに身を起こした。

「なれ合いはごめんだ。ただ、俺も助かりたいからな。隠し通路を探すのは勝手に一人でやらせてもらう。もちろん、見つけたら情報を隠したりしやしないよ。とすりゃあ結論は変わらない。それで構わないな？」

彼女の口調には有無を言わさないところがあった。飛鳥井は怯《ひる》んだ様子もなく、「本当に情報はいただけるんでしょうね？」と釘を刺した。

「俺を信用出来ないか？」

「一人だけで助かろうという気まぐれを、起こさないとは限りませんからね」

小出が嘲るように笑った。

「一人で助かって、お前ら六人が煙に巻かれるのを眺めているのも面白そうだな。おっと、雄山先生も入れりゃあ七人か。——まあ、そこまでは考えてねえよ。俺にとって何の得もないしな」

得——その言葉にゾクッとした。

飛鳥井の言葉に全員が同意した時、ここには一つの連帯が生まれたのだと錯覚した。納得しきっていない葛城や、ひねくれた態度をとる小出がいるにせよ、だ。

だが、もし当初の葛城の推理通り、財田つばさの死が殺人だったとするならば？

その犯人にだけは、飛鳥井の提案に乗る明確な利益が存在するのである。自分への追及が打ち切られるのであるから。

僕は体が震えるのを押さえつけながら、居合わせた面々の顔をぐるりと見渡した。

やはりこの中に、人殺しが交じっているかもしれないのだ。

11　対策　【館焼失まで8時間58分】

僕らは手分けして作業に当たった。

体力のある僕と葛城、文男、久我島は館の周りの土を掘り返し、幅一メートルほどの土の露出帯を作ることになった。言わば防火帯だ。水分のある土を表に返すことで、燃えにくくすることが出来るのだ。これも葛城の知識だった。

館チームは、飛鳥井光流を中心にして、貴之と小出で結成された。館の中を調べて隠し通路を探す。小出は僕たちに協力しないと言っていたが、「好き勝手に館の中を見て回っているだけでいいっていうなら、いいぜ」と言ったので、こちらのチームの頭数に便宜上含めている。

剪定《せんてい》ばさみや台車などが溢れかえる倉庫からスコップ、シャベルを持ち出した。剪定ばさみには「貴之用」とある。名前を書いておくとは随分律儀なことだ。葛城は「これ、使えるかな」と言いながら剪定ばさみを手に取るが、随分扱いづらそうに刃を動かしていた。

「左利き用なのかもな」

僕が言うと、「ああ、そうだろうね」と葛城はなにげない声音で応じた。

「枝はこれで切り落とせるかもしれない。左利きの人はいませんか?」

「あ、それなら私が」久我島が手を挙げた。

「……では、このはさみは任せます」葛城が何か考えているような顔をしながら、そっとはさみを渡す。「高所は後で貴之さんにお願いして、館の窓から出来る範囲で切ってもらいましょう。僕らの作業が終わってからの方がいいでしょう。下にいると危険ですから」

作業の目的の第一は、水分の多い土の露出帯を作ること。第二に、館の周囲に生えている雑草を掘り起こし、下生えの草からの延焼を防ぐことだ。剪定ばさみによって、館に向かって伸びている枝を切り落とせれば、更に効果が上げられる。

口元にタオルを巻きつけて、風に乗って絶え間なく飛んでくる煤を少しでも吸い込まないようにした。

葛城と二人きりになると、先ほどの飛鳥井との対決のことが胸に蘇った。

「すまなかった」

僕が言うと、葛城が不思議そうな顔をした。

「なんの話だい」

「さっきの飛鳥井さんとのことだよ。お前は殺人だと主張して、最後まで意見を曲げなかったのに。僕はお前の味方をせず、飛鳥井さんに呑まれてしまった」

「そうだね。君は『協力すべき』と同意した。おまけに、若いから力仕事は任せろと。おかげで僕らはこの重労働に従事させられている」

葛城はシャベルを持ち上げて笑ってみせた。

「気にしなくていい。田所君の判断は正しいよ。この館の中で孤立するような事態は避けないとね。貴之さんや文男さんに恨まれて、追い出されたりしたら最悪だ」

彼は僕を振り向いた。

「一つ聞いておきたいんだ。飛鳥井さんは、君が出会った時からああいう人なのかな?」

「……いや。彼女は……」

しっくりくる言葉が見つからず、しばし言いよどむ。

「こう、迷いのない名探偵だった……と思うんだ。甘崎さんという明るい女性に支えられていた面もあったかもしれないけど、もっと、真《ま》っ直《す》ぐな人だったよ」

「そうか」葛城は首を振って、僕に背を向けた。「悲劇だね」

彼女の昔話を反芻しているのだろうか。思い出すだけで胸が悪くなった。

「さあ、体を動かそうか」

「それが良い」

肉体労働は過酷を極めた。館の周囲をぐるりと取り囲むように、地面を掘り返していく。

「この作業、本当に意味があるのか?」と葛城に問うと、

「あるのかないのか分からない。だが、体力が削られた後は、出来ない作業だ」

と言われた。こういう時は嘘でも「ある」と言ってくれないと困る。士気に関わるではないか。

久我島は言われた通りに無言で手を動かしていたが、文男は休み休みという感じだった。館の壁にもたれながら、茫然と空を見上げている。

「文男さん、少し休んでいた方が……ここは僕たちでやりますから」

そう投げかけると、彼はハッと我に返り、ぎこちない笑みを浮かべてシャベルを手にし、「大丈夫、大丈夫さ。体を動かしていた方が気が紛れるよ」などと言って作業を始め

た。

どうにも、やりきれない。

自分の持ち場に戻り、作業を再開する。しばらくすると、葛城がシャベルを振り下ろしながら言った。

「それにしても、うまくやられたね」

「何の話だ?」

「この分担だよ」

葛城はシャベルを足で踏みつけ、柔らかな地面に刃を差し入れる。忌々しげに土を放り投げた。

「何が体力がある、だ——。飛鳥井さんこそ、この山の中をらくらく踏破して息一つ上がっていなかったじゃないか。ここに来た夜ね、彼女は疲れた様子で、『休ませてもら』うと言って真っ先に離脱したけれど、あれは嘘だよ。全く疲れていなかったわけではもちろんないが、歩調や声音にはまだ余裕があった。僕たちはうまく隔離されたんだよ。館の中の調査が出来ないように」

「それで、『うまくやられた』ってことか。考えすぎじゃないか?」

「どうだろうね」葛城の口調は平静を装っていたが、一つ一つの動作が荒々しかった。

「少なくとも、館の中を調べられなきゃ、他殺の根拠なんて見つかるはずがない」

彼は地面にシャベルを突き立ててから、「……なあ」と蚊の鳴くような声で、縋りつくかのごとく言う。

「僕のやり方は、間違っているのか？」

少し意外だった。葛城は確かに、気弱で人付き合いも苦手だが、こと推理に関しては絶対の自信を持っている。その彼が、迷っている。

「ああ、そうだ。間違っている」

彼は驚いたように顔を跳ね上げた。僕はニヤリと笑って見せる。

「……と言えば、お前はやり方を改めるのか？」

葛城は目を瞬いてから、息を吐くように笑った。少し大げさすぎるほどに。どこかひきつった顔で「冗談きついよ」と言った。

「飛鳥井さんに言われたことを気にしているのか？　葛城らしくもないな。実を言うと、僕もさっきは飛鳥井さんの言う通りだって口にはしたけど、彼女のやり方に疑問は感じてるんだ」

「疑問。どんな風に？」

「……この局面で協力すべき、という結論は正しい。だけど、そこに至るまでの根拠が薄弱だ。だってそうだろう。確かに、殺人説では矛盾が生じる点を、飛鳥井さんは指摘した。だけど、事故死だと考えたって疑問はある。例えば、つばささんは吊り天井の部屋に入って、扉を閉めて、何をしていたんだろう？　これを飛鳥井さんは説明してくれていない。事故死に違いない、という証明も難しいし」

「悪魔の証明……に近いかもしれないね」

「うまく言えないんだけど、事故死だから協力しよう、っていう話には聞こえなかったんだよ。なんていうか――」

「事故死の結論ありきで話を動かしている……」

葛城がぼそりと呟く。「そう、それだ」と僕は指を鳴らした。

「だがなんのために？」

「……みんなで協力するために？」

葛城はそう呟いた後、鼻をぴくりと動かした。

「……田所君のおかげで、頭が整理出来た気がする。ありがとう」

「いちいち礼を言われるほどのことでもないよ」

彼は目を伏せ、暗い表情を浮かべた。

「……彼女の言うことは一理あると、僕も思うんだ。手持ちの材料では事故か殺人か確定が出来ないし、その状況下でむやみに対立を招くのは望ましくない。この作業だって、全員が協力しなければろくに進まないだろう」

「だけど、彼女はその意見によって、お前が捜査を出来ないようにこうして誘導してきた。それが葛城には気に入らないわけだな」

葛城は肩を大きくすくめてみせた。マスク代わりのタオルで顔が隠れているので、表情でやり取りが出来ないのだ。

「彼女の言うことは」と葛城は続けた。「推理をしないことでこの事態を打破しよう、ということだ。だけど、探偵っていうのは推理をして初めて存在出来るものじゃないのか？」

レゾン・デートルか。

概念的な問題で思い悩むなど、やはり普段の彼らしくなかった。この灼熱《しゃくねつ》と煤に塗れた環境もまた、彼の心を着実にすり減らしているに違いない。

「彼女は探偵をやめたらしいからね」

僕は自分で自分に驚いた。彼の意見に同意したり、励ます方法はいくらもあったはずなのに、実際に口から出てきたのは彼の議論の矛先を逸《そ》らす言葉でしかなかったからだ。

「葛城にとって、探偵とはなんだ？」

抽象的な議論に逃げようとしたのは、自分が情けなかったからだ。

「決まっている」

彼の答えには迷いがなかった。

「生き方だよ」

僕は唾《つば》を飲み込んだ。

「探偵なんてのは、別に職業でも何でもない。実際、僕らの『職業』は高校生で、探偵行為は成り行きでやっているにすぎないじゃないか。保険調査員だろうが、総理大臣であろうが、探偵は出来るはずだ。職業じゃなくて生き方なんだから。だから職業のように、辞めたり替えたり出来るわけじゃない。探偵からは逃れることが出来ない」

「職業にもしがらみがあって、簡単に辞めたり替えたり出来るわけじゃないだろう」

僕の言葉に葛城は応えなかった。探偵の行いから外れた飛鳥井のことを、葛城は非難しているのだ。

「……そういう生き方が、出来なくなったってことだろう」

それはそんなに悪いことか？　という言葉が喉まで出かかった。僕とて、彼女の昔語りに心を動かされなかったわけではないのだ。それがたとえ彼女の策略だったのだとしても、だ。

「葛城。この際言わせてもらうけどな、お前は真っ直ぐすぎるんだよ。いいか、僕はお前みたいに強くない。飛鳥井さんだってきっとそうだったんだ。お前がお前の生き方を貫《つらぬ》くのは勝手だが、お前の価値観を彼女に押し付けるのは間違っている」

「今日は随分言ってくれるね」

「お前に言ってやれる人間が他にいないからだよ」

「僕が嘘に敏感なのは性格上の問題だ。出来なくなる、なんてことはない」

「じゃあ」

僕の声は知らず知らずのうちに苛立ちを帯びていた。彼は真っ直ぐなだけに、時折人の神経を逆なでする。

「僕の言い方が悪かったよ。人間は自分の生き方をやめることは出来ない。お前の言葉は正しい。だけどそういう生き方をするのが窮屈になることはある。そうしたら、自分を保つために――」

逃げるしかない、という言葉が喉につかえて止まった。そんな言葉で彼女のことを非難したいのではなかったからだ。逃げる？　どうしてそんな言葉を使わなければならないのか。僕は葛城の顔を見た。今は熱さと危機も相まってカッカとしてしまっているが、もし僕が葛城を――。

突風が吹いて、木の焼ける臭いが鼻をついた。息が詰まる。咳き込むように絞り出された声が、勢い強くなってしまう。

「じゃあお前は」

僕は声を荒らげた。

「僕が死んでも、探偵を続けると誓えるか？」

葛城の目が見開かれた。わずかに瞳が揺らぐ。彼はタオルのマスクを引き上げ、僕から顔をそらして呟いた。

「……そんな約束は、残酷すぎるよ」

葛城の目に浮かんだ色で、彼が僕と同じことを考えているのが分かった。重苦しい沈黙が、じっとりと汗に濡れた体にまとわりつく。

手持ち無沙汰にシャベルを手にし、作業を再開しようとしてみたが、沈黙が重く体にのしかかり、手が進まない。

「……すまなかった。少し頭に血が上っていたみたいだ」

謝罪は葛城の方から切り出してきた。

「いや。僕も冷静じゃなかった」

「……いつか」

葛城が呟くような声で言う。

「僕たちも一緒にいられなくなる時が来るのかもしれない。離反するときが、引き裂かれるときが来るのかもしれない。そんなことを考えた」

「僕が悪かった。言い過ぎたよ。そんなことには絶対にならない。僕は一番傍で葛城の推理を見ていたい。何が始まって何が終わるのか、それを見届けたいからだ。だから離れることはない」

「きっと、飛鳥井さんと甘崎さんも、同じことを思っていたんだろうね」

「それは――」

言葉を喪った。どれだけ真っ直ぐな言葉を伝えようと、葛城の心を繋ぎ止められない気がした。自分の足元を見下ろす。

「……それを言うなら、僕の方が不安だ。葛城と違って僕にはなんの取り柄もない。いつまでも一緒にいてくれるか分からないからな」

僕は一体何を言っているんだろう。不安に任せて、言うべきではないことまで口にしてしまっている。熱さを増していくこの山の中で、頭がぼうっとしているせいだ。

「この際だから言っておくけど」

葛城は打ち明け話をするような、静かな声音で言った。僕がさっき使ったのと同じフレーズを使ったのも、意識してのことだろうか。

「僕が君をパートナーとして認めているのは、君が致命的に嘘をつけない、馬鹿正直だからだよ」

「なんだよそれ。馬鹿にして――」

また頭に血が上りかけたところで、ハッとした。彼の言う意味が分かったのだ。上流社会の子供として生まれ、嘘に塗れた世界で生きてきた葛城。良家のお坊ちゃんとして、学校でもはれ物に触るような扱いを受けていた。

だから、分かったのだ。これは葛城の本心からの褒め言葉なのだ、と。

「……単純馬鹿で扱いやすいってことだろ?」

「と言いながら、少し喜んでいるのが分かる。そういうところだ」

思わずため息を漏らす。体の疲労感も相まって、どこか満足感のあるため息だった。

「とにかく」

葛城が顔をそらした。少し声が上擦っている。自分で自分の発言が恥ずかしくなったようだ。

「もう一度飛鳥井さんと向き合う前に、頭を冷やせて良かったよ。……だけど、僕は捜査を諦めるつもりはないからね。この事件は明らかに不自然だからだ」

「ああ。そうしろ。今はとにかく仕事だ」

三十分ほど黙りこくって作業を進めると、さすがに腰に疲れを感じてきた。少しだけ作業の手を緩めていると、後ろから葛城の声がかかった。

「そういえば。聞かせてくれよ。君と彼女の馴《な》れ初《そ》めを」

「昨日は二十五文字にまとめさせたくせに」

「『敵』を知りたくなったんだ。それに、面白い話もなしにやり遂げるには、この作業はあまりに単調すぎるからね」

僕は呆れながらも、彼の要望に応えて話を始めた。どのみち、僕も黙りながら作業をすることに倦《う》んでいたのだ。

もちろん、僕の知っている情報はそう多くはない。ホテルでの事件に巻き込まれた時のこと。その時の飛鳥井光流と、彼女の助手である甘崎美登里の印象。

話している間に、しかし、甘崎美登里というその女性は、残酷にその命を絶たれたのだということ、その悲惨さが胸に重くのしかかってきた。全てが変わってしまったような飛鳥井の態度や言動を思い出すたびに、ちくちくと皮膚を刺されるような痛みを感じた。

「……やるせないな」

作業を終えた葛城が言った。

「納得はしない。僕は謎を解くことを諦めない。だが……」

葛城はそこで言葉を切ると、シャベルを肩に担いだ。

「僕らの担当分は終わりだ。他の二人の様子を見に行こう」

結局、葛城は何を言おうとしていたのだろう。

だが、何かがふつふつと彼の胸の底に溜まり始めていることだけは分かった。

＊

久我島敏行はシャベルを土に突き立てて、一休みすることにした。

（水……）

自分の足がふらついているのが分かった。あと数時間で、この館にも炎が来る。それを思うと恐怖で歯の根が合わない。自分は、ここで死ぬのだろうか。

（いやだ、こんなところで死にたくない――）

水を飲みに一階の食堂に向かおうとすると、玄関扉の階段の前に男がうずくまっていた。自分の太ももに頬杖をついてうなだれている。

「文男さん」

久我島は彼に声をかけた。反応はない。

あたりを見ると、屋敷前の区画はまるで作業が進んでいない。シャベルを三振り、いや二振りして、土を軽く掘り返しただけの痕跡が残されていた。シャベルは地面の上に無造作に転がっている。

やがて、彼は緩慢な動作で顔を上げた。

「……申し訳ありません」

誠実な口調だった。取り繕おうともせず、ひどく冷静な口調だった。

「誰も責めませんよ。私の担当が終わったら、手伝いにきます」

久我島は気の良いところを見せようとして言った。

（弱り切っている様子だ。無理もない）と久我島は思った。（妹を亡くしたのだ）

久我島は彼の隣に腰かける。水のことは忘れていた。高校生二人組が作業している音を遠くに聞きながら、久我島は親密な気配を出そうと試みた。

「本当に助けは来ないんでしょうか」

「この風では厳しいでしょうね」

会話を打ち切りたい気配を彼はありありと漂わせている。が、立ち上がることさえ出来ない様子だ。

「こんな作業に意味があるんですかね」

「何もしないよりはマシでしょう」

彼の口調が苛立ちを帯びた。

「今は何よりも協力すべき時ですよ」彼は続けた。「飛鳥井さんだって言っていたでしょう？　彼女が言っていることは正しい。全員で決めたことを混ぜっ返すような暇はないはずだ」

久我島はタオルを巻いた顔を気遣わしげに相手に向ける。（無理もないさ、彼は弱っているのだから）。そんな時は人に当たりたくなるものだ。

「一体どうしてこんなことに」声が震えている。「こんなつもりじゃなかったんだ。こんなつもりじゃ。彼女を危険な目に遭わせるつもりはなかった」

「妹さんとは、仲がよろしかったんですね」

（だが、危険な目に遭わせる、とは？）不思議な言い回しだと久我島は気になった。

彼は顔を上げた。きょとんとした表情だ。「ああ」彼は呻くように言った。「そうだ」

「天使だった、あの子は」

随分と大げさな形容だ、と久我島はいぶかしんだ。だが、清楚《せいそ》なワンピースを着て、天《てん》真爛漫《しんらんまん》に微笑んでいた彼女の様子を思い出し、そんな身内びいきも満更行き過ぎたことではないと思った。

「あの子は僕と父がどんなにつらい時でも、いつでもあんな風に微笑んでくれたんです。僕たちは彼女に許されていいはずがないのに。それでも何も知らずに、あの子はあの子は」

取り乱している。

彼の口調はおかしい。まるで他人のことを話しているような口調だ。

「いずれその時が来るなら、今がその時だと思った。天の配剤だと思ったのです、僕は」

彼女が祖父と会う機会が、ということだろうか。

「悪いこともたくさんした」彼は久我島の顔を振り返った。「ああ、子供じみた言い方だとお思いになるでしょうね」

「い、いえそんなことは」

財田貴之は有名な企業の社長だと聞いたことがある。その息子も、さぞいい企業に勤めているのだろう。悪いこと、というのは会社でのことだろうか。貴之の会社の、不正献金疑惑のように……。下世話な野次馬根性が久我島の胸に込み上げたが、相手は動揺しきっていて、話を聞き出せる様子ではなかった。

「一体、誰があんなひどいことをしたんでしょうね……」

久我島の呟きに、彼が反応した。

「誰が?」

声が鋭くなった。

「飛鳥井さんも言っていただろう!　あれは——あれは事故にすぎない。ただの悲劇だ!」

彼の口調は一転して攻撃的になり、久我島は身を硬くした。

「ふ、文男さん——」

「あんたの女房だって、どうなってるか分からないもんだぞ」

久我島は体を震わせた。

「何を——あなた、何を」

久我島の脳裏に嫌な映像がよぎった。冷たくなって横たわる自分の妻の姿……。

「やめてくれ！」

久我島は口元を押さえ、うずくまると、体をぶるぶるとわななかせた。

どれほどの時間が経っただろうか。二人の呼吸がようやく落ち着いて、茫然とした顔で見つめ合った後、男たちは互いに、小さな声で謝罪を交わしあった。

「……申し訳ありません。言い過ぎました」

「いえ、私も。不用意なことを言って……」

お互いに、そんな言葉で済むとは思っていない口調だった。

二人とも黙りこくってしまう。やがて二人の沈黙を埋めるように、彼は久我島に問うた。

「……奥さんはどんな方なんですか」

久我島自身、自分の心にその問いを投げかけた。

「私がつらかった時期に、傍で支えてくれた唯一の人です」

そんな言葉が自分から出てきたことに驚いたのか、久我島は目を丸くした。

「気の強い奴でね。私がくよくよ悩んでいると、いつも突き進めと背中を押してくれるのです」

目尻《めじり》の涙を拭って、久我島は絞り出すような息を吐いた。

久我島が顔を上げると、つばさを亡くした男は気遣わしげな視線を久我島に投げかけていた。そこにはもう攻撃的な色は綺麗に消え去り、同類に向ける親愛の情が浮かんでいた。

「良い奥さんですね」

「はい」久我島は感傷的になっている自分の心を意識した。「とても」

久我島は相手の方に向き直った。

「あなたは、奥さんは？」

「まだ結婚していません」

彼は何か自嘲的な口調で言った。

「お互い、生きて帰れるといいですね」

そう言うと、打ちひしがれていた男も「ええ」と言って、ようやく立ち上がった。

「さあ。出来ることを始めましょうか」

＊

小出は口笛を吹きながら、だだっ広い館内を歩き回っていた。

（なかなか面白い成り行きになってきたじゃないか）

初めて葛城を見た時は、どうにもいけ好かないガキだと疎ましく思った。それだけに、彼が飛鳥井というあの女性にやり込められているところはなかなか痛快だった。どちらも推理の真似事などをしているようだが、さすがに飛鳥井の方は年の功（なんて言うには、ちょっとかわいそうか？）のおかげもあって、老獪な印象を小出は感じていた。

（それにしても、隠し通路。隠し通路ねえ）

小出は考える。確かに、財田雄山が子供じみた趣味で豪邸を建てたという情報は事前に押さえてあった。しかし、実際に隠し部屋や吊り天井の存在を見ると、なんとまあくだらないことを、という呆れを感じているのも事実である。

（大の大人が雁首《がんくび》を揃えて、まるで宝探しの真似事だ！　やれやれ！　ばかげてる）

とはいえ、自分の命にかかわるのは彼女も同じこと。

彼女は一階から順繰りに館の内部を調べていく。

一階には、玄関、広間、ホール、書斎、食堂、手洗い、そして例の吊り天井の大部屋と隠し部屋がある。二階には各自の居室となっている客間が数室あり、三階には財田家の人々の部屋などがある。

隠し部屋を探す、といっても、地下通路であるなら一階を探すのが妥当であるはずだ。逆に言えば、財田貴之と飛鳥井は一階にいる公算が高い。

（ちょうどいい）

小出の心に悪戯心が萌した。彼女は階段を一目散に上がり、それぞれの部屋を覗くことにした。

客間には鍵をかけているものも、かけていないものもいた。かけていたのは、飛鳥井、久我島、そして小出自身の三人だ。この非常時である。着の身着のままでこの場にやってきた面々が多い。最初に開けた葛城と田所の相部屋などは、ザックに入れた飲料水や缶詰、タオルの他には全くモノがなかった。面白くもない。

久我島は一度家に戻って貴重品類を回収してきているのだから、鍵をかけるのは当然のことだ。小出自身についても言うまでもない。飛鳥井は習慣か、あるいは会社から持参した鞄に社外秘の情報でも入っているのだろうか。それとも……。

三階への階段を上がる彼女の足取りは軽やかだった。

彼女にとっては、隠し通路の探索などより、他人の部屋の探索の方がよっぽど捗《はかど》る。

小出は三階の部屋を調べる。文男の部屋が開かなかったので、ガタガタと扉を揺らしながら盛大に舌打ちした。シアタールーム、遊戯室には鍵がかかっていなかったので中を自由に調べることが出来たが、収穫はない。

目をこらすと廊下の絨毯に白いインクのようなものが点々と付着しているのが分かった。雄山の部屋の前から、つばさの部屋の方に続いている。インクを辿ると、出発点は倉庫のようだ。

倉庫に入った時、おかしな点を見つけた。

倉庫の中には普段はあまり使わないものが所狭しと詰め込まれていた。金属製のラックに、バーベキューセットやキャンプセット、古いストーブ、台車などが並んでいる。文男たち兄妹《きょうだい》が小さい時に使ったらしい折り畳まれたビニールプールもあった。口が開けられた小さな袋も目に留まった。入り口の近くに、適当に投げ捨てられたように落ちていた。

床には白いインクの痕があった。段ボール箱の下に修正液の容器が潰されており、中身が絞り出されている。荷物を整理した時に修正液が落ち、中身が出てしまったのだろう。

インクはすっかり乾ききっている。

（こんなところか）

当然ながら、隠し通路の手掛かりはない。

雄山の部屋とつばさの部屋の鍵が開いているのを発見すると、小出はほくそ笑んだ。

雄山の部屋の奥、寝室に入ると、本人は呆《ほう》けた顔でベッドに横たわり、寝息を立てていた。

（自分の孫が死んだことに気が付いていないのだろう）

彼女は足音を立てないようことさらに気を遣って、仕事場の中をざっと調べた。

本棚の最下段にはアルバムがまとめられていた。見ると、アルバムには全国の神社仏閣や景勝地を旅行した時の記念写真がまとめられている。机の上には年代物のカメラがあった。写真が趣味だったらしい。一人で写っている写真ばかりなのが、この男の自己愛の深さを感じさせるようだ。

机の奥の壁には、所狭しとカレンダーや作品のメモと思しき走り書きなどが貼られている。壁には古い日焼けの痕がいくつか残っている。

あの高校生から聞いた金庫の話を思い出す。机の下を覗き込んで、小出の体は一瞬、固まった。

（……ふうん）

彼女は顔を上げ、深呼吸を一つする。

気を取り直し、机の引き出しを開けると、中に古い日記帳がある。三十冊以上あるだろうか。一年につき一冊書かれているようだ。ぱらぱらとめくってみると、子供の頃の文男についての描写を見つけた。二十数年前の八月の日付だ。彼もまだ中学生の頃である。

『文男の背がまた伸びた。まだ中学生なのに、見上げなければいけないくらいだ！　廊下の柱に傷をつけて、身長を記録していたので、叱《しか》った』

雄山の日記帳には、そんな他愛のない日常が何ページにもわたって綴《つづ》られていた。小出は、ふん、と鼻を鳴らした。

『目に入れても痛くないとはまさにこのことだ。二人目の孫にはさほどの感動はないと思っていたが、女の子の孫はまた格別だ。どんな風に育つのか期待が膨らむ』

つばさのことだろう。しばらくは孫に甘いお爺さんの言葉が続き、数年分を繰ると、小出はまた気になる箇所を見つけた。

『水江来訪。懲《こ》りもせず「青の回想」の話。あの小説のモデルは私だ、娼婦《しょうふ》のように書かれた、名誉棄損だ慰謝料を払え。よくもまあ飽きもせず同じことを言える。お前には散々貢いでやっただろう。むしろ、美しく綺麗に書いてもらったことに感謝をするべきだ。大体、娼婦のように書かれた、とは的外れもいいところだ。お前は本物の娼婦だろうが』

小出の顔は嫌悪感に歪んでいた。女を食い物にする男が彼女は大嫌いだった。水江という女のことは知らないが、一方的にこんなことを言われる筋合いはないはずだ。

それからの十数年分を手早くめくっていく。創作を巡るトラブルのオンパレード。モデルにした人物からの怒りの言葉や、いさかいになった編集者たちへの悪口雑言の数々は、見るに堪えないものであった。

その中の一つに、雄山の息子、貴之自身のものもある。

『息子の会社の不正献金疑惑。問いただしたら真実だった。やっぱりだ！　俺には分かっていた。あいつはやる奴だ。全てを話せと伝えた。黙っていてやる代わりに。悪事に踏み出した心と、あいつがいかに誤魔化そうとしたかに興味があった。親父、俺を怒らないのか？　なかなかあどけない顔をしていて愉快だった。あいつは何も分かっちゃいない。身内から罪人が出たのだ。俺はあいつの生い立ちも考え方も過去も全てを知っている。そんな奴が罪を犯したのだ。

これが小説の格好の材料でなくて、なんだ？』

「なにも分かっちゃいないのは、あんたの方だろ」

小出の口から思わずこぼれたその言葉は、ベッドの上で静かに眠っている雄山に聞かせたかったのかもしれない。

初対面の彼に対して、あえて不正献金の話をぶつけた時の反応を小出は思い出した。彼女はますます確信を深める。

小出は日記帳を引き出しに戻し、それ以上読むのはやめた。

もう一度彼女は机の方を見て、盛大に一つ舌打ちをし、口元を押さえて雄山を見た。雄山は寝息を立てている。

(どうせ気付かないのなら、唾でも吐きかけてやろうか)

館を造るときの契約書だとか、何か隠し通路の存在と位置を窺わせる資料がないかどうか探ってみたが、本棚の中の資料の山は、プリントアウトしたホームページの束や、出版契約書の数々で、館についての情報はまるでない。

彼女は部屋の中をもう一度見渡した。原状回復が出来ているかを確認するためだ。

次はつばさの部屋だ。『翼』と書かれたネームプレートの横に、音符や翼のマークが躍っている。可愛らしい小物だ。ファンシーな内装だ。天蓋《てんがい》のあるベッドをレースで飾っている。ふわふわとした白い毛布にくるまっているお嬢様。彼女はつばさの顔を思い出して、彼女なら実によく似合っただろう、という思いを抱いた。

（俺には甘ったるすぎるけどな）

机の上は殺風景なもので、アロマキャンドルが申し訳程度に、ちょこんと端に置かれている。引き出しの中にテキストが詰め込まれているが、どれが夏休みの宿題にあたるのかすら判然としない。高校三年の教科書をぺらぺらとめくる。最後のページまでぎっしりと書き込みがあり、練習問題も全て解かれていた。小出はニヤリと笑った。

テキストの山をまた引き出しに押し込めると、最下段からはみ出ているクリアファイルを取り出した。

小出は、ほう、と小さく口で息を吐いた。ファイルの中身は数枚の画用紙だった。机の上に広げる。

ラフスケッチではあるが、どうやらこの屋敷の図面のようだ。どうやらつばさ自身の手によるものらしく、彼女の年代の娘らしい、丸文字でメモ書きがいくつも書かれていた。

（へぇ、こいつは……）

図面は素人くさく、直線さえ歪んでいる始末だが、全体的な概形は一致しているようだ。一階の廊下から向かえる、ウィンチのある隠し部屋も描き込まれている。図面には知らない仕掛けの類もいくつか描き込まれていた。二階の廊下がわずかに傾けてあり、トリックアートのようになっていること。一階の廊下の絵画のいくつかは、扉のように開いて、内側に鏡が張ってあること。食堂とホールはどんでん返しの扉で繋がっていること……。一つ一つの仕掛けにはまるで存在意義があるようには思えなかった。

（この図面は、つばさが作ったものなんだろう。ではなぜ、隠し通路の話が出た時、つばさはこの図面を出さなかったのか）

小出はくくっと笑った。あの娘、ただの馬鹿かと思っていたが、何か企《たくら》みを隠していたらしいな。

小出はこの図面が残っている理由を考える。つばさにとってみれば、ここは夏休みにやってきた祖父の家である。しかも大邸宅であり、隠し通路や仕掛けの類には事欠かないと来ている。同時に、葛城や田所と話していた時の様子を見るに、彼女は退屈というものに弱く、新しい刺激に敏感だ。館の探検くらいは当然行っただろう。

同時に、この推測はもう一つの推測を呼び起こす。この図面は引き出しからはみ出していた。つまり、最近誰かに取り出されたばかりだったのではないだろうか。

誰かとは無論、つばさ自身だ。図面の吊り天井の部屋には、「お宝！」という無邪気な丸文字が書かれている。入り口の扉辺りだが、あの部屋は吊り天井を下げるために、ろくに家具も置いていない。この位置は何もないはずだ。

事故にせよ、殺人にせよ、あの部屋に彼女が立ち入る理由について、飛鳥井と葛城は議論を闘わせていた。小出はどうやら、その理由を窺わせるものを見つけたようだ。

（宝……宝ねえ。もしかして、宝を独《ひと》り占《じ》めするつもりで隠してたのかね？　とてもそんな嬢ちゃんには見えなかったがな）

なかなか面白いものが見つかった、と彼女は微笑んだ。

部屋を出て、文男の部屋の前に立った。廊下の柱にはいくつか傷がつけられている。見上げる位置にある傷の上に、「中二　夏　文男」と刻んであった。

小出は思わずほくそ笑んだ。

「小出さん、何か見つかりましたか？」

後ろを振り返ると、階段を上がってきた飛鳥井の姿があった。小出は胸の中でせせら笑う。**来やがった。綺麗ごとばかり並べる女。**

「いや」小出は微笑んだ。「なんにも」

小出の嘘は意図的なものだった。どちらに情報を渡せば面白くなるか、考えていた。

12　発見　【館焼失まで6時間4分】

僕らはどうにかこうにか自分の担当したエリアの掘り起こしを終えると、玄関先まで戻った。文男と久我島が地面にシャベルを放り出して、二人で何やら語り合っていた。露出帯の作業が途中だったので、僕らがヘルプに入った。文男と久我島は恐縮した様子だったが、四人で進めればさすがに作業も速かった。一時間もかからずに終わる。

「絶対明日筋肉痛だ」

僕がぼやくと、葛城が力なく頷いて、「体を鍛《きた》えとくんだったね」と言った。

「背中がきつい。葛城、荷物の中に湿布か何か入れてなかったっけ」

「必要最小限のものしか入れていないからね……冷却スプレーでも持ってくれば良かった」

「筋肉痛が明日出るなら、若い証拠だな」

振り返ると、文男が口元のタオルを下げ、薄い笑みを浮かべていた。

「二人のおかげで、助かったよ」

「シャワーでも浴びたい気分ですね」久我島が言った。

「シャワーとはいきませんが、さすがにこのままでは汗が冷えます。僕のお古のTシャツで良ければお渡ししますから、汗を拭いてから、一度着替えませんか」

僕も葛城も自分と互いの臭いに耐えがたくなっていたので、渡りに船だ。三階の部屋に戻った文男がTシャツを持って降りてきたので、受け取ってからそれぞれの部屋で着替えを済ませた。汗でまとわりついた学生服のシャツを脱ぐと、生き返ったような心地になった。

水が飲みたくてたまらない。ホールに下りると、飛鳥井がいた。

「お疲れ様でした」

彼女は僕たちの思いを察したのか、ペットボトルを二本差し出してくる。汗一つかいていないクールな表情が恨めしかった。

「即席ではありますが、露出帯は造れました」

葛城は冷静な声で報告した。

「本当にありがとうございました」

彼女は礼儀正しく頭を下げる。

「そちらの成果はいかがだったでしょうか」

と問うと、顔を上げた彼女は曇った顔をしていた。飛鳥井は無念そうに首を振った。

文男と久我島がホールに現れた。文男は顔を歪めている。

「まずいな……」と文男が呻く。「今父さんと話してきた。父さんは塔に上って枝切りバサミで枝を切っているんだが、火の手がかなり近くまで来ているらしい。もう川を渡り始めている、と……」

「川を⁉」葛城が叫んだ。「あのあたりは地面が露出していて、安全だろうと思っていたのに……」

「川ってことは……もう歩いて三十分もない距離ってことか」

僕は絶望的な気分になって、その場に倒れ込みそうになった。

「火の勢いが強いのね、きっと……」

飛鳥井もまた悲愴な表情を浮かべていた。血の気が引いている。

「まずいぞ。川まで火の手が回っているってことは……今夜には、この館も火に巻かれるかもしれない」

「そんな！」と久我島が悲鳴を上げる。

「くそっ、いよいよ本腰入れて隠し通路を探す必要がありそうだな」文男がそう言ってから、「……その前に十分でいいから休ませてくれ。体がおかしくなりそうだ」

彼はそう言って自分の部屋に上がっていく。

僕は気づまりになって、僕も自分の部屋に戻って少し休む、と言い残してホールを離れた。葛城もあとからついてくる。

トイレの電気をつける。水道はもう止まっているので、ポータブルトイレでするが、せめて鍵のかかる空間に入るためだ。

（……あれ？）

僕はその時、何か違和感を覚えた。

何に？　その正体が未だに判然としない。

トイレに入ってからの自分の行動をトレースする。扉を開け、スイッチを押し、扉を閉める。ベルトに手をかけて——そうだ。スイッチ。電気がついている。何を当たり前のことを、と笑われるかもしれないが、そうではない。

尿意はすっかり引っ込んでいた。僕はトイレを出て、ベッドに腰かけている葛城に言う。

「思い出した——思い出したんだよ葛城」

「……ベルトくらい直してきなよ。どうしたんだ、そんなに慌てて」

「昨日の深夜だ。僕はトイレに起きてきた。ろくに眠ることも出来なかったからな」

「それで？」

「その時、僕はトイレの電気をつけようとした。でも、電気はつかなかった」

葛城の動きが止まった。

「電球が切れてると思ったんだ。だけどこの非常時だし、深夜だから予備の電球をもらおうにも貴之さんは眠っている。だから今朝も、電球を替えなければ、と考えていた」

「だが、今電気がついた」

葛城は立ち上がって、トイレの電球を見つめていた。

「だとすれば、夜、停電があったと考えるしかない」

僕が言いたかったのはまさしくそれだった。

「確かに深夜、また雷が鳴っていた覚えがあるな。あの時通常電源が停電していたとすればば」

「深夜のことだからな。部屋の電気をつけていたものもいないし、なかなか気付かなかったんだろう。そして、もしこの館の電気が止まっていたなら……あの吊り天井の部屋の電動扉も、その時間帯は操作が出来なかったことになる」

僕と葛城は顔を見合わせた。

なぜ、つばさはあの部屋から逃げることが出来なかったのか。

なぜ、犯人はクリップ留めのネジを外すことによってしか、天井を落とすことが出来なかったのか。

今、僕らはその答えを手に入れたことになる。

「すると今度は、停電の中、どうやって犯人は、被害者が閉ざされた吊り天井の部屋の中にいると分かったかが問題になってくるんだが……」

一つ解ければ、また一つ疑問が生まれる。それでも前に進んでいる実感があった。

その時、扉がノックされる。僕が返事をすると、「俺だ、俺」と答えが返ってきた。どうやら小出らしい。僕が立ち上がって扉を開けようとすると、外から出し抜けに開かれた。

「なんだ、いるのか」

「いきなり開けないでくださいよ！」

「返事がねえからいないのかと思ってよ」

いないなら余計に開けるべきじゃないだろう。

「ま、直接話せるならそっちの方がいいか。お前らにちょっと面白い話を持ってきたんだ。土産もあるぜ」

そう言って、彼女は雄山とつばさの部屋を調べた結果を聞かせてきた。一人で行動させてもらう、と言っていた彼女は、その言葉通り勝手に動き回っていたらしい。被害者の部屋が気になっただけだ、と口では言っているが、葛城の鼻がぴくぴくと動いているのを見なくても嘘と分かる。大方、鍵の開いていた部屋は全て見回っていたのだろう。

「あとは、雄山の部屋に彼の日記帳があった。ざっと三十年分。つばさ殺しの解明に役立つかは分からねえけど、参考になるとは思うぜ」

「どんなことが書いてあったんですか？」

僕は純粋な興味で聞いた。

小出から聞かされた話は、僕らを叩きのめすのに十分だった。幼い頃から憧れていた作家の、真っ黒な裏面を覗いてしまった。手ひどい裏切りを受けたような気持ちだ。勝手に期待していたのは僕だと頭では分かっているのに、どうしてもそれを認められなかった。

「それで、あなたの言っていた、お土産というのは？」

「ああ、そうだったな。これだ」

そう言って彼女が取り出したのは、手描《てが》きの図面だった。つばさが家の中を調べて描いたものと思われるという。

「これは……」

吊り天井の部屋にある「お宝！」の表記にひきつけられた。あの部屋の地下に、何か隠れた空間があるということか？

「宝……まさか、隠し通路のことでしょうか」

つばさの走り書き

「違うだろ」小出は事もなげに言った。「これを見つけた後、俺も少し考えてみた。もし本当に隠し通路なら、つばさも昨日のうちに話題に出したはずだ。だから、これは何か別のものだったんだろう。つばさにとって大切な何かだ。だから隠していた」

「一理ありますね」葛城がニヤッと笑った。「状況整理。田所君、お株を取られたね」

「うるさいぞ。……しかし、宝、ですか。つばささんがあの部屋に行ったのは、その宝が理由だった、ということになりそうですね」

だが、葛城はまた別のものにも注目していた。

彼は突然立ち上がる。

「葛城、一体どうした！」

「この図面を見て、検証したいことが出来た。手伝ってくれないか？」

「謎が解けたのか」

「少なくとも、一つだけね」

彼は図面を引き寄せた。

「この大部屋が吊り天井の部屋だ。この部屋の扉から出てすぐの廊下に、絵が掛けてあるだろう」

彼が指さした位置には、廊下の壁に飾られた絵が図示されていた。絵の額縁に触れると、扉のように額縁が動き、鏡が現れる仕掛けだという。

「次に、そこから廊下を奥に歩いていった突き当たりにも、同様の鏡の仕掛けがある」

「吊り天井の部屋から出て、左に歩いていったところか。確かにあそこにも大きな絵があった」

「そうだ。そして最後に、その突き当たりを左に曲がって、廊下を歩いていく。この中間にも、同様に鏡の仕掛けがある。同じ廊下に三つも同じ仕掛けがある。おかしいと思わないか？」

「うん……だけど一体これが、なんだっていうんだ？」

「気が付かないかい？　まあ、見た方が早いかもしれないな」

僕らは一階に降りた。

吊り天井の部屋の前に向かう。葛城は額縁に手をかけると、絵の左側がカチッと音を立てて外れた。戸のように開いて、内側に張られた大きな鏡が露《あら》わになる。

「やはり、この向きだったか」

彼の表情は何やら満足そうだった。

「おい、一体どういうことなんだ」

「君はその位置に立っていてくれ。吊り天井の部屋の扉の前だ。それでこそ検証が出来る」

彼は質問には答えず、さっき図面で見た通りの位置に向け、廊下を歩いていく。左手の廊下の突き当たりまで。二枚目の絵画を操作して鏡を開く。今度の絵は右側から開いたので、一枚目に開けた鏡と向かい合う形になり、合わせ鏡になった。

「角度が悪いな」

葛城が呟いた。一枚目の鏡まで戻り、角度を斜め四十五度ぐらいに調整し、二枚目も同様にした。

彼は廊下の突き当たりを左に曲がった。姿が見えなくなった。

彼の奇矯な行動には慣れているはずだったが、こうも疲れている時にやられたのでは――。

(ん?)

僕は目の前の鏡を見ながら不審を感じた。見えなくなったはずの彼の姿を、鏡の中に見たからだ。僕の目の前の鏡は左側から開いており、二枚目の鏡は右側から開いているので、ちょうど光を反射しているのだ。

鏡の中の彼が、三枚目の絵を操作し、鏡を開いた。その鏡がまた、二枚目の鏡と向かい合う形になっている。

(あっ――!)

「そういうことか」

横にいる小出もニヤニヤ笑っている。

僕の目の前にある鏡に映っていたのは、隠し部屋に続く壁だったのである。

小出が足元の絨毯を探って、例のスイッチをぐいっと踏み込んだ。

葛城の背後で扉が開く。

「かくして、鏡の道が開かれた」

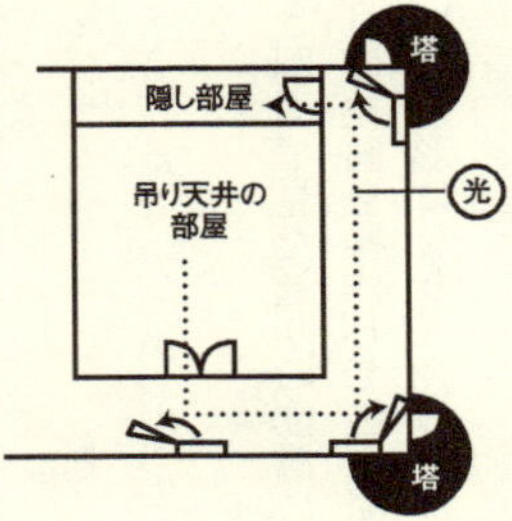

「鏡の道」図解

彼女の冗談めかした口調を聞いて、僕はこの発見を反芻した。犯人は隠し部屋にいながらにして、吊り天井の部屋に誰が入っていったか視認出来た……。謎は一つ、解けたのだ。


僕らは「鏡の道」の発見を、ひとまず皆には伏せておくことにした。

「まだ早い」と葛城は言った。

「一つ謎が解けただけだ。飛鳥井さんを説得するには、もっと材料が要る。鏡で視線の道が出来たとしても、吊り天井の部屋の扉が閉められていたら、やはり中の様子は窺えないんだ。手札が揃ってから、鏡の道の意味を明かそうと思う」

「俺が黙っているとは限らないぜ？」

小出が言うので、「あなたにも協力してもらいますよ。あなたが持ってきた図面から分かったのですから。共犯です」と答え、葛城はニヤリと笑った。

「いつもの調子が戻ってきたな。それで、手札を揃えるには、何から始めるんだ？」

「解き明かすんだよ。あの吊り天井の部屋の、秘密――お宝の正体をね」

僕は思わず高揚した。

「そのために、情報が要る。田所君の言った、停電の件だ。あの話を聞いてみよう」

なぜ停電の件が吊り天井の部屋の秘密に繋がるんだ？　僕は内心首を捻った。

まだ皆が残留しているホールに向かった葛城は、停電の一件について、全員に問いかけた。文男も休憩を終え、ホールに戻っていた。

「そう言われてみれば」文男が言った。「夜中に祖父の様子を見に行った時、部屋の電気がつかなかったような」

「俺も。水を取りに食堂に降りてきたら、電気がつかなかったのを覚えてるぜ」

小出が答える。彼女はさっきのやり取りを思い出して、面白がっている様子だった。

以上のような証言を綜合《そうごう》して——警察の捜査と事情が違うのであるから、証言を集めるほかにはやりようがない——次のようなタイムテーブルを作った。

午後11時　田所、一度目の起床。邸内を散策後、塔でつばさと会話する。
午後11時30分　田所、つばさ、解散する——田所証言
午前0時20分　貴之、ホールで久我島と会話する——貴之、久我島証言
ホールの電灯はつかない。
午前0時42分　小出、水を飲みに食堂に降りる。この時、貴之、久我島の二人をホールで視認。食堂の電灯つかず。——小出証言（貴之、久我島は彼女に気付かず）
午前0時45分　文男、雄山の様子が心配になり起きてくる。雄山の部屋の電灯つかず。——文男証言
午前0時55分　田所、二度目の起床。トイレの電灯つかず。——田所証言
午前1時15分　貴之、久我島が解散。解散する直前、突然ホールの電気がついた。

――貴之、久我島証言

「突然ホールの電気がついた。間違いありませんか？」

「はい」貴之が久我島を見やった。「そうでしたよね？」

「え、ええ」

　その話が本当なら、停電が復旧したのはまさしくそのタイミングだったことになる――。午前零時二十分から、午前一時十五分の間。少なくともこの時間帯は停電が継続していたことになるのだ。

　僕がつばさと別れたのは午後十一時半頃で、この後、みんなはつばさの姿を見ていない。犯人がいるならば、その人物を除いて、だが。

「つまり、事故は午前零時二十分から、午前一時十五分の間に起こった。つばささんが外に逃げられなかったのは、停電によって電動扉を動かすことが出来なかったから。そう言いたいの？」

　飛鳥井が言った。

　僕は困惑した。確かに、停電で逃げることが出来なかった、という事情は、犯人がその機会を利用したという点でも評価出来るものだった。

　だが、事故の原因になったと考えても、これまた、差し支えないのだ。

　停電の事実を発見してなお、僕らは一歩も殺人説に向けて歩を進めていない。

「いいえ。これは、ワイヤーを切断せざるを得なくなった理由を説明するものです」

「なんだって？」

僕は思わず言った。さっきこの男、「手札が揃ってから」とかなんとか言っていなかったか？

「田所君、安心しなよ。この停電の事実のおかげで、僕にはもう十分な立証が出来る用意が整ったんだ」

飛鳥井は長いため息をついて、葛城に先を促した。

「つばささんは停電時だから逃げられなかったのではありません。むしろ電気が通っていたからこそ逃げられなかった……」

葛城の言葉は何一つ理解出来なかった。

だがそれゆえに、彼が「解答」に至ったことが分かった。

「まずは、こちらをご覧いただきましょうか」

葛城は、小出から手渡された例の図面を取り出した。

「それは——」

貴之と文男が立ち上がった。二人とも目が大きく見開かれている。

「どうかされましたか？」

葛城はどこかとぼけるような口調で聞く。

彼がこの図面を手に入れるまでの事情を一通り説明すると、不審の目が小出に集まったが、当の本人はどこ吹く風であった。

「問題は、吊り天井の部屋に書き込まれた『お宝』の文字です」

「入り口近くに書き込まれていますね」貴之が言った。「しかし、そこには何もないはずでは……？」

「つばささんが書く位置を間違えたとか？」

僕が言うと、葛城が頷いた。

「もちろん、その可能性は完全には否定出来ません。しかし、この図面には他の仕掛けも数多く書き込まれている。例えば、この絵画の鏡の仕掛けを見てください」

ここでようやく、彼は鏡の仕掛けのことと、「鏡の道」のことを明らかにした。

「鏡の位置を調べて確信しました。鏡の仕掛けが書き込まれていた位置は、全て正確でした。もちろん素人の描く図面だから、正確な位置まで一致しているとは到底言えない。しかし、パーツの配置自体は間違いがないと仮定することは可能で、鏡のことを考えれば、これはかなり蓋然性《がいぜんせい》が高い」

「つまり、君は何が言いたいんだ？」

文男は明らかにイライラした口調で言った。

「じゃあ」僕は勢い込んで言った。「まさしく彼女が図面に描いた通りの位置に、何かの秘密があったということか？」

「その通りだよ田所君。君もようやく、正しい道に辿り着いたね」

葛城の芝居がかった口調を聞き、飛鳥井はやや曇った表情を浮かべた。

「吊り天井の部屋にはまだ秘密があったのさ」

「なんだって！」

僕は思わず叫んだ。

「そして、その秘密がゆえに、つばささんは殺されることになったのです。——そう。皆さんには申し訳ありませんが、僕は真実のために、これは殺人事件だともう一度主張させていただきます」

葛城は飛鳥井に視線を向けた。飛鳥井は腕組みをして椅子に深く座り、黙って葛城の話を聞いていた。あれだけ葛城の意見に反発していた飛鳥井が、どうして今はここまで素直なのか、怖いくらいだ。葛城もまた、飛鳥井の異議がないのに自信を取り戻してか、いつもの調子に戻ってきている。

「今から、その秘密をお見せしましょう。つばささんが地図に残していた、『お宝』の在《あ》り処《か》を……」

貴之を隠し部屋に行かせて、ウィンチの操作を任せると、貴之以外の全員は吊り天井の部屋に入った。

内開きの重い扉が、直角の角度で開いている。電動扉の設定で、ここまでしか開かないようになっているらしい。

部屋は奥行きと幅が同じくらいで、形は正方形に近い。今、分厚い石の扉が部屋の内側に開いている他は、家具一つさえない空間である。

「それで、君の言っていた『お宝』はどこにあるんだい」

文男は部屋に入るなり言った。足で床を蹴る。

「つばさの描いた図面通りなら、位置はここだぜ。部屋に入ってすぐのところだ。見たところただの床にしか見えないね。もしかして、この下を掘り進めるってことかな」

彼の口調は苛立っているような険しいものだった。

「いえ、そうではありません。天井を動かすんです」

「動かすのかよ」小出が声を上げた。「じゃあ、危ないから外に出させてもらうぜ。どのみち、扉を閉めねえと動かせねえだろ」

「いえ、扉は開いたままです」

「おいおい。一体お前、何をやろうっていうんだ?」

「小出さんの言う通りです。扉を開いたままでは、天井を降ろせない——しかし、それこそが何よりも肝要な点なのです」

葛城はスマートフォンを取り出すと、懐中電灯の機能をつけて、天井に向けた。

「ああ、やっぱりそうだ。皆さん、見てください」

見上げると、彼は頭上——つまり、天井と、扉のある壁が接するあたりにライトを向けていた。

「今、天井のあたりに影が出来ているでしょう」

「あ、ああ」僕は答える。「見えるぞ。天井に線のようなものが走っているのも見える」

「いや、おかしいだろ」文男が首を振った。「吊り天井は、壁の幅にぴったり合わせて造ってあるはずだ。光を当てて影が出来るはずが」

「そこが大きな錯誤だったんですよ。実は、吊り天井はこの部屋の寸法より少しだけ小さく造られているんです。おそらく、奥行きだけ短くしているんでしょうがね。天井が真っ白に塗られていて、遠近感が損《そこ》なわれるから、パッと見る限りは気付かないんですよ。この部屋に明かりがないのはそのためです」

「だが、そんなこと、一体何のために――」

彼は文男の質問には答えず、吊り天井の部屋の突き当たりまで歩いていった。即席で作ったのか、三脚のようなものを立ててスマートフォンをセットした。何やら操作してから扉付近まで戻ってくる。

「安全のために、入り口付近に立っている方がいいだろうな」

彼は背面の鏡に向かってサインを送った。

程なく、天井が動き始める。

ウィンチが操作されゆっくりと天井が降りてくる。体に震動を感じ、身がすくんだ。しかし、小出の言う通り、内開きの扉を開いたままでは、天井は降りきらない。それに、突き当たりに置かれたスマートフォンの意味は？　あんなところに置いて壊れないのだろうか？

　疑問はいくつも頭に浮かんだが、すぐに解決した。

　内開きの扉に天井が到達した瞬間、それは起こった。

　それまで床と平行に降りていた天井が、斜めに傾き始めたのだ。

「この部屋を見て気になったのは、扉があまりに仰々しいことです。二メートルを超える高さで、石造りだから重すぎて人の手では動かせないときている。明らかに行き過ぎだ。逆に言えば、扉をこれだけ頑丈にする意味があったのではないでしょうか。そう考えて天井に光を当ててみると、陰影が浮かび上がって、天井はわずかに扇形に凹《へこ》んでいることが分かりました。これでハッキリしたわけです。石造りの扉は、天井を支えるために頑丈に造られたのですよ」

「素晴らしいですね。全てに説明がついていきます」

　飛鳥井は額を押さえた。どこか呆れたようなため息を吐き、

「ですが、こんな遊戯じみた仕掛けを解き明かして、一体どうしようというのですか？私たちはあと数時間で焼け死ぬかもしれないのですよ？」

「分かりませんか。この吊り天井の裏には、隠し通路があるかもしれない。僕は館の秘密を全て暴くことで、通路を突き止めようとしているだけです。それに」

　葛城はあえて溜めを作って言った。

「信じられるのですか――ここにいるみんなを」

飛鳥井は唾を飲み込んだ。「……どういう意味かしら？」

「こんな非常事態だからこそ、真実を明らかにしなければいけない、ということですよ。何もかもうやむやのままでは、何を信じていいのかさえ分からない」

飛鳥井はしばらく押し黙り、やがて諦めたように首を振った。

天井は扉の上部を支点にして、奥に向けて斜めに傾いていった。

「完全に降りきったようですね。しばらく待ってから、引き上げてもらいましょう」

葛城のサインで、再び貴之が操作し、天井が持ち上がっていく。葛城は突き当たり側の天井がわずかに持ち上がった時点で操作を止めさせ、わずかな隙間に体を潜らせると、スマートフォンを回収して戻ってきた。

「さて、上手く撮れたようですね。これこそが、宝の在り処を示すもの……この吊り天井の部屋に隠された秘密なのです」

映像には、天井が降りてくる光景が映っていた。その光景に僕は目を疑った。

そこには階段が映っていた。


「つまり、この天井の裏は階段になっていたわけです。降りきる前は、そうですね、弁当箱によく入っている緑のギザギザの仕切りの形をイメージしてもらって、あのように天井の裏に段々があるわけです。それを、扉という『脚』を開いた状態で降ろしてくると、斜めになり、段々がそのまま階段になるのです。吊り天井が部屋の寸法より少し小さめに造られているのはこの仕掛けのためです。天井には厚みがありますから、寸法通りにはめこんでは天井が傾き始めた時に壁につかえてしまいます。

ところで、この階段は部屋の奥から、部屋の扉側へ向けて登っていきます。つまり、つばささんの図面に書いてあった『お宝』とは」

僕は上を向いた。

「僕らの頭上……！　扉の上にあるってことか！」

『宝』の文字は扉の近くに書き込まれていた。書き間違えではなかった。正真正銘、この位置だったのだ。

久我島は感心しきりのようだ。小出は図面を眺めながら頷いていた。文男はどこかばつが悪そうだ。飛鳥井は目を伏せている。

「さて、僕と田所君は貴之さんにもこの発見を伝えてきます」

そう言って、葛城は僕を廊下に連れ出した。部屋を出るなり、彼は勢いよく振り返り、早口で僕に語り始めた。

「さあ、ここから先は冒険だよ、田所君。今映像で見ているこの階段を登った先——そこに、『お宝』と呼ばれている何かと、つばささんがこの部屋に入った理由が隠されている。いよいよ、ご対面というわけだ」

頷いた。と、彼が意外なことを囁く。

「それでだが——どちらが行こうか？」

「……は？」

「階段の上に登るのは、どちらにしようか」

「一緒に行けばいいじゃないか」

「心から信頼出来るのかい？　ここにいる人間を……」

どういうことだ、と言いかけて、絶句した。そうだ。僕たちは扉による安全区画にいたからこそ、貴之にウィンチの操作を任せている。館内の誰かが殺人犯かもしれない。そんな状況下で、誰かにウィンチを操作させることが出来るだろうか？

「この発見の意味は君が思っている以上に重要だ。ほら、映像の右隅だ、少し見えづらいが、ここに……」

葛城の指さした部分を見て、僕は思わず声を上げかけた。口を押さえて、周りのみんなに悟られないようにする。

血痕だった。

「そう……これこそがこの事件の不可解を一挙に解決する解答なんだ。つまり、つばささんは落ちてくる天井に潰されたのではない……吊り上げられる天井の上で、潰されたんだよ」

葛城の説明を聞いて、吐き気が込み上げた。

信じがたいが、映像の中の血痕は現実だった。今まで僕らが議論を重ねてきた、「なぜつばさは逃げなかったのか？」という疑問はこれ一発で氷解する。

残酷な光景が浮かんできて、僕は首を振る。葛城に問うた。

「天井が上がるまでの時間は、一分だったよな。それだけあれば、天井の端から飛び降りることも出来たんじゃないか？」

「天井から床までは、大体ビルの二階から三階の高さだ。足は折れても、命は助かっただろうね……だけど、この吊り天井はそうもいかない。見てくれ」

葛城はスマートフォンの動画を見せる。

「吊り天井の上の本物の天井……言い方がややこしいね。ともかく、奇妙な形をしているのが分かるはずだ」

見ると、確かに変な形をしている。

吊り天井そのものは、扇形の弧の部分に、階段を鋸歯《きょし》状に配置したものになっている。弁当箱に入っているバランの下部を押さえ、左右に開いたような形だ。吊り天井には厚みがあるので、壁と吊り天井の間に僅かな空間が出来るように作られている。その「遊び」がないと、斜めに傾ける仕掛けが成り立たないからだ。

天井部は真っ直ぐでもいいはずだ。だが、天井部は、この特殊な形状の吊り天井をぴったりはめ込めるような形に設計されていた。

「天井部の陰影を見れば、吊り天井上部の鋸歯状の部分と、きっちり揃うように設計されているのが分かるはずだ。恐ろしいのは、壁と吊り天井の間の『遊び』の空間も、横からせり出した壁が塞ぐように作られていることだね。こうしておかないと、部屋の下から天井を見上げた時に、すぐに仕掛けに気付かれてしまうから、そうなっているんだろう」

つまり、四角いものから、それより小さい弧の扇形を切り取ったような形をしているわけだ。

「これじゃ……逃げられないじゃないか」

僕の声は思わず震えた。

天井が持ち上がるまで、わずか一分しかない。天井が持ち上がっているという現状を認識する。逃げようとするだろう。だが、天井の上は凄まじい揺れだったに違いない。立っているのもやっとだったかもしれない。足がもつれて転んだかもしれない。鋸歯状の階段に倒れ込んだら、体のどこかをケガして、まともに動けなくなったかもしれない。

そうして天井の端に死に物狂いでたどり着いたとしても、横の壁が出口を塞いでいる。

「吊り天井が上がり始めて、この横の壁に辿り着けば、逃げ道は一切なくなる。吊り天井の上端と、この横の壁が接する瞬間は——天井の動きの速度と、この動画から見る奥行きを考える限り——おそらく四十五秒後だ」

四十五秒。それまでに、揺れる天井の上を動き、端まで辿りついて飛び降りなければ。

あとはもう——死ぬのを待つしかない。

限られた時間の中、彼女にはなすすべもなかったのだ。奥歯を嚙み締めて、力強く瞼《まぶた》を閉じる。

——私たち、ここで死んじゃうのかな。

昨夜の彼女の姿が瞼の裏に蘇った。あの時、こんなにひどいことが起こるなんて僕も彼女も想像さえしていなかった。

「つばささんが階段の上にいる。これさえ分かれば、犯人はウィンチで天井を吊り上げるだけでつばささんを殺害することが出来る。まさしく必殺だよ。上がってくる天井から逃れるすべはないからね。犯人は鏡の道を使っても使わなくても、ただ天井が降りてきて斜めになっていることだけを視認すればいい……。

実際の犯行の手順はこうだ。つばささんが『お宝』のために天井の上に上る。犯人は天井を持ち上げてつばささんを殺害する。次に、犯人は天井を降ろす。その時扉側の天井をわずかに持ち上げ、死体を吊り天井の部屋の奥へ向けて滑らせる。こうして死体を奥側に寄せたら、天井をもう一度吊り上げ、死体を適当な位置に配置しなおす。この時、死体発見時の部屋の手前側に移動させたんだ。そして、最後に天井をもう一度下げる。これで天井に血痕が残り、殺害現場を誤認させることが出来る」

「恐ろしく七面倒くさい殺し方だな」

「そうだな。まだ、この過剰さの意味は全ては分かっていない」

僕は頬をかいた。「気になることでも？」と葛城が促す。

「疑問がいくつかある。まず、なんで犯人はつばささんが天井の裏にいると知っていたんだ？」

「つばささんから犯人に協力を持ち掛けたんだ。天井の裏に上るためには、ウィンチの操作を誰かに依頼しなければならない。その誰かに裏切られた」

「待ってくれ。一人で操作出来ない？　確かに葛城の言う通りだ。天井を下げた後、戻ってくるためには協力者が必要だ。でも、それっておかしくないか。だったら、どうしてつばささんはあの図面を描けたんだ？　宝の在り処をいつ知った？」

「そうなんだよ。そこで、図面を提出したときの貴之さんと文男さんの反応を思い出してほしい」

あの時二人は立ち上がり、目を見開いていた。驚いているような……いや、「なんでお前たちがそれを持っている」と疑うような。

「まさか、あの二人」

「吊り天井の部屋の秘密も、この図面の存在も知っていたと考えるべきだろうね」

「それなら、昨日の時点で言うべきだろ！　昨日から僕たちはずっと隠し通路を……！」

「声が大きいよ田所君。だが、君の怒りはもっともだ。図面の中に隠し通路が書き込まれていないということは、彼らも隠し通路の場所は知らないんだろうけどね」

「だったら、せめて分かっている情報だけでも開示すべきだ」

「ああ。だけどね、彼らは出来ればこれを隠しておきたかった。宝の在り処を知られたくなかったからだよ。この図面を見せずに隠し通路だけ見つけてもらおうと、虫のいいことを考えていたんだろうね」

葛城の言うことはわけが分からなかった。「他の疑問は？」と葛城が促す。

「ワイヤーのネジはいつ外されたんだ？　今解いた通りの殺し方なら、下げる時にもウィンチで操作すれば事足りるんじゃないか？　ワイヤーを外す理由は一体……？」

「ウィンチによる電動操作が出来なかったからだ」

僕はアッと声を漏らした。

「それが停電のことを調べた意味か！」

葛城の疑問や行動、一つ一つに意味があったことに驚かされる。

「犯人は、天井の上が実際の犯行現場であることを隠したかった。吊り天井の上部、階段の面をA面、下部の、部屋の床に接する部分をB面としてみよう。殺害時、血痕はA面のみに残った状態だ。しかし、ここで犯人は停電というトラブルに見舞われたんだ。おそらく、停電が始まったのは、天井から死体を下ろし、発見時の位置に配置した直後のことだったんだろう。犯人は隠し部屋に行き、ウィンチを動かそうとして、停電のことに気が付いた」

「つまり、未だB面に血痕が付いていない状態で、天井は上がったままになった……」

「その状態のままでは、血痕がないことを不審に思われ、A面で殺人が行われたことがバレてしまう。犯人には、これから見る『お宝』を隠しておく意図もあったのかもしれない」

「しかし、停電はいつ復旧するか分からない」と僕は言った。

「何せこの非常時だ。非常用電源が完全に故障したと思い込んだのかもしれない……犯人がそう考えたなら、天井を落とすにはワイヤーを自分の手で切るしかなくなる。つばささんはもう死んでいるから、ワイヤーの切断にいくら時間をかけようと構わない」

「なるほど。だとすれば、停電の前後がそのまま犯行時刻になるだろうな……アリバイは、ホールでずっと話し合っていた久我島さんと貴之さんに成立か」

葛城は何度も頷いていた。どこか上の空のようにも見える。

「……とにかく、つばささんが逃げられなかった理由と、死体発見時の状況を同時に満たせる説明はこれしかない……辻褄《つじつま》は合っている。実証も出来た……」

それに、と葛城は続け、僕を見た。

「これで僕たちはようやく立証したんだよ。事故で天井が落下することはあっても、事故で天井が持ち上げられることはない。天井の上から床の上に死体が移されることもね。つまり、これは事故死じゃない。飛鳥井さんの説はようやく崩されたことになる。これは殺人なんだ……そして、犯人は」

「あの中に……」

体がひとりでに震え始める。やはりそうだったのだ。飛鳥井が事故死という結論を出し、それに賛同した彼らの中に、いたのだ。協力する振りをして、しめしめとほくそ笑んでいた人間がいた。葛城と飛鳥井の対決を、高みの見物と決め込んでいた人物がいたのだ。

恐怖は遂《つい》に、怒りに変わった。

「葛城」

「なんだ？」

「天井の上には僕が行く」

「どういう心境の変化なんだ？」

「前にお前、女性に惚れやすいのが僕の悪いところだ、って言ったよな」

彼は目を瞬いた。「言ったな。今も意見は同じだよ」

「ああ、今回も大いに反省している。こう見えて、僕は心に深手を負っているんだ。約束をしたんだ、彼女と。お前と彼女と三人で、遊びに行こうって」

葛城はからかったり、呆れたりもしなかった。いつも僕の惚れやすさを非難してくるけれど、僕が本当に傷ついている時は追い打ちをかけたりしないのだ。「そうか」と答える口調は親身だった。「約束、果たしたかったな」と呟くと、「うん」と葛城が答える。胃酸がせり上がって来る。昨日見た彼女の笑顔が目に浮かんだ。突然、知らなければいけないと強く思った。僕と彼女の約束を奪ったものの正体を、知らなければならないと思った。

「僕がお前についていくのは、どんな形であれ、物事の終わりを見届けたいからだ。何が始まって何が終わるのか。お前の謎《なぞ》解《と》きがそれを明らかにするからだ」

「……ああ、そうだったね」

「だから僕は、どれだけ苦しむことになっても、彼女の命が絶たれたその場所を、見届けなくてはいけないんだ。そうでなきゃこの気持ちを終わらせられない。終わらせるべきなのかどうかも分からない」

考えすぎているな、と自分でも思った。

「行って君の気が済むのなら、僕は止めない。田所君に任せるよ」

「ああ。スマートフォン、貸しておいてくれれば、上の様子はなるべく動画に収めてくるよ。葛城こそ、ウィンチの主導権を誰かに握られたりするなよな」

そう口にして、再び認識する。天井の上に上がるということは、つばさと同じ危険に身を投じることと同義なのだ。せり上がる天井から飛び降りて逃げるわけにもいかない。天井が上がり切るまでには一分の時間があるが、出来ることはほとんどない。そしてウィンチをこの中の誰かに握らせるということは、生殺与奪の権限を握られるのと同じ——。

いや、本当に誰にも任せられないのか？　凶行の現場を僕一人で確認するのにも不安があるし、取り残されるのも心配だからだ。

「思ったんだが、ウィンチを操作して殺人に及べば、操作を任されていた人間が怪しいのはまる分かりじゃないか？　今で言うと貴之さんだな。そんな状況下で殺人に踏み切るかな。それにだ、たとえ誰かがウィンチを作動させたとしても、一分の猶予がある。それまでにウィンチの主導権を犯人から奪い返せば生存出来る」

「ああ。普通はそう思うだろうね」

葛城は意味ありげに首を振った。

「でも、複数人に取り押さえられたとすれば、ウィンチの主導権を取り戻す自信があるかい？」

「なんだって？　おい、それは一体どういうことなんだ。犯人は複数人ってことなのか？　分かっているなら教え――」

「違う、違う。犯人は僕もまだ分かっていないよ。だけどね、この事件ではそこまで考えて慎重に動く必要があるんだ」

葛城は無念そうに首を振った。僕への哀れみも混じっているように思える。

「この館にいる人間は簡単に共謀し得る。簡単に利害が一致してしまうんだからね」

「利害？　葛城、お前の言っていることはさっぱりだ、一体全体――」

「さあ、そろそろ貴之さんのところへ行こう。あまり長いとみんなに怪しまれるよ」

葛城は唐突に話を打ち切った。隠し部屋に向かい、貴之に天井の仕掛けを説明、一度吊り天井の部屋に来てほしいと続けた。貴之が嘘をついていたことは、この場では追及しないようだ。

葛城の真意は見えず、結局、「利害の一致」の意味についても聞けずじまいだ。

貴之を連れて吊り天井の部屋に戻ると、葛城は全員の前で、天井の上に上がる、とアナウンスした。一同にどよめきが広がる。

「……上がるなら、僕も行かせてくれないか？」

まず声を上げたのは財田文男である。

「そこに妹が最期に見たものがあるんだろう……？　わざわざ見に行こうとしたからに

は、重要なもののはずだ。僕はそれを知りたい」

彼の申し出には納得がいった。僕の気持ちもそれに近い。一人で天井の上に上がるのはやはり怖いので、同行者の申し出については望むところではあった。

「私も行かせて」

次に手を挙げたのは、意外にも、飛鳥井だった。

「もしそんな空間があるのだとすれば、私たちの探している隠し通路へのヒントが最も存在しうる場所、ということになります。私もぜひ、この目で見ておきたく思います」

飛鳥井は葛城に向き直った。

「葛城君。今までの非礼を詫《わ》びます。あなたが回り道をしていると思っていましたが、隠し通路へのヒントをいち早く見つけてくれたのもあなたでした」

彼女はあっさりと言ってのけた。そこにはためらいや悔しさが感じ取れない。こだわりがないのだろう。自分が探偵として一番だ、というプライドは、もはや彼女にはない。だからこそ簡単に負けを認められる。今は協力するべき、と言っていた彼女の言葉も、葛城に絡んでいたのではなく、本心からだったのかもと思い直す。

葛城は、飛鳥井が簡単に負けを認めたことが面白くないようだ。葛城は、自分が飛鳥井よりも優秀だと示したいのだろうか。誰の目を意識してだろうか。僕、と考えるのは、自意識が過ぎるだろう。

「そ、それなら私も行ってみたいです。財田雄山さんの遺した『お宝』に興味もありますし……」

久我島が言ったが、小出がはねのけた。

「いや、おっさんはダメだ」

久我島は虚をつかれたような表情をした。

「天井の上に上がれるっつっても、どこまでの重さに耐えられるかは誰にも分からん」

至極まっとうな指摘だった。

「確かにそうですね」飛鳥井が言った。「私、田所君、文男さんの三人なら、田所君は華奢《きゃしゃ》な体格をしていますし、合計もそこまでにはならないでしょう」

「華奢で良かった」と口では言うが男らしくない、と言われたように感じ、モヤモヤした。

しかし、三人——。悪くない布陣だ。もし二人きりで動いて相手が殺人者だったならば、抵抗する間もなく殺されてしまうだろう。葛城の言う、「簡単に共謀する」という言葉の意味が気にかかるところではあるが、葛城がこの三人のメンバーに異議を唱えない以上、飛鳥井は安全、ということなのだろう。

葛城と財田貴之、久我島がウィンチの傍につき、吊り天井を操作することになった。小出は吊り天井の部屋内の、電動扉のあたりに留まる。何かあった時の伝達役だ。

葛城は斜めに降ろした天井と床が接するところに、雄山の部屋から持ってきたマジックペンで一直線に線を引いた。

彼は一同に説明を始めた。

「さっき僕がスマートフォンを壁際に寄せておいたのは、斜めに降ろした時に天井の向こうに発生する『セーフゾーン』を確認するためです……。計算によって、三十センチほどの空間が出来ることは確かめておきましたが、実際のところを確かめておかなければ危険ですからね」

「準備の良いこと」

飛鳥井が呆れたように言った。

「さあ、それでは、今から披露いたしましょう。この館の大仕掛けを、目の前で」葛城はニヤリと笑った。「案外隠し通路も口を開けているかもしれません」

13 「お宝」【館焼失まで5時間21分】

大迫力だな、くそ……。

壁にぴったりと背中をくっつけながら、眼前の光景に震えていた。目の前で動いているのは天井で、自分たちには逃げ場などないのだから、緊張するのは当たり前だ。

「田所君、文男さん。足は横に広げた方がいい。葛城君の測定は天井の厚みが概算でしかないからね。万全を期すべきだ」

飛鳥井の言葉を受けて、僕たち二人は足を横に開く。見ると、飛鳥井も乙女としてはギリギリの蟹股《がにまた》開きだ。なかなかシュールな絵面だが、こっちは命がかかっているのである。

眼前にまで天井が迫ってくる光景はなかなか刺激的だった。体に激しい震えが伝わってくる。一分ほどで、天井はずうん、という重い音を立てて止まった。

そこには先ほど映像で見た階段が広がっていた。

「こりゃ、壮観だな」

文男は口笛を吹いた。音がぶれていて、強がっている様子だ。

「さあ、ご対面といきましょうか」

飛鳥井がやや緊張した声音で言った。

僕は階段への一歩を恐る恐る踏み出しながら、ここは重要なところだぞ、と不意に思った。

葛城から事前に教えられたので、僕はここが本当の犯行現場であることも、血痕が残っていることも知っている。だが、この二人はそうではない。飛鳥井を疑っているわけではないが、つばさの死を殺人と認めなければならなくなった今、誰もが疑わしく思えるのも事実だった。

飛鳥井の足音が止まった。

見ると、目の前に映像で見た景色が広がっている。階段の段にべったりと残った血。コンクリートにこびりついた、腐敗し始めている脂肪。スマートフォンのライト機能で天井を照らしてみると、確かに天井にも血痕が残されていた。足元の階段に髪の毛が張り付いているのが、嫌に生々しい。

——ここでつばささんは死んだんだ。僕らの約束は、ここで終わったんだ。

その場に嘔吐《おうと》しそうになる。気合で押し止めた。

「なるほどね……」

飛鳥井の一言は不可解だった。まるで一足飛びに辿り着いていた結論をその目で確かめた、とでもいうような口調だ。

それだけに、「ひどいな、これ……」と青い顔で呟いた文男の反応の素朴さが際立った。

「ここでもう一人、誰かが殺されたってことか？」

「恐らく違います。つばささんですよ。ここで亡くなられたのは」

面食らった文男に対して飛鳥井が説明したことは、大方において葛城のした推理と同じだった。やはりこの二人、スタンスが違うだけで、思考力において大差はないらしい。

「改めて、負けを認めないといけませんね。君のホームズはすごいな」

飛鳥井が悪戯っぽく僕に微笑みかけるので、「葛城に言ってくださいよ」と僕は肩をすくめた。

階段を最後まで上がると、そこにあったのは意外なものだった。

「本棚……？」

文男の顔に疑問が浮かんだ。

僕らの眼前には一面の高い本棚があった。本物の天井部に付属した横の壁から、滑り下りてきているようだ。吊り天井の動作に合わせて、横の壁の底部が開き、本棚が下りてくるのだろう。吊り天井の部屋から見上げた時には、何の変哲もない天井と思っていたが、こんなにも仕掛けが張り巡らされていたとは。

本棚には本だけでなく、写真立て、額など、雑多なものがしまいこまれている。一番下の棚には何も置かれていない。

僕の目は本棚の左隅に押し込まれた稀覯本《きこうぼん》の数々に引き寄せられた。あの本が初版だったらいくらするだろうとか、もはや火事なんてどうでもいいからあの幻の作品を読みたいとか、そんな思いが脳裏を駆け巡っていく。

しかし、部屋の下から見上げた時は、こんな本棚はなかったようだが……。

僕は天井にライトを当ててみて、その違和感に合点がいく。この本棚の出現も、天井の動きと連動しているのだ。斜めに天井が傾く時だけ、本棚の前を覆っている薄い一枚板が上に収納されるようになっているらしい。だとすれば、部屋の下から見上げても何もないように見えるのも納得がいく。

「隠し通路はないみたいですね」

「振り出しに戻った、ってことか……」

文男はため息を漏らすが、彼はこの秘密の存在を知っていたはずである。どこか白々《しらじら》しいものを感じた。

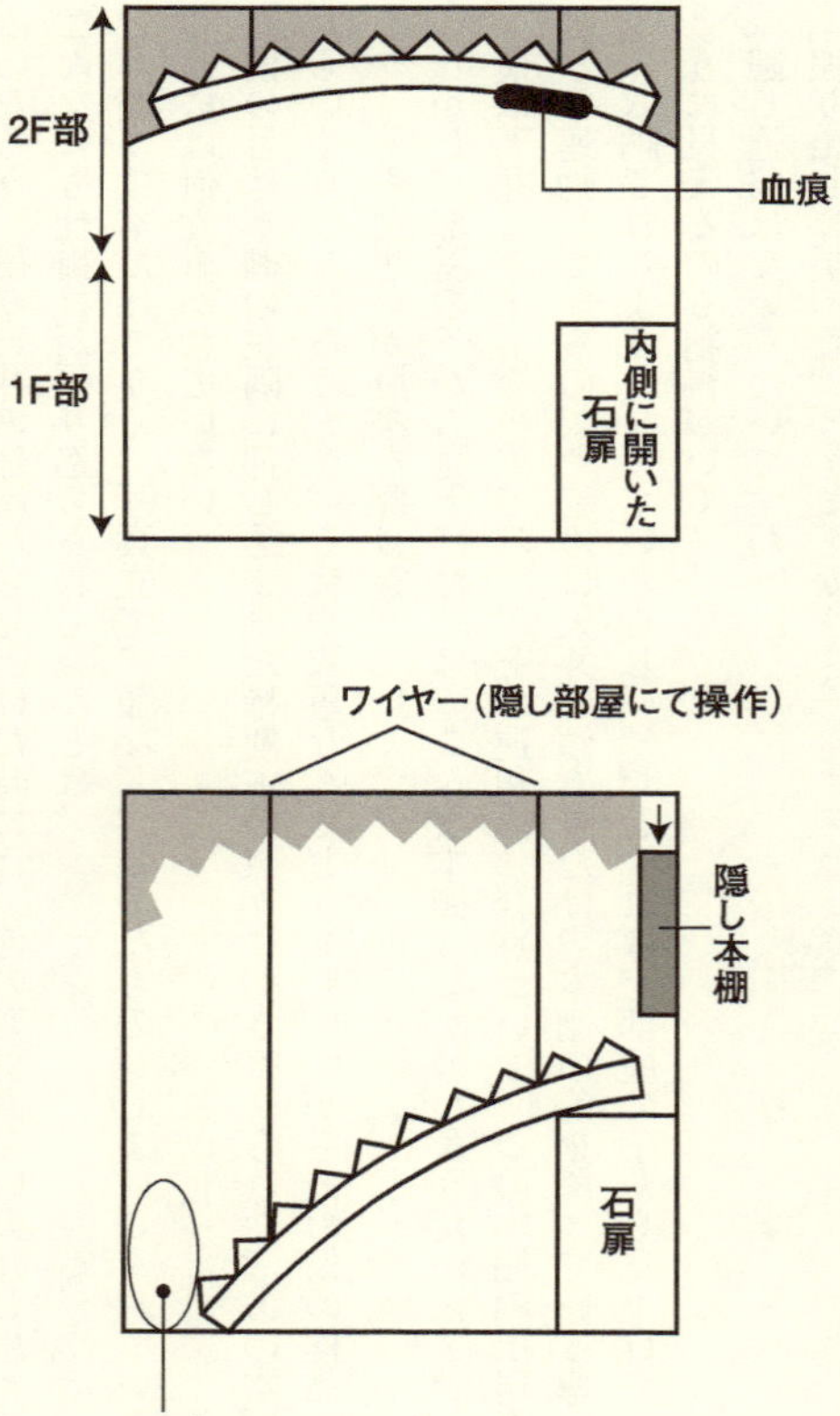

吊り天井図解

「あ――」

飛鳥井が声を発した。見ると、頬が赤らみ、どこか夢でも見ているかのような表情で本棚を見上げている。よろよろと、歩くのもやっとというように、「あ、あ」という声を口から漏らして。まるで一瞬で生気を奪われた病人のようだった。

「飛鳥井さん……？」

僕の問いかけに彼女は反応しなかった。

彼女は本棚に置かれた大きな額に手を伸べた。額の中には一枚の絵が飾られている。額の隣には白い百合の花が並べられていた。造花だろうか。

少女漫画風の水彩画だ。Ａ３の画用紙に、少年がオレンジ色の宝石を天に掲げて不敵に微笑んでいる様子が描かれている。素人が描いた、粗の多い絵だが、思わず惹き付けられる迫力があった。そう感じる理由はすぐに分かった。一本一本の線だ。迷いなく、くっきりと、はっきりとした意志で刻まれた線。背景に描かれた森は、一枚一枚の葉にも生命が息づいているようにさえ感じさせる。

だが、絵は本棚の中で完全に浮いていた。父親の書斎に、娘に勧められたアロマ用品が並んでいるような――借り物のような落ち着かなさ。

不意に、嫌な予感が込み上げてきた。額の隣の百合の造花が存在感を増す。何者かの強烈な作為を感じたのだ。それに、飛鳥井が反応している。手を伸ばし、触れようとしている。

その額に彼女が触れた瞬間、それは起こった。

「ああ……!」

飛鳥井は額をかき抱いた。彼女は髪を振り乱し、何かに耐え続けているかのようだった。

「お、おい、あんた一体どうしたんだよ」

文男が動揺した様子で言った。それほどまでに飛鳥井の様子は異様だった。

「飛鳥井さん……」

しゃがんで彼女の顔を覗き込み、驚いた。唇の端を強く噛みすぎるあまり、血が滲んでいる。どれほどの強い感情を耐えているというのだろう。

「こんなところで、まさか、こんなところにあるだなんて」

彼女の背中は雨に濡れた子犬のように弱々しく震えていた。僕らから取り上げられるのを恐れているかのように、額を力強くかき抱いていた。憧れの女性が目の前で、うずくまって、ヒステリックな醜態を晒している。

僕は恐怖を感じた。何かとんでもない秘密の扉を、僕らは開けてしまったのではないか。

僕と文男は、飛鳥井の様子がおかしいのを見て取ると、調査を打ち切って吊り天井の上から下りた。吊り天井の部屋に残っている小出に声をかけ、吊り天井を持ち上げてもらう。

飛鳥井の青ざめた顔を見て、小出は口笛を吹いた。

「おいおい、見たことねぇ顔してるぜ。一体何を見てきたってんだ?」

飛鳥井は額をかき抱いたまま俯いている。返事一つしなかった。

葛城が走って吊り天井の部屋に駆け付ける。肩を上下させながら、「何があった!」と叫ぶ。文男は「父さんたちを呼んできます。飛鳥井さんには、とりあえず部屋で横になってもらいましょう」と言って部屋を出た。小出は飛鳥井から反応を読み取れないのを見ると、面白くなさそうに部屋を後にした。

吊り天井の部屋には、僕、葛城、飛鳥井の三人だけになった。

「飛鳥井さん」

喉が干上がるのを感じた。

「その絵は、なんなのですか?」

「絵?」

葛城が一瞬戸惑い、すぐさま、大きく目を見開いた。

飛鳥井は顔を上げることもせず、絞り出すように答えた。

「これは……あなたも知っているあの子が……美登里が描いた絵……!」

僕の頭の中で、その名前はすぐに繋がらなかった。が、直後、雷に打たれたような衝撃が走った。

美登里？

甘崎美登里！　それは飛鳥井光流の探偵助手として傍にいた、あの天真爛漫な少女のことだ。

甘崎美登里が？　彼女が描いた絵？

でも――なぜそれがこんなところに？

「あの子は……あの子は、親戚の書いたファンタジー小説の挿絵に、自分の絵を使ってもらえることになったと、私に嬉しそうに言ってきた時があった。秘密裏に進めている話みたいでね、私だけにこっそり打ち明けてくれたの……下書きさえ見せてくれなかったけど、私には分かる。これは彼女の絵だ。筆致で分かる。顔の造形で分かる。彼女の息遣いがある」

彼女が振り返った。鬼気迫る表情だった。

「その親戚の家に絵を見せに行った翌日……あの子は殺された！　あの子の荷物から絵は見つからなかった！　だから、この絵を持っているのは！」

ふと、絵の端に黒い痕がついているのを目に留める。煤だ。額の内側、左下の端には煤がついたビニール片が残っている。あのビニール片はいつ入ったんだ？　絵を設置した人間が遺したのか？　だとすれば、まさか、この火事の中で？　僕の問いに応えるように、一点の曇りもない額のビスが、廊下の光に眩しく光り輝いた。

飛鳥井は強い口調で続けた。

「それ以外の可能性はない！　あいつが自分の手柄を誰かに譲るもんですか。この絵だけは、この絵だけは十年前、どこにも見つからなかった……」

飛鳥井はまるでしなだれかかるように、僕の両肩を掴んだ。彼女の重みを感じた。重みを預けられている。彼女の両足では、もう立っているのがやっとだから。

「そのようですね」

唐突に、葛城が冷たい声音で告げた。

「十年前、あなたが捕らえたはずのシリアルキラーが、この館にいる——」

鳥肌が立った。本棚で絵を見た瞬間の嫌な予感の正体を知った。

「でも……でも……まさか、十年前の因縁が、こんなところにまで……」

ここに至るまで、どれほどの計算が積み上げられていたのだろう？　この道のりは決して平坦《へいたん》ではない。葛城がこの天井の仕掛けを見つけること。天井の裏に手掛かりがあると確信すること。隠し通路を見つけるために飛鳥井が天井の上に上がることを申し出ること。最も効果的な場面で、飛鳥井が甘崎の絵を目にすること。

僕はさっき葛城に言った。**何が始まって何が終わるのか。僕はそれを見届けなければならない。**つばさ殺しはこの館から始まったのではなかったのだ。十年前から始まっていた。飛鳥井が名探偵だった時から。

僕は飛鳥井に憧れて探偵になろうとした。そして葛城と出会った。全ては繋がっている。名探偵だった飛鳥井のもとで。

飛鳥井光流が、全ての始まりだったのだ。

「飛鳥井さん、分かりましたか？」

飛鳥井が葛城の顔を見上げた。元名探偵は睨みつける様な表情を浮かべ、激しい感情をこらえている。対する葛城は氷のように冷静だった。残酷とさえ思えるほどに。

「この館の中に、あなたの宿敵がいる。すなわち、この館には、仮面を被った大嘘つきが──いや、怪物が一人、紛れているのです」

「……あなたは、気付いていたの？」

「つばささん殺しの動機が分からなかったんです。あなたとの因縁は、もっとも可能性の低い、空想的な仮説の一つでした。あなたの話を聞いてさすがに僕も驚きましたよ」

どうだか、と飛鳥井は首を振った。

吊り天井の部屋の中が、突然、暗くなった。廊下から差し込む光が遮られたのだ。

入り口を振り返ると、「彼ら」が揃い踏んでいた。

財田文男。飛鳥井を気遣う素振りを見せている。

財田貴之。興味深そうに顎を撫ぜながら、打ちひしがれる飛鳥井を見下ろしている。

小出。初めて見る飛鳥井の様子に、興味を隠せないとばかりの表情を浮かべている。

久我島敏行。飛鳥井の動揺を見て取ったのか、自分も口を押さえ、不安そうに小さく首を振っている。

廊下の光を背に、全員の顔が陰って見えた。それがなおのこと恐怖を高めた。怪物が一人、紛れている。肌が粟立つ。恐怖で身がすくんだ。

「だが……それだけではない」

葛城は小さな声で呟いた。僕と飛鳥井にしか聞き取れないほどの声量だった。

彼はまるで幽鬼のように体を揺らし、燃えるような瞳を僕に向けている。

僕はその時、彼もまた、別種の怪物になってしまったような気がした。思えば、なぜ彼は傷ついている飛鳥井に氷のような態度を取れたのだろう。何が彼をそうさせたのか。

僕はそれを、何一つ解っていなかったのだ。

「飛鳥井さん」

名探偵は呪《まじな》いをかけるように囁いた。

「僕はこの館と『彼ら』の——全ての秘密を暴きますよ」

第二部　カタストロフィ

（……）文体はコピーすることができるが、その詩のなかのなにかが身を食《は》んでくるのを覚えた。ほかの場合とおなじようだ。子供が書いたような、おなじできの悪い韻文、大仰ないいまわしをもちいた、おなじ文学かぶれの文章。ボッシュは混乱と胸のなかの疼きを感じた。

奴だ、とボッシュは思った。奴だ。

——マイクル・コナリー『ブラック・ハート』（古沢嘉通《ふるさわよしみち》・訳）

＊

世界に一人だけのわたしのお姫さま——彼女を見つけてから、わたしの毎日はずっとずっと輝いていた。

ほら。飛鳥井光流。彼女の姿を見つけた。八号車の三番目のドアが停《と》まるところ。わたしと彼女の定位置。わたしが着く頃には、必ず彼女はそこで待っている。吐く息が白い。

あまり待たせてないといいな。

今日から冬服だったっけ。夏服の光流もいいけど、冬服はセーターの長い袖がなんとも可愛らしい。文庫本をめくる手が赤くかじかんでいる。「本のページをめくろうと思ったらね」彼女が不満げに言っていたことを思い出す。「手袋なんかしてられないの。ケータイなら手袋してても、メールくらい打てるでしょ？　不公平だと思わない？」それがなんだか面白かったので、十一月の光流への誕生日プレゼントは、指先があいている手袋にしてあげるつもりだった。

「おはよっ、光流ー」

後ろから思い切り抱きつく。セーターで少しもこもことした体が温かい。

「冬服似合ってるねぇ」

「朝から元気だね」

光流は呆れたような息を漏らした。

「ほら、電車来るんだから、離して」

「わたしの冬服には何か感想ないの？」

「はいはい、可愛い可愛い」

「ちぇっ」

電車がやってきて、光流を端っこの席に座らせると、わたしは隣に座った。学校の最寄り駅に着くまでの二十三分間。一日のうちで一番好きな時間だ。わたしは部活があってなかなか光流と一緒に帰れないし、クラスだって別だ。光流と一緒に過ごせることを確約された時間。他愛のない会話で、昨日買った新譜を聞かせて、昼ごはんや放課後や週末の約束をして、何をして埋めてもいい時間。

今日のテーマは、わたしが用意している。

「この前の事件の時の光流の絵、出来たんだけど」

「うわ」

スケッチブックを取り出そうとしたわたしの手を、光流が押しとどめる。

「やめてよこんなとこで、恥ずかしい」

「いいじゃない。うまく描けたんだから……」

「見ないなんて言ってないけど、ここじゃあいやなの」彼女は目を泳がせた。「じゃあ、昼休みに屋上で。良い？」

それなら別にいいや。約束一つ。

わたしは満足して、スケッチブックをしまい、他愛もない話を始めた。

——君は、もっと真面目《まじめ》に創作に取り組むべきだ。

いかつい顔をした美術部の先輩男子。いつだって、するべきとか、許されないとか、そんな言葉でわたしを縛り付けてくる。わたしは描きたくて描いてるんであって、コンクールとか、他人の評価とか、正直言ってどうでもいい。

それってそんなに変なこと？

でも断り切れなかった。そしてやっぱり、コンクールのために絵を描くのなんて、全然面白くなかった。義務感みたいなものが胸をチクチクと痛めつけてきて、楽しくなくなっちゃった。

だけど、それを変えてくれたのが光流だ。

わたしのお姫さま。

初めは、同じ学校に通っている綺麗な子、くらいの印象だった。それが、一年生の五月の体育祭で、学内で起きた盗難事件を見事に解決してみせたのだ。

事件自体は地味なものだった。だけど、容赦なく推理を積み上げて、キリキリと犯人の首を真綿で絞めていくような、光流の推理には迫力があり――

そして、美があった。

その夜、画用紙に絵を描いた。鉛筆一本の濃淡だけで、体操服姿の飛鳥井光流が推理を繰り広げる様子を描いた。何度も描き直した。どれだけ研ぎ澄ませても、推理をする時の彼女の美しさには届かない気がして、何度も何度も。ようやく納得のいく作品が出来上がった時、体育祭後の週末は終わっていた。

次の登校日、わたしは隣のクラスの扉を叩いている自分を見出《みいだ》した。

「飛鳥井さん、いますか！」

名前を呼ばれた当の本人は、重苦しそうな顔で文庫本に目を落としていた。けだるげな視線がわたしを見上げた。ゾクゾクした。びっくりするほど、推理をしていた時の彼女とは別人だったから。

「なんでしょうか」

「わたし、隣のクラスの甘崎美登里っていいます。よろしくね」

彼女は礼儀だけの会釈をして、また本に目を落とそうとした。

「放課後、時間あるかな?」

「え?」

「放課後。時間あったら、屋上に来て。見せたいものがあるの」

彼女は不審そうな目つきを隠そうともせず、同時に、それに怯む気配もないわたしに動揺していたようだった。当たり前だ。動じるわけなんかない。どんな表情をしてても、描きたいという欲があとからあとから込み上げる。

やっぱり、わたしには彼女が必要だ。その思いばかりが暴走して、膨《ふく》れ上《あ》がって――その日の授業は手が付かなかった。

そうして、放課後の屋上で、わたしと光流は二度目の対面を果たした。

「体育祭の時は、本当にすごかった」

そんな風に迫ったわたしを、光流は困ったような目で見つめた。

「あんなの、大したことじゃない」

「そんなことないよ。本当にすごかった」

「ありがとう。でも、もうあれっきりだから。探偵なんて、もうしないの」

わたしは驚いた。「どうして？　あんなにすごい才能なのに」

「才能って」

彼女は苦笑した。

「別に、そんな大それたものじゃない。気が付いたのに黙っているなんて出来ないだけで。本当は目立ちたくないし、恥ずかしくて仕方ない」

彼女は、自分がそんなことを口にしたことが信じられない、というような顔をした。

「黙っていられないなんて、優しい人なんだね」

そう言うと、ますます彼女は目を丸くした。

「そんなこと言われたの、初めて」

彼女の曖昧な微笑みが、やけに胸にちくりと刺さった。

「……ねえ、どうしてやめるなんて言うの？」

意外なことを聞かれた、というような顔だった。こんな質問になんの意味があるのか、とでもいうような。それでも彼女は語ってくれた。聞かれたのが初めてだったからか、誰かに語りたいと思っていたからか。

「……そうね。強いて言うなら、暴き立てることに疲れたから、かな。どんな事件にも、犯人なりの事情があって、被害を受けた人の事情があって、私はそれに気付いてしまうから、黙っていられなくて口を出してしまう。彼らの間に分け入って、乱して、時には壊してしまうことさえある」

彼女がどんな事件を辿ってきたのか、わたしは聞こうとしなかった。彼女の記憶の扉を開くようなことはしたくなかったからだ。

だからわたしは、未来の話をした。

「だからもう、あなたは探偵はやりたくない、ってこと？」

「そう」

彼女はうんざりしたように息を吐いた。

「飽き飽きしたの。もしかして、今日呼び出したのって事件の依頼？　だったらもう願い下げだから」

彼女の口調はいやに刺刺しかった。

「そうだね。ある意味では依頼かもしれない」

「ほら、やっぱりそうなんじゃ――」

「あなたに探偵を続けて欲しいの。そしてわたしを傍において」

わたしの言葉に、光流が固まって、一瞬の後に「――え？」と声を漏らした。

「それがわたしの依頼」

「ちょっと――何それ？」

「わたし、あの日のことを絵にしたの」

スケッチブックを開いて例の絵を見せると、「これ私？」と驚いた彼女が、次いで耳まで赤くして俯いてしまった。「恥ずかしいからしまって」と彼女は早口で言う。「あなた、随分変わった趣味を持ってるんだね。私たち初対面なんだよ?」

「一目で描きたいと思った。あなたがいれば描き続けられると思った」

「身勝手すぎる」

「それでもいい」

「私が良くない」

「じゃあダメ?」

「ダメってことは――」

「じゃあOKだよね?」

「あなた本当に強引だね」

「わたし諦めが悪いから」

「逃がさないってこと?」

「ずっと傍にいたいだけ」

「その要求を吞んだら私、軽い女みたいじゃない」

「そんなことない。わたしのために探偵を続けて」

そこまで言って、彼女はようやく正気を取り戻したのか、唇を噛んで、やがて言った。

「それって、私にはなんのメリットがあるの?」

わたしは自分の足元が崩れ去るのを感じた。でも、彼女はごく当たり前のことを言った。わたしが突っ走りすぎていただけなのだ。わたしにとって光流は特別で、光流にとってわたしはそうじゃない。今日目の前に現れたばかりの、猪突《ちょとつ》猛進女にすぎない。自分の体にみなぎっていた力が抜けていくのを感じる。

「……そこまで考えてなかった」

光流が動きを止め、啞然とした顔でわたしを見た。

「じゃあ……あなた、本当に勢いだけで来たの？」

彼女は吹き出して、あはは、と声を上げて笑った。腹を抱えて、空を見上げながら。こんな風に笑うんだ。新鮮な気持ちだった。打ちひしがれてさえいなかったら、わたしはスケッチブックを取り出して、今この瞬間を永久に切り取ろうとしただろう。

「あー、おかしい」

「ごめんなさい」

「ようやく、冷静になってくれた？」

「うん、それはもう、たっぷりと」

「ねえあなた……甘崎さん、だったよね。あなた、自分がすごく残酷なことを言ったって、分かっている？」

「え？」

「自分のために探偵を続けろって言ったんだよ。私がもう逃げ出したいって言ってるのに、事件に向き合って人と話して分け入って乱して謎を解いて暴き立てて壊して、あんなことをもう一度、ううん、あなたが望む限り何度でもやらせようとしている」

「そんなつもりじゃ」

「うん。そんなつもりじゃないのは分かってる。だって、傍にいてくれるんだもんね」

彼女の気まぐれな返答に、わたしはすっかり乱されていた。結局、ＯＫなの、どっちなの？　わたしはそわそわするばかりで、全然落ち着きがなかった。

「あなた、傍にいて役に立つの？　私のワトソンが務《つと》まる？」

「うっ」

急所を衝《つ》かれた。考えるのはあまり得意じゃない。武闘派というわけでもない。光流の目を直視出来なかった。

「い、一生懸命、努力します」

「ふうん。まあいいや」

光流が手を差し伸べた。その手を握っていいのかわたしは迷った。猛然と進んできたにもかかわらず、わたしはそんなところで臆病だった。

「じゃあ、証明してみせて。あなたが傍にいて、私にも助けになるってこと。もしこれから次に事件が起きた時、もう一度だけ、私は探偵をする。その時が本番だからね」

「分かった。絶対、認めさせるからね」

その条件を呑んだ後、わたしは不思議に思った。次の事件？　それって明日？　一週間後？　もしかしたら数ヵ月後？　向こうの都合で起こるんだから、こっちには分からないことじゃないか。

「ええっと、じゃあ、事件が起きるまでの間、わたしたちの関係って……」

「……友達、かな。それじゃあダメ？」

わたしの顔がぱあっと明るくなったのが、光流の顔つきで分かった。


そうして、わたしは彼女の探偵助手として一緒に活動をしている。

私の絵なんて描き溜めてどうするつもりなの、と光流に聞かれたことがある。

「『飛鳥井光流の事件簿』の挿絵にする、とかかな」

「ええ、嫌だよそんなの」

わたしの探偵は、打たれ弱くて、面倒くさくて、可愛い。

だけど、たまに不安になることもある。

――それって、私にはなんのメリットがあるの？

わたしにとって光流は替えのきかない存在だけれど、光流にとってのわたしはそうではない。

一度だけ、彼女にその不安を打ち明けたことがある。

「美登里じゃないとダメだよ。自信持っててよ、そこは」

「分かっちゃいるんだけどさ、あはは……」

「むしろ、私の方が自信なくすくらいだよ。美登里は誰とでも仲良く出来るし、明るいし、絵の才能もある。イラストレーターになるっていう夢も持ってる。私なんて、ただちょっと勉強が出来て、探偵なんていう、社会じゃ役に立たなそうなことが出来るだけ」

「ちょっと勉強が出来る、は嫌味臭いぞ」

彼女の成績は学年一位だった。

「まあとにかく、大人になったら、私は何者にもなれずに、美登里に置いていかれそうな気がしてるの」

彼女は寂しげに微笑んで、わたしの唇に指を当てた。

彼女にとって、かけがえのない存在になるにはどうすればいい？　だからわたしは、彼女と並んでも恥ずかしくないように、自分も立派な人間になると決めた。彼女の認めてくれた絵の才能から、まずは始めてみることにした。物事を成し遂げて、彼女と並んでも恥ずかしくない自分を手に入れる。

そこでわたしが摑んだチャンスが、親戚の出版するファンタジー小説の挿絵だ。全七巻の大作のファンタジー。親戚のよしみとはいえ、才能を買われて抜擢《ばってき》されたのだ。成功すれば、きっと自分に自信が持てる気がした。

もちろん、心が折れそうなときは両手で数えきれないほどあった。プロの仕事として、一枚の絵に責任を持つのだ。コンクールからも逃げてきたんだよ、わたし？　責任とか義務とか、そんなものからは自由に絵を描いてきた。

それでも、弱いわたしにもう一度向き合おうと、思えたのだ。全て光流のおかげだった。わたしが光流なしでは絵を描き続けられなかったように、光流にもわたしがいないとダメなのだと思いあがりたかった。そのために必要な試練を自分で用意したのだ。

いつの日か彼女に本を見せるとき——彼女はどんな顔をするのだろう。笑顔だったら嬉しいし、泣き顔だったら新鮮で、見たこともない表情だったら、幸せだ。

描き上げたばかりのA3の画用紙を抱えて、思わず鼻歌がこぼれる。

いつか来るその日のことが待ち遠しい。

本当に楽しみ。

＊

捜査報告書

『平成二十×年九月十日

〈爪〉による第六の犯行

私立M高校の校庭にて被害者・甘崎美登里が発見された。第一発見者は同校の校務員D。前日二十一時頃から強い雨が降っており、現場に下足痕、証拠物件等《など》の遺留物なし。〈爪〉の犯行の特徴である、両手爪へのネイルアートを確認。黒と白のチェック柄のネイルアート。第一の犯行のものと同じ柄に戻っている。第二の犯行は水色のネイルアートが施されていた。次の犯行が起こるとすれば、次は水色？

現場には甘崎の友人・飛鳥井光流宛《あ》てに、「君のせいで、仕切り直しだ。爪」という書面が、被害者本人のものと思われる画材用具（ポートフォリオ）に入れて残されていた。水性ボールペンで書いたもので、字の一部に滲《し》みがあるが、判別が困難になるほどではない。一連の犯行において、犯人がメッセージを現場に残したのは二度目だ（一度目は第二の犯行時。切られた被害者の喉にメモ書きが差し込まれ、「爪」という署名のみが遺されていた。以来、「警視庁広域重要指定事件XXX号」はマスコミにより「〈爪〉事件」の符《ふ》牒《ちょう》で知られるようになった）。書面は几帳面な楷書体《かいしょたい》で書かれており、定規等で線を引いた痕跡は見られない。自信の表れか。筆跡鑑定を進める。

　犯人は死体に香水を振りまく特徴があるが、同日は強い雨のため、匂いを確認することは出来ず。匂《にお》い袋《ぶくろ》が被害者の懐中に忍ばせてあった。袋の中身は湿っており、匂いはなくなっている。（……）』

1　〈爪〉【館焼失まで4時間54分】

　炎は川を渡り、迫ってきていた。

　二階の窓から外を見る。低木層は黒煙をあげて燃え盛っており、視界が悪くなってきている。風が窓を激しく揺らし、煙をなびかせた。救助のヘリはやはり期待できない。落日館に火が回るのも、もはや時間の問題だろう。数時間の猶予もない。このまま夜を迎えられるかさえ、危うかった。

「もう、時間がない」

飛鳥井が首を振った。唇が青白いままだ。

「今は、少し休んでください」

僕は飛鳥井に肩を貸しながら声をかける。葛城は反対側の肩を支えながらも、どこか気もそぞろな様子だ。

——僕はこの館と『彼ら』の——全ての秘密を暴きますよ。

吊り天井から下りてきた後。あの部屋で葛城が言った言葉。

葛城の言葉が脳裏を離れない。一体、彼は何を突き止めたのだろう？　何を解き明かそうとしているのだろう？　何が彼を突き動かしているのだろう？


僕と葛城、飛鳥井の三人は、彼女の部屋に集まった。館の面々に「飛鳥井さんを部屋で休ませてくる」と説明し、肩を貸して部屋に連れてきたのだ。

彼女をベッドに腰かけさせる。バスタブの水で濡らしたタオルを絞って渡し、ペットボトルの水を勧めた。

ようやく彼女が落ち着いたところで、僕もほっと胸を撫で下ろした。これほどまでに動揺した大人、それも大人の女性を相手にした経験などなく、すっかりまごついていたのだ。

それにしても、あの絵……。

隠し本棚で見つけた絵は、証拠品として回収してきていた。飛鳥井を落ち着けるため、今は机の上に伏せて置いてある。

甘崎が十年前に描いたという、A3サイズの画用紙に描かれたファンタジー小説の挿絵。絵はガラスの額に飾られていた。財田家の住人が置いたか、もしくは、犯人が置いたものか。もともとあそこに飾られていたとすれば、財田家の誰かが関与している可能性が高くなる――貴之、文男、そして雄山。

だが、ガラスの内側、絵に付着している煤は、火事が起きてからこの絵がセットされたことを示唆《しさ》している。殺人鬼が外部から持ち込んだ可能性も考えなければならないか。

十年前、飛鳥井光流が対峙《たいじ》し、捕らえたはずの殺人鬼。甘崎美登里を殺した殺人鬼。だが、その男――戸越悦樹は自殺したのではなかったのか？　もしかして、真犯人は別にいた？

その人物が、今この屋敷の中にいる？

僕はこの屋敷の中の面々の顔を思い浮かべた……。僕と葛城、飛鳥井。財田家の人々――寝たきりの雄山と、当主の貴之、そして息子の文男。そして旅行者の小出と、近隣の住人である久我島。計八人。

この中に殺人鬼がいるというのか？　いや、十年前は六歳だった僕と葛城を除けば六人、そして飛鳥井も除くなら五人だ。いや、果たして飛鳥井を除くべきだろうか？　僕はそこまで疑いを抱いてしまった自分を恥じながら、一方では冷静に評価した。

山火事に巻き込まれ、つばささんが吊り天井の部屋で殺害された。そして吊り天井の部屋の隠された本棚に、十年前の因縁《いんねん》がある絵が発見された。偶然では済ませられない。

「……田所君、本棚で見つかっためぼしいものは、本当にこの絵だけなんだね」

「え？　どういう意味だ？　念のためだけど、写真は撮ってあるぞ」

僕は自分のスマートフォンを手渡す。本棚の写真を何枚か撮ってある。写っているのは稀覯本や写真立てなどだ。あとは、例の絵を収めた額。

葛城は誰に聞かせるともなく呟き始めた。

「……おかしい。やはりそれでは前提が崩れてしまう。この絵が置かれた意味は……しかし……」

「葛城？」

彼はハッと顔を上げた。「いや」取り繕うように慌てて言う。「なんでもないんだ」

葛城は飛鳥井に向き直る。

「飛鳥井さん。この事件の鍵を握るのは、どうやらこの絵になりそうです。そして、この絵に強いかかわりのある、連続殺人鬼……」

「待てよ葛城」

葛城の思考についていけなかった。僕が鈍いのか、それとも彼が突っ走っているだけか。確かめるためにも疑問をぶつける必要があった。

「一体何がなんだか分からない。つばささんが殺されたのは、天井の仕掛けを解いた時点で分かった。でも、それがどうして、十年前の連続殺人鬼、なんていう大それた話になるんだ？　わけがわからない」

「田所君、これはすべてが異常な事件なんだよ。山火事の中の極限状況下で、あんなにも特殊な殺し方をあえて選んで殺す。そんなことをするメリットがどこにあるんだい？　家族のトラブル？　でなければ久我島さんとの近隣トラブルとか？　それとも小出さんと昔会ったことがあるのかもしれないね」

葛城は首を振った。

「だが、そんなわけがないよ。こんな異常な事件はありふれた動機では起こらない。背景にあるのは長い因縁だ。何か糸口がないかと探していた。そこに、この絵が現れた」

僕は思わず唾を飲んだ。

「結局のところ、あなたが正しかったってことね。つばささんの死は事故ではなく、殺人だった。しかも犯人は十年前の連続殺人鬼……〈爪〉……」

飛鳥井は目をつむった。

〈爪〉。その言葉が印象に残る。殺人犯の符牒なのだろう。シンプルなだけに禍々しさが際立つ。

「だけど――だから何？　今私たちは、この館で、あと数時間もしないうちに死ぬかもしれないの。過去の因縁があるから――この中に殺人鬼がいるから――だから何？」

彼女は思いつめた表情をしていた。顔面蒼白で、唇は震えている。

「早く、早く何が出来るかを考えなくては」

隠し通路。結局のところ、見つけるしかないのだ。葛城の推理に興味を惹かれつつも、飛鳥井の意見には全面的に賛成だった。僕らはここでこうして膝を突き合わせて話している場合ではない。

「こんな時、だからこそですよ」

葛城は力強く言った。彼は真っ直ぐ前を向き、前かがみになった。

「もし、ここで死んでしまうのだとしたら、僕は全てを知ってから死にたい」

目が据わっていた。背筋にぞくりと震えが走る。

「探偵は僕の生き方です。今何が起こっているか、分からないまま死んだとすれば——それは僕の生き方を否定されることです。そんなことは耐えられない」

彼はさっき、自分のレゾン・デートルに迷っていたはずだ。「鏡の道」と吊り天井の仕掛けを暴いてから——この非常時にもかかわらず、生き生きとしているように見える。

「ど」

どうかしてる。

飛鳥井ははっきりとそう言った。

「君は——君は自分が納得するために、私達全員の人生を振り回そうと言うの？　そのためになら、私達の貴重な数時間を奪っていいとでも？　君が全てを解き明かし、納得して死ねば、私達も本望だろうとでも言うつもり？」

飛鳥井の口調は激しかった。目は大きく見開かれ、全身で葛城を非難していた。

「分かりませんよ。全てを解き明かせば、隠し通路の場所も明らかになるかもしれない」

葛城は自信ありげに言い放った。

「どこから出てくるの、その自信は」

飛鳥井は声を荒らげていたが、次第に声が萎んでいった。彼女は首を強く振る。何を言っても無駄だ、というような、諦めが感じられた。

「……脱出の瞬間、連続殺人鬼……〈爪〉が、私達に牙を剝くかもしれない。だとしたら、〈爪〉の正体に迫っておく意義は、ある」

飛鳥井はぽつりと言った。

「でも……二十分。それ以上の時間はあげられない」

「それで構いません。飛鳥井さん、聞かせてください」

葛城が身を乗り出した。

「甘崎さんが亡くなった後、飛鳥井さんは戸越悦樹が〈爪〉であると特定し、戸越は捕らえられる直前に自殺した——確かそういう話でしたよね。死んだはずの殺人鬼が、なぜ再び現れるのか。それも、この館に……僕には、まるで分かりません」

僕は飛鳥井に視線を向けた。彼女は一歩引いたような態度で、唇を引き結んでいた。

そうして、飛鳥井は〈爪〉事件のあらましと、甘崎美登里の殺された時の状況を語った。ぽつり、ぽつりと言葉を発する彼女の呼吸は荒く、一つの事柄を思い出すだけでも相当の痛みが伴うようだった。

「〈爪〉は若い女性をターゲットにしたシリアルキラーだった。犯行の特徴は、死体を装飾すること。造花で死体の周囲を飾り、香水をふりかけ匂い袋を残す。最後の仕上げが、その爪にネイルアートを施すこと。過剰なまでの美意識で、死体を飾り立てる。死体の第一発見者が、『まるで都会の中で眠るプリンセスのようだった』と評したこともあったくらいよ」

「〈爪〉という符牒は、やはりネイルアートの一件から？」

「それもあるけれど、犯人自身が署名を残したことが大きい。二番目の被害者は喉を切り裂かれていた。その喉に、『爪』と書かれたメモが残されていた」

「殺し方に特徴はありますか？」

「ないことが特徴」

葛城が眉をひそめた。

「つまり、殺し方に一貫性がないの。甘崎を殺害した六件目の犯行まで、撲殺、刺殺、銃殺、溺死《できし》、感電死、絞殺と、一件ごとに変えてきた」

「同じ方法では殺さない。それがルールというわけですね」

「ルールを守り、達成することに大きな喜びを覚えている。そういう印象を受けます」

飛鳥井は苦い顔で頷いた。

「十年前……。私は甘崎を奪われ、甘崎の兄である警察官と協力して捜査していた。そして、戸越悦樹という男を逮捕しようとした。でも、出来なかった。自殺されてしまったから」

飛鳥井が拳《こぶし》を握った。唇を震わせながら、話を続けている。

「……あの時、確かに違和感はあった。犯人の条件を検討し、アリバイを検討し、私たちは戸越に辿り着いたはずだった。でも、彼を逮捕するべく自宅に踏み込んだ時には、戸越悦樹はもう首を吊って亡くなっていた。彼の部屋からは証拠品の数々と、パソコンで打った遺書が見つかった。匂い袋。第一の被害者を殴り殺した金槌《かなづち》。第二の被害者を刺したナイフ。それぞれの被害者の手首を切断した鋸……。揃いすぎている。そう思った。自殺による幕引きというのも、〈爪〉の性格に合致していなかった……」

彼女の言葉を聞き、僕は顔から血の気が引くのが分かった。

「まさか……戸越もまた、〈爪〉に殺された、ってことですか?」

飛鳥井は深く頷いた。

「十年前から、その疑惑はあった。そして、今再び〈爪〉が現れたとすれば、見立て通りだったと言うほかない」

「つまり飛鳥井さん、あなたは十年前、真犯人を捕らえ損ねた。あまつさえ、別の人物に容疑をかけていた」

「葛城!」

僕は思わず立ち上がる。葛城は飛鳥井から視線を逸らさなかった。

「ええ。そういうことになる」

飛鳥井は驚くほど簡単に自分のミスを認めた。

だが、彼女の目は未だに芯の強さを喪っていないように見える。それが不思議だった。この館に現れた時の彼女は、幽霊のような無機質な目をしていたというのに。探偵のプライドにはもはやこだわっていない——そういう割り切りなのだろうか。

葛城はしばらく考え込むような顔つきをしてから、おもむろに立ち上がって芝居がかった身振りを交えて言った。

「〈爪〉は犯行の法則性をあなたに見破られ大いに焦っていた。先回りして犯行を防がれてしまったわけですから。その腹いせもあり、『仕切り直し』という言葉も使いながら第六の凶行に及んだ。甘崎さん殺しです。それを更なる起爆剤として、飛鳥井さんの手はますます〈爪〉に伸びることになった。逆上して甘崎さんに手を出した時には、その結果まては予測していなかったのでしょう。このことは、第七の凶行の見込みも立てられないまま、甘崎さんに手を出した軽率さからも窺える」

「結局小物なの。自信満々で尊大なくせに、先々までは見据えられない」

飛鳥井は吐き捨てるように言った。言葉の激しさからも憎しみが感じられた。

「〈爪〉は身代わりを立てて警察の捜査を押しとどめることに決めた。物証を戸越のもとへ移し、戸越を自殺させる」

葛城が淀みなく言うと、飛鳥井も舞台俳優のように言葉を続けた。

「戸越の首の縄の痕は縊死によるものとみて相違なかった。吉川線もない。他殺と認められるような痕跡は一切なかった」

「どのような手段を使ったかまでは今は分かりません。ドアノブに縄を結び、被害者自身の体重で首を圧迫する方法でも縊死は出来ます。睡眠薬を飲ませた状態であっても、被害者の体を抱えて犯行は可能だったはずです」

「ええ。とにかく、〈爪〉は身代わりに戸越を立てた。しかし、それは同時に〈爪〉としての連続殺人劇の幕引きを意味する」

「そして戸越の自殺と同時に、飛鳥井光流は探偵としてすっかり姿を消した」

葛城は緩やかに首を振った。

「十年……！　十年もの間、〈爪〉は息を潜め続けた。連続殺人鬼としての自分を殺して。もちろん、この十年、〈爪〉が他の殺人を一切犯していないかは分かりませんが。そして、この館で、〈爪〉とあなたは運命の邂逅《かいこう》を果たした」

飛鳥井が体を震わせた。おぞましい、とでも言うように。

「いよいよ、舞台が現在に移るわけだな」

僕が言うと、葛城は頷いた。

過去から現在へと、話がめまぐるしく変わる。僕は必死で話についていこうとした。

葛城が唇を舐める。

「十年前のあらましが確認出来たところで、次の段階に移りましょう。

十年前、自殺した戸越悦樹は〈爪〉ではなかった。真犯人は野放しになっていたと思われる。ではなぜ、この館に〈爪〉がいると推測出来るのか？」

これは明らかだ。葛城の問いに答える。

「吊り天井裏の隠し本棚に、甘崎さんの絵があったからだ」

「あの絵が十年前と現在を繋いでいる。次はこの絵の動きを追っていくことにしよう」

実のところ、と葛城は続ける。

「僕はまだ、この絵が真犯人〈爪〉によって配置されたものだという結論を受け入れてはいません。財田雄山さんは連続殺人鬼にまつわるスクラップや、資料を取っておく収集癖があった。なんらかの事情により、雄山さんがその絵をたまたま手に入れただけだ、と考えても差し支えはない。あるいは」

葛城が言葉を切り、強調した。

「雄山さん自身が〈爪〉、とかね」

僕は思わず唾を飲み込む。確かに、絵がもともとあそこにあったものなら、財田家の住人があそこに飾っていたと考える方がずっと自然だ。

だが。

「葛城、それは僕も考えた。でも、それはないはずだ。ガラスの内側に煤が入り込んでいる。火事の発生後誰かがこの額を開け、絵をセットした証拠だ」

僕の言葉に、葛城は頷き、「……言ってみただけだよ」と微笑んだ。

「二人の指摘をまとめると」飛鳥井が額を押さえた。「この絵を持っていたのが財田家の人間にせよ、それ以外の人間にせよ、額の中にセットしたのは火事が起きてから、ということになる」

「そうなります。ここで問いが三つ浮かびます。一、絵は〈爪〉が所持していたのか。二、つばささん殺しは〈爪〉の仕業なのか。三、〈爪〉の目的はなにか」

葛城はガラスの額に入った絵を手に持った。絵を飛鳥井に見せる。

「順にいきます。まず『一』。絵は〈爪〉が所持していたと確かめられれば、その後の動きがグッと整理出来る。

この絵は、〈爪〉の第六の犯行——すなわち、甘崎美登里さんが、あなたと甘崎さんの通う高校で殺害された事件に関連しています。確か、事件の前日に、ファンタジー小説家である親戚に、この絵を見せることになっていたのでしたね。そのまま甘崎さんは事件当日、この絵を所持していた。あなたは、この絵を〈爪〉が持ち去ったと考えていました。それはなぜですか？」

彼は絵を見つめた。

「確かに、この絵は見事だ。〈爪〉が殺害後、自分のものにしたいという欲望を強烈に感じたのかもしれない。ですが、あなたは〈爪〉の特徴として、収集癖は挙げていなかった。なぜこの殺人の時だけ、絵を持ち去ったのか。〈爪〉にはなんの目的があったのか……」

「雨が降っていたから」

飛鳥井の言葉はあまりに唐突で、面食らった。

一方の葛城は数秒黙り込んだだけで、すぐに解答を見つけたようだ。

「ポートフォリオか」

「頭の回転が速いこと」

彼女は少し憎らしげに言った。

「どういうことですか？」

二人の速度についていけなくて、たまらず声を上げた。ポートフォリオと言えば、二つ折りの書類入れのことだ。甘崎の殺された現場に遺されていた。

「飛鳥井さんの言うのは、〈爪〉は絵がどうしても欲しくて持ち去ったのではなく、消極的な理由で持ち去っていた、ということさ。

状況を整理しよう。甘崎さんが殺された日には、雨が降っていたんだ。それは〈爪〉にとっても突然のことだった。それはせっかく持参した匂い袋の中身が湿って、〈爪〉の特徴である、匂いによる装飾をうまく行えなかったことでも分かる。雨を予測出来ていたなら、それなりの準備をしてきたはずだからね」

「それは分かるが、雨と絵の繋がりが分からない」

「あの日、〈爪〉には現場に遺したいものがあったんだよ。飛鳥井さんに読ませるために、メッセージを書いてきたんだ。しかし、メッセージを水性ボールペンで書いてきてしまったんだろう。それが〈爪〉の誤算だった」

「ああっ!」

僕は膝を打った。

「だからか。剝き出しのままメモを置いておいたら、文字が滲んでしまう。校庭に死体を置いたから雨を遮るものもなかったんだ。甘崎さんの鞄の中に入れておく手もあるけど、校庭に残しておくんだから、浸水してやはり字が消えるかもしれない」

「その通りだ。だから、犯人は甘崎さんの荷物からポートフォリオを奪い、中にメッセージを入れた」

「その時、ポートフォリオの中に彼女が入れていた絵は、いわば押し出された形になった。〈爪〉はA3サイズのクリアファイルごと絵を持ち去ったんだ」

葛城が口元を押さえていた。

「この絵が〈爪〉から人づてに渡った可能性もあると考えたのですが、この絵は甘崎さんを殺したことを証明するものでもあります。飛鳥井さんが雨とクリアファイルから、この絵が持ち去られた経緯を推理していたとなればなおさらです。〈爪〉も軽々には処分出来なかったでしょう。この十年間、〈爪〉が所有していたというのが、最も蓋然性が高い」

葛城が咳払《せきばら》いをする。

「さて、状況の整理も最後の仕上げです。十年前の経緯と、十年前から現在までの、絵の動きについて確認出来ました。

次に、『二』。つばささん殺しの犯人は、〈爪〉なのか？」

僕は直感的に、「もちろんそうだろう」と答えかけたが、そうした即断を葛城が一番嫌うことも分かっていた。

「つばささんは吊り天井を持ち上げることにより殺された——。これは間違いないところです。そして、〈爪〉が自らの所持していた絵を額に飾り、あそこに置いたことも。ですが、その二つが純然たる偶然ということもある。あくまでも可能性の検討だが、僕はそれを疎《おろそ》かにしたくない」

「その意見自体には賛成」

飛鳥井は頷いた。いつの間にか彼女の方が葛城の理解者になっているような気がして、僕は胸が締め付けられるのを感じた。

飛鳥井が先を続ける。

「〈爪〉の特徴として、過剰なまでの演出意図がある。自分の行為や業績を誇示し、それに対するレスポンスが得られることに異様な興奮を覚える。ある種子供のような感覚だ。被害者を自分の演出効果のためだけに扱い、花や匂いで飾り立てる」

飛鳥井が眉根を寄せた。葛城が説明を引き取る。

「そして、今回の事件です。犯人は飛鳥井さんが天井の裏に上った時に向けて、全ての演出を傾けているように思えます。つばささんの部屋にある手描きの図面を、少しだけ引き出しから引き出しておいたのは犯人でしょう。隠し通路を探す、という話は昨日から出ていましたから、そのヒントを探す意味でも、吊り天井の裏は調べられると犯人は予測した。飛鳥井さんが吊り天井に上ることを予期したのです」

そして、と葛城は続ける。

「ヒントを解き明かし、天井に上った後、飛鳥井さんは因縁の絵を目にすることになる。本棚の上から三段目。これはもちろん、最も目に入りやすい位置を計算して置かれたものです。わざわざ本を移動させた意味はこれです。そして最後に、額の隣に造花を並べる演出……これは、〈爪〉事件を連想させるための仕掛けです」

「つまり、私があの絵を目撃する瞬間に向かって、全てが組み立てられている……」

「はい。これだけの演出意図が、つばささんの死を起点に用意されている。ここまでくれば、これは偶然ではあり得ない。だからこそ、つばささん殺しの犯人と〈爪〉は同一人物と考えられるのです」

葛城のストーリーは空想めいている。僕は眩暈《めまい》がするようだった。

飛鳥井は体を震わせている。それが恐怖のゆえか怒りのゆえかまでは分からない。

「だが……だが葛城。〈爪〉の心理が理解出来ない。なぜ〈爪〉は戸越を殺した時、この絵も一緒に現場に遺しておかなかったんだ？　自分の身の安全を考えるなら、証拠は全て戸越に押し付けて処分してしまった方が良いはずだ」

葛城が唇から手を離した。

「……惜しくなった」

「は？」

「連続殺人鬼〈爪〉の功績は、全て戸越悦樹のものになる。現に、平成の犯罪史に残った凶悪犯の名前は、戸越悦樹だ。窮状から仕方なく身代わりを立てたとはいえ、〈爪〉は自分の手元に何も残らないのを惜しく思ったのだろう」

彼女は髪を掻いた。

「その推測やめて。反吐《へど》が出る」

「……申し訳ありません」

「でも、葛城君の推測は恐らく正しいよ。事件を通して対峙していれば、〈爪〉の性格は分かる。子供じみていて、構われたがり……裏返せば寂しがり屋でもある。つまらない人間なんだよ」

飛鳥井の口調は激しい。

「だからこそ、いざという時に惜しくなったのは分かる。そういうところがあいつの脇の甘さ。急に未練がましい気持ちが込み上げて、偶然の導きで手に入れたあの子の絵を隠し持っていた……冒瀆《ぼうとく》よ。こんなの、あの子への冒瀆よ」

飛鳥井の語尾が震えていた。

葛城は飛鳥井の動揺に引きずられまいとしてか、努《つと》めて冷静な声音で続けた。

「なぜ〈爪〉は十年前の絵を持っていたんだろうか。飛鳥井さんとこの館で会ったのは、偶然のはずなのに」

「ああ。順序から行けば、飛鳥井さんに会う、絵を用意する、の順番のはずだ。その場合、財田家の人間の方がしっくりはくる」

「だが、どんな時も肌身離さず絵を持ち歩いていた、と考えてもいいだろうね。〈爪〉なら、あり得る」

それはあまりに無理筋ではないか？　僕は困惑した。

「十年ぶりに私と会った〈爪〉は、何を考えるか」

「……十年前の因縁の対決の、再戦を果たそうとする。つばささんを殺したのはそれが理由だ」

「違う」

飛鳥井は声を荒らげた。

「あいつは昔の遊び相手に会って無邪気に喜んでいるだけ。構って欲しくてちょっかいをかけてるだけ。あいつは――」

「……飛鳥井さん？」

彼女は目を見開き、ハッと息を呑んだ。彼女は激しく首を振り、

「ごめんなさい。また、驚かせてしまったよね」

と取り繕うように笑った。

「そうすると、〈爪〉が絵を配置したのは、あなたに見せるためだったと考えていいでしょうね。第『三』の疑問、〈爪〉の目的の解答です。吊り天井の裏へ向けた演出も、その

証拠になります」

「見せて、何がしたいんだ？」僕は違和感を覚えて言った。

「〈爪〉の性格からすれば、『自分はここにいる』というメッセージを私に送りたかった、それに、私の恐怖を煽りたかった、ってところかな。取り乱す私を見たかったのかもしれないね」

飛鳥井の言葉は妄想じみてきた。自分が〈爪〉を一番理解しているという感情が空回りしているように見える。なぜ、葛城は指摘しないのか。どうにも耐えられなくなって、飛鳥井に向き直る。

「飛鳥井さん……飛鳥井さんの推測は、どこか強引じゃありませんか。性格、性格って。もちろん、飛鳥井さんの観察眼を疑っているわけではないですけど――」

「田所君」

葛城が僕の言葉を遮った。真剣な瞳で僕を見つめている。ようやく、僕は葛城の意図に気付いた。彼は黙って飛鳥井の推測を聞き、彼女の言葉を引き出そうとしていたのだ。

自分がそれを台無しにしてしまったことに気付き、顔が熱くなる。

「続けましょう。十年ぶりの再会です。それは、かつての自分を知っている人物との再会を意味します。〈爪〉がそれを待ちわびていたことは、甘崎さんの絵をこの期に及んで常に所持していたことからも窺えます」

それは名探偵に憑《と》りつかれてしまったものの呪《のろ》いだ。僕は飛鳥井と十年ぶりの再会を果たした瞬間の自分の心情に、真犯人のそれが一瞬重なった気がして、ゾッとした。僕たちは共に名探偵に執着する者同士で、道を違《たが》えているとはいえ、一対の存在であるのかもしれない、と……。

「飛鳥井さんの言葉を借りれば、〈爪〉はあなたに構ってもらいたかった。そのために」

「つばささんを殺した……?」

僕は困惑しながら口にして、その言葉の意味するところに体を震わせた。

同時に、今の葛城の説明に強烈な違和感を覚える。それが何か、ハッキリとは口に出来なかった。

「じゃあ……じゃあ、なんですか。殺されるのは誰でも良かった、っていうことですか?こいつはただ殺人劇を演じるためだけに、つばささんを殺したって言うんですか?」

「誰でも良かったわけじゃない。〈爪〉は若い女性しか狙わない」

「葛城……!」

僕は思わず立ち上がったが、葛城の表情に変化はなかった。彼が事実を述べているだけなのは頭では分かっており、事実を述べるときの葛城の声が冷たいことも経験で知っていた。だが、それでも体が動くのを止められなかった。

「もう一つある」

飛鳥井が疲れ切った表情で言った。

「〈爪〉は仕掛けだらけのこの財田家に、子供じみた心を抑えきれなかったはずです。財田家の人間なら、前々から欲望を温めていたと言っていいだろうし、外部の人間なら、昨日仕掛けのことを知ってから高揚したでしょう。そして、あいつの犯行の特徴として、同じ殺害手段は二度と使わない、というのがある」

「これまでの六件の殺害方法は、撲殺。刺殺。銃殺。溺死。感電死。絞殺でしたね」

「当然圧死はない」

僕は胸やけがするようだった。気分が悪くなって椅子に倒れ込むように座った。彼らが話をしているのは、圧死したと言っているのは、昨日まで僕らと会話して、笑って、一緒に過ごしていた財田つばさその子なのだ。彼らはどうしてそんなに無感動に、彼女を情報としてやり取り出来てしまうのだろう？　彼女が死んでいるのを発見する前の晩。彼女とのやり取りを思い返すだけで胸が締め付けられそうだった。

——私たち、ここで死んじゃうのかな。

どうして、どうして！　僕は彼女の死を防げなかったのか！

「田所君。気分が悪いなら席を外した方がいい。顔色が悪いぞ。僕らの部屋に戻って、水を飲んで横になっていてくれ」

「冗談だろ」僕は声を荒らげた。「見届けさせろよ」

葛城は無言で頷いた。少し安心したような微笑が浮かんだ気もする。

「ここまでで、爪への三つの疑問は整理できましたね。あとは、この絵を調べてみる必要があるでしょう。〈爪〉は誰か——その正体に迫るためにはね」

葛城はハンカチを取り出し、額を手に取る。額を開き、ハンカチを使って絵を取り出す。

ふと、額の左端から何かがはらりと落ちた。僕は慌てて手の平で受け止める。ビニールの切れはしのようだ。ツブツブの凹凸がある面と、滑らかな面があり、滑らかな方にべったりと煤が付着していた。なぜ、額の間にこんなものが挟まっていたのだろう。

葛城に問おうとすると、彼は部屋の明かりに絵をかざしていた。

「何をしているんだ?」

「水彩画のようだから、滲みがあるかどうか見ている。滲みがあれば水彩画、もしなければ複製品ということになる。滲みが見えるから、これは原画で間違いないね」

随分細かいことを気にする奴だと、半ば呆れるが、重要な前提の確認だろう。これで、この絵が確かに甘崎美登里の手によるものだと確かめることが出来た。

「葛城、僕にも見せてくれ」

絵と額を再度、じっくりと観察する。

ファンタジー風の絵柄にばかり気を取られていたが、事件の証拠品として見直す。黄ばんだ水濡《みずぬ》れ跡《あと》が端に残されており、犯人が水に濡れた状態で絵を持ち出した、という状況に合致する。しかし、十年前の絵にしては保存状態が良く、丸まった跡や、折り目一つさえない。〈爪〉が慎重に保存していたことを窺わせる。

額は二枚のガラス板で構成され、その二枚が小さな四点ビスで留められている。ビスを回してガラスを開き、開いた隙間から絵を入れてビスを締める。指を挟まないようにするにはコツが要りそうだ。

「この額、一階の雄山さんの書斎にあったものだよな」

僕が指摘すると、葛城は頷いた。

「犯人が一階の書斎から持ち出し、あの吊り天井の裏に配置した。こういうことになるね」

館での一日目、僕らは書斎でこの額を見ている。それ以降に絵が設置されたとなれば、やはり寝たきりだった雄山は容疑者から外さなければならないだろうか。

額のビスはかなり小さく、ドライバーで回せるタイプでもない。といって、ピンセットでつまむにはかなり硬い。手で回す他はないようだ。

「これ、かなり扱いづらいな」

「ガラスだからすぐに指紋も残る。犯人は手袋を使わなかったのか――」

「うん……あ、ところで葛城、これなんだけど……」

僕は葛城に、先ほど手の平の上に載せたビニール片を差し出す。

彼は血相を変えてビニール片を見た。「これは？」

「さっき、お前が額を開いた時に落ちてきたんだよ。多分、額の間に挟まっていたんだと思うんだけど……」

「君の手は」葛城が僕の手に鼻先を近付けた。キスでもするかのような距離だ。「綺麗だよね」

「あ？」

「手は洗っていたかい？　煤はついていなかった？」

そういう意味か、と安心する。

「君はさっき、私のためにタオルを濡らして、絞ってきてくれたでしょう。その時、洗ったんじゃない？」

僕が頷くと、葛城は目をランランと輝かせて言った。

「田所君、さっきの本棚の写真、もう一度見せてくれるかい？」

「え？　いいけど……」

葛城は半ばひったくるようにしてスマートフォンを奪い、写真を拡大していた。彼は手に持っていたビニール片を僕に握らせると、「これ、持っておいて」と言って部屋を出ていった。

茫然。飛鳥井の方を見やると、彼女も似たような反応をしていた。

葛城が五分ほどして戻ってくる。手には透明なビニール手袋を持っていた。

彼はビニール手袋をはめ、絵と額を持った。ビスを外した額を持ち、絵を中に挟み込もうとする。左手を額の内側に入れ、絵を押さえたまま、ビスを締めようとする。

葛城が舌打ちした。

「ダメだ。手が滑ってビスが回らない」

「ビスが小さいから、ビニール手袋をはめたままだと回らないのか」

「ああ。ただ、ビニール手袋が僕の手より大きいからそうなるのかもしれない。田所君もやってみてくれ。僕より手が大きいだろう」

なんでそんなことまで把握しているんだ、と不思議に思ったが、僕はしぶしぶビニール手袋をはめた。手袋越しでは、ビスが滑って全く回らない。

「田所君もダメだね。うん、僕の想定通りだ」

「おい。これは一体なんの実験なんだよ」

「もちろん、犯人がこの絵をセットするときのシミュレーションだよ」

「それでビニール手袋？　犯人が手袋をはめていたのはどうして分かったんだ？」

「君が見せてくれたビニール片だよ。あれが証拠だ。犯人は絵を内側から押さえるため、額のガラスの中に手を差し入れていた。その状態で、ビスを回し、額を閉じていく。そして手を引き抜く時、ビニールが挟まってしまったんだ」

「それで切れっぱしが額の中に残った……」

「その通り。ビニールには凹凸のある面と滑らかな面がある。言うまでもなく、凹凸の面が外側の滑り止め、滑らかな面が手袋の内側だ。今、滑らかな面に煤がついているから、手袋をはめた時、犯人の手は煤で汚れていたということになる」

「……まあ、そうなるか。ビニール手袋そのものは見つけられないかな。そうすれば、もっと手掛かりが――」

「見込みは薄いでしょう」飛鳥井はぴしゃりと言った。「ビニール手袋の内側にも指紋は残ります。犯人が処分しなかったとはとても思えない」

「ううん、そうですよね……」

僕の残念さをよそに、葛城はまくしたてる。

「犯人はビニール手袋をはめた。ビスが回らないので、ビスを扱う時だけは素手でやらざるを得なかった。ビスは小さいから、残ったとしても指紋の先端部分だけ。金属製だから容易に拭き取ることも出来る。犯人はやむを得ず、ビスに素手で触れた」

「それがなんだって言うんだ？」

「見てくれ田所君。このビスには細かい凹凸が刻まれている。指紋は拭き取れるだろうが、煤までは拭いきれないだろう。煤に塗れた手で触れば、どこかに入り込んでしまうはずだ」

「なあ、お前——」

葛城がうわごとのように喋《しゃべ》る内容が理解出来ず、僕は思わず口を挟んだ。

「だとしても、最後のピースが嵌《はま》らない。いや、はめ方は分かっているのに、本当にそれでいいのか分からない。僕は信じたくないのかもしれない……」

「葛城！」

僕は葛城の肩を掴んだ。彼は夢から覚めるかのように緩慢な動作で、僕の顔を見た。

ふと見ると、飛鳥井は冷たい目で僕らを見ていた。

「葛城――考えていることがあるなら話してくれ。お前だけが悩んでいても、僕らには何も分からない」

「何を考えているかくらい、大体分かりますよ」

その時、なんでもないことのように飛鳥井が言った。僕は彼女に向き直る。口元に力のない笑みを浮かべていた。

「〈爪〉は格好の舞台を与えられて我慢が出来なかった……そうして、再び目覚めた」

飛鳥井の言葉に浮かぶ感情は恐怖でも悲しみでも怒りでもなかった。ただの「理解」だった。彼女はひとえに、〈爪〉がそうした人間であると理解していた。

「あなたは、この館で何が起こったかを解き明かそうとしている。そのためには、何が必要かを理解している」

葛城が静かに立ち上がった。

その目は赤々と燃えていた。

許さないとでもいうように。

「飛鳥井さん、あなた、そこまで分かっていて――」

「どうするつもりなの。言ってごらんなさい。君は自分の生き方を貫くつもりなの？　ほら、約束の二十分が来た。この期に及んで、まだ私達を振り回すの？」

飛鳥井の煽るような態度に、葛城は息を詰まらせた。

「……僕は『やる』つもりでいます。一時間いただければ充分すぎるくらいです。分かることも多いはずだ。それに、僕にはもう我慢がなりません」

僕には彼らの言っている意味が一つも理解出来なかった。彼らの会話は簡単に僕のことを置き去りにして、遠いどこかで繰り広げられてしまう。

それが僕には寂しくて、許しがたかった。探偵と元探偵だけが持つ二人だけの親密な空間から、自分だけが疎外されている気がした。

「飛鳥井さん！」

僕は思わず立ち上がる。

「飛鳥井さんの推理の力は、今も衰えていないじゃないですか！　やろうと思えば出来るのに、どうして、あなたはそんなにも消極的なんですか」

飛鳥井の傍に立ち、彼女を見下ろして言葉を続けた。両の拳を握り、力を込める。

「今だって分かっているんでしょう。僕よりもずっと多くのことを分かっているんでしょう。あなたは僕の憧れなんだ。葛城とあなたが手を組めば、〈爪〉なんて大した敵じゃない！　なのに、どうして――」

「田所君、もうやめたまえ」

葛城の言葉が鋭く響いた。葛城が横に立ち、僕の肩を押さえていた。

「僕には僕の、彼女には彼女のやり方があるんだよ」

「やり方ってなんだよ！　納得がいかない！」

飛鳥井は顔を伏せたまま、何も言ってくれなかった。鼻がツンとした。

「田所君、見届けてくれ。君にお願いしたいのは、それだけだ」

僕は葛城の肩を摑む。

「見届ける……？　何をだよ葛城、おい……」

葛城は僕を振り払い、飛鳥井に向き直った。

「今からホールに全員を集めます。そして、全てを壊す」

一息に口にした葛城の肩はゆっくり上下した。

「飛鳥井さん、あなたにもご同席願いますよ。この中に〈爪〉がいると分かった今、最大の手掛かりはあなた自身にあります。あなたにも、この場にいる全員の反応をよく観察していただきたい。探偵はもうやめたなんて言葉は聞きたくありません」

「君は本当に優しくないな」

飛鳥井は鼻で笑った。

「私は全てを喪って、過去を突き付けられ、過ちを悟らされ、骨の髄まですっかり打ちのめされている。それでもまだ私に戦えという。その理由は何かな？」

「真実のためです」

葛城の言葉に迷いはなかった。彼の目はやはり据わっていた。

「正義のためです」

「そうか」

飛鳥井は心を決めるようにそっと目を閉じた。目を見開くと、彼女は薄く微笑んで言う。

「君はそれでいいよ。それで君が後悔しないなら、貫《つらぬ》き通《とお》してみるといい」

葛城はびっくりしたような表情を浮かべた。その表情はあどけないとさえ言っても良かった。「……はい」と答える彼の言葉には自信など欠片《かけら》も覗いていなかった。彼の中で、大きく何かが揺らめき始めているようだった。**何が始まって何が終わるのか。僕はそれを見届けなければならない**。だが、見届けるだけで本当にいいのだろうか。僕はこの事件で、葛城を守ることが出来るのだろうか。

飛鳥井は立ち上がって、扉に手をかけた。

「名探偵でいたいなら、優しくなんてない方がいい」

2　壊す　【館焼失まで4時間30分】

「飛鳥井さん、あなた、もう大丈夫なんですか?」

ホールに現れた僕たち三人を見て、貴之が気まずそうに言った。

「ええ——ご心配をおかけしました」

飛鳥井ははかなげな笑みを浮かべた。

ホールには小出、久我島、貴之、文男が揃っていた。文男はソファに座って足を組み、貴之は木製の椅子に前かがみに座っていた。久我島はソファに重く身を沈めている。小出は壁に寄り掛かったまま腕組みをしている。

飛鳥井が入ってきた時、立ち上がって迎えたのは貴之だけだった。脱出路を見つけられなかった落胆が、全員に重くのしかかっていた。

僕と飛鳥井はソファに隣り合って腰かけた。飛鳥井はソファの肘置きにもたれ、けだるげな表情をしていた。

葛城は一人掛けの椅子を移動させた。彼の位置取りは、全員の顔を見渡せる位置だった。

始まる。

僕はその予感を得た。

「吊り天井が……最後の希望がついえたような気がして、それでガックリきてますが」

文男が言った。場に重苦しい沈黙が下りる。

飛鳥井との議論、特に〈爪〉の存在にかかわる疑問点に集中しすぎていたせいで、自分たちの置かれている状況から気が逸れていた。炎のことを思い出すと、体を這《は》い回《まわ》る恐怖からか、じっとりと冷たく嫌な汗が出る。

「私たちは、もう、このまま……？」

と久我島が気弱そうに言った。彼の言葉は、自分が生命力に溢れている時には笑い飛ばせるが、こうして気が弱ってくると、どうにも一つ一つが心に響く。

「諦めんなよおっさん」小出が乱暴な口調で言う。「隠し通路さえ見つけりゃどうにかなる」

「それが見つからないから」文男は苛立った声音で言った。「困っているんだろう」

集まった面々の空気は重い。だが、葛城は一つ首を振ると、よく通る声で言った。

「もちろん、隠し通路のことも気になります。僕たちの命を救う唯一の抜け道ですから。しかし、ここで皆さんにお伝えしなければならないことがあります。僕たちは外側から業火に焼かれようとしているのみではないのです……内側から、僕たちを食い破ろうとする恐怖の存在が明らかになったからです」

「娘の死のことでしょうか?」

貴之は顔をしかめた。

「あれは飛鳥井さんから話があったでしょう。事故死だった、と」

「私が間違っていました。申し訳ありません」

飛鳥井が発した声に、全員の注意が引きつけられた。彼女はソファに横ざまに座り、倦み疲れ切った様子で背中を丸めていた。消耗しているのは分かるが、僕らといた時の方がまだ元気が残っていたように見える。

「そこにいる彼らが新たに発見した事実――そして、私自身も天井の裏で認めたある物品の存在から、私たちは、つばささんの死を殺人と結論せざるをえなくなったのです」

「あ、飛鳥井さん」

久我島はガタッと立ち上がり、パクパクと金魚のように口を開いたり閉じたりしている。事故死でないとしたら——そんな不安が、彼を動揺させているのだろうか。

「それは、一体……」

「あとの説明は、彼に任せます」

久我島は突然叫んだ。

「私はあなたの口から聞きたいのです！」

久我島の大声からは飛鳥井に対する信頼感、それに反比例する葛城への不信感が滲んでいた。彼は山中で飛鳥井に助けられ、彼女に信頼を置いている。文男や貴之も、つばさ殺人説を強硬に主張した葛城には含みがあるはずだ。葛城が吊り天井の秘密を暴いたことで、彼らは探偵としての葛城のことは評価しているかもしれないが、人間としては、どうだろうか。ちょっとしたことで、この場のパワーバランスは飛鳥井に傾きそうだ。

「おいあんた、あんまり勝手なこと言うもんじゃねえぞ」

そこに割って入ったのが小出だ。彼女は寄り掛かっていた壁から離れると、ソファに座っている飛鳥井に近寄り、彼女の肩にそっと手を置いた。口調にそぐわない優しい声音で言った。

「いいじゃねえか。ここまで弱ってるからには事情があるんだろうぜ。そこの坊主に任せるって言ってるのも、それが理由なんだろ？　なあ？」

「ええ……」

飛鳥井は小出の顔を見つめて、軽く会釈した。

「さっき飛鳥井さんと坊主の間では情報の共有は済ませたんだろ？　だったらどっちから聞こうと同じことだ。こんなに弱ってる女に喋らせようなんて、野暮ってもんじゃないかい？」

小出の語気に押されてか、久我島はすごすごと引き下がり、ソファに戻った。すっかりしおれてしまった様子だ。財田貴之と文男も異論はないらしい。

葛城は飛鳥井とした話を伝えた。つばささんが殺された本当の現場は吊り天井の「上」と考えられること。死体が移動されたことから事故死とは考えられないこと。隠されていた本棚に甘崎美登里の描いた絵が飾られていたこと。その絵を持っているのはかつての連続殺人鬼と考えられること……。

「それじゃあ、なんですか」

久我島は声を震わせた。

「この中にその殺人鬼――〈爪〉とやらが、いるってことですか？」

財田貴之の顔が歪む。文男は足をパタパタさせて苛立ちを表し、小出は気安い口笛で応えた。久我島は腰が抜けたようにソファに沈み込んだ。誰も皆、一様に衝撃を受けているように思える。

一度疑い始めたらきりがなかった。誰も彼もが嘘をついているように見えてくる。葛城の小鼻がぴくりと動いたが、誰の反応に対して感じたものかは分からない。

「そいつが――妹を殺したと？」

文男の顔が憤怒《ふんぬ》で歪む。

「そう、なるでしょう」葛城は重苦しい声音で言った。

「だがよ、そうなると」小出が嘲るように言った。「一番怪しいのは、財田家にいたお前らだろう」

「なんだと――」

文男が立ち上がった。呼吸が荒く、小出を睨んでいる。

「だってそうだろう。絵はもともとこの家にあったんじゃねえか？　それなら、この家の住人であるお前らが一番怪しい」

「貴様……」

「お二人とも落ちついてください！」

僕は間に割って入る。小出は肩をすくめて文男に背を向け、文男は舌打ちを一つして、身を投げ出すようにソファに座った。

「結論を急ぐ気持ちは分かります」葛城が冷静に言う。「ですが、その殺人犯を見つけるには、まず重要な段階を一つ踏まなくてはいけません」

葛城は一度目を閉じてから、ゆっくり深呼吸をし、肚《はら》を決めたように声を張り上げた。

「この場の『和』を重んじた飛鳥井さんは、きっと後に思われるでしょう。僕がこれからすることは、やりすぎだと。全てを暴き立て、壊す必要はないのではないか、と」

まるで氷のような声音だった。

目的のためなら手段を選ばない、と宣言するような、そんな容赦のなさを、苛烈《かれつ》さを、その声は想起させた。文男や久我島がびくりと震えた。小出はにやにやとした笑いを顔一面に浮かべる。

「僕だって聞き分けのない子供ではありません。自制すべきだと思いました。田所君には『今はそんな場合じゃない』と諭されましたし、飛鳥井さんの『謎を解くよりも大事なことがある』という意見には大いに心を動かされました。ですから僕も、どんなに気になることがあったとしても、皆さんと協力してこの難局を乗り切ることを至上命題にしてきました」

ですが、と彼は続けた。

「今、この場につばささんを殺した犯人がいるとするならば！　その目的も一度退《ひ》かせなければなりません。僕は今から、あなた方のついている大量の嘘を暴きます。それは最後の嘘に辿り着くために必要な手順なのです——嘘を一つ一つ取り払った先に残るのが、最後の嘘。殺人犯のついている嘘です」

「嘘、嘘って、さっきからお前は何を言っているんだ？」

文男が声を荒らげて立ち上がり、敵意を剝き出しにして葛城に詰め寄った。

「文男さん、ちょっと」

「黙っていろ田所君。僕は今こいつと話しているんだ」

「葛城は嘘を見抜く嗅覚《きゅうかく》が格段に優れているのです」

僕は見ていられなくなって早口で釈明した。

「言葉足らずだったかとは思いますが――」

「はん！　嘘を見抜く、ねえ。面白い。ならやってみろ！　僕が一体、どんな嘘をついていたって言うんだ？」

「あなたはこの家の住人ではありません、ね」

葛城は言った。

「あなたは財田家の人間ですらない。ただの一詐欺師《さぎし》です」


文男は口をあんぐり開けて、茫然とした様子だった。

「……随分と面白いお話ですね」

貴之は立ち上がった。白髪をかき上げてから、挑発的な表情を葛城に向ける。

「私たちは正真正銘、財田雄山の家族ですよ。私が息子の貴之、ここにいるのが孫の文男。そして、命を絶たれたもう一人の孫のつばさ。戸籍でも持ってきましょうか？」

「必要ありませんよ。財田さんの息子と孫の名前は、まさしく貴之、文男、つばさなのでしょうから。書類などなんの証明にもなりません。あなた方は、財田雄山が寝たきりとなり、意識障害に陥《おちい》っているのをいいことに、彼の家族の振りをしてこの家に潜り込んだのですよ」

「好き勝手に言ってくれるじゃないかね！」

貴之が声を張り上げた。こちらを威嚇するような大声だ。

「つまり、私たちは赤の他人というわけだ！　そこまで言うなら根拠を示したまえ！　根拠をだ！」

「いいでしょう」

葛城はいたって冷静に答え、舌で唇を湿した。全く動じる様子はなく、むしろ貴之の方が動揺を隠しきれていなかった。目が泳いでいる。

「分かりやすいところからいきましょうか。気になったことの一つが利き手です。田所君、貴之さんの利き手は分かるかい？」

「……左利き、じゃないのか。剪定ばさみがあっただろう。『貴之用』と書かれたはさみだ。葛城が扱いにくそうにしてたから、左利き用のはさみなんだと思った」

葛城が首を振った。

「証拠にこだわりすぎて、観察を欠いているよ。君の言う通り、『財田貴之』は左利きなんだ。だが、目の前にいる貴之さんは違う。

僕たちを迎える時、右手でドアを開いた、そして、あなたはスープをよそう時、右手におたまを、左手に容器を持ってよそった。とすると、本来財田貴之氏は左利きであるにもかかわらず、僕の目の前にいる『貴之氏』は右利きだったことになります」

貴之は押し黙ってしまう。

一方、葛城はもう止まらなかった。普段は引っ込み思案なのに、推理をし始めると立て板に水のように喋る。その変貌ぶりには呆れかえる。

「もちろん、これだけでは一片の疑惑にすぎません――次に違和感を覚えたのは、文男さんについてでした。雄山氏の日記に、ある重要な記述があったのです」

「俺が見つけたものだな」

小出がニヤニヤとした笑みを浮かべながら言った。

「ええ、その節は感謝していますよ」

葛城は含みを持たせて言った。

「その日記には子供の頃の文男さんの様子が描かれていたのです。文男さんは中学二年生の夏、自分の身長を廊下の柱に刻みました。文男さんは幼い頃から背が高かったので、雄山さんも印象的だったようですね。

さて、この柱の傷ですが、小出さんが発見しました。小出さんが見上げるほどの位置にあったそうです。ですが、小出さんは女性にしては長身で、百七十センチもあるでしょう。中学生の頃の文男さんは、彼女が見上げるほどの身長だったにもかかわらず――」

僕は文男に目をやった。彼は僕よりも背が低く、百六十センチもない。

「もちろん、全くないとは言い切れませんが、十センチも身長が縮んでいるのは、不自然としか言いようがないでしょうね」

ぐう、と文男が呻き声を漏らした。

「最後はつばささんです」

葛城の目が一瞬、すがめられた。

「つばささんはどんな方か？　『夏休みにここに来ている』『高校生』だというのが本人と文男さんの言でした」

「同い年だって、言ってたよな」

僕の言葉に葛城が頷いた。

「ところが、つばささんの部屋にあった教科書類は全てが矛盾していました。何せ、高校三年生の教科書が最後のページに至るまで使われているのですから。書き込みが大量にされた教科書がつばささんの性格に合わない、というのはもっともな指摘ですが、それ以上に重大な事実があります——高三の教科書を最後まで進めているということは、つばささんはもはや高校生ではないということになります！」

「進捗の速い学校だったのかもしれない」

「高校二年の夏休みまでで三年生の内容まで全て？　とんだ進学校ですね。ああそうそう、僕らと彼女が初めて会話した時、『田所君の学校、進学校なんだ！』と言ったことも言い添えましょうか。その発言からみて、彼女の通っていた学校は進学校では——」

「分かっている」

文男はうるさそうに手を振り払った。

「ああ、くそ！　ぬかった！　そこまで見ていなかった」

「おい、文男——」

貴之は立ち上がり、文男の肩を摑んだ。文男は貴之の目をまっすぐ見据える。

「父さん、これ以上抵抗して何になるっていうんだい？　三週間もかかって財宝なんて一つも見つからなかったじゃないか！　見つかったのは、せいぜいあの吊り天井の裏の本棚くらいだ！　それに加えて、つばさも殺されてしまったときた！　どこぞの殺人犯の手にかかってな。これ以上の災難があるかい？　もうダメだ、諦めよう。僕らは引き際を見誤ったんだ」

文男と呼ばれる男に諭されて、貴之はドサッと椅子の上に崩れた。

「僕らの来訪に慌てたのでしょうね。外部の人間が入るとなっては、自分たちが偽者であるとバレる恐れがある。特に、『本物』の写真だけは何としても見られるわけにはいかない。

財田雄山さんの部屋には、仕事用のデスクに接する壁にいくつもの貼り紙がしてあり、白い壁紙に日焼けの痕が残っていました。あれこそが、雄山さんが家族写真を貼っていた痕跡だったのです。それを急いで全て剝がし、代わりのものを貼ってカモフラージュした。アルバムに雄山さんだけが写っている写真ばかりだったのも、他の写真を隠したからでしょう」

「まさか――」

僕はハッとする。

「貴之さんが最初、『三階には立ち入るな』と言ったのは、そのためだったのか？」

葛城が頷く。

「文男さんが僕らを洗面台に案内しがてら、館の案内をしてくれたのもね。あのタイミングで貴之さんは三階に上がり、大急ぎで写真を隠した。文男さんが上がっていった時に、タッチの差で片付けが完了していたんだろう。写真は、鍵のかかっている貴之さんか文男さんの部屋の中だろうね」

寝たきりとなった雄山の姿を見た時、その姿を家人以外に見せたくないからこそ、貴之はあれほど強い口調で立ち入りを拒否したのだと理解していた。金庫もあったので、それも理由の一つだろう、と。だが、思惑は別のところにあった。結局覗いてしまった僕を、文男が優しく許してくれたのは、偽装工作自体は上手くいっていたからだ。彼はその限りで折り合いをつけていた。

「もちろん、『立ち入るな』と宣告はしておいたが、いつなんどき入ってこられるかは分からない。万全を期すために、写真を隠したのさ」

「全く、お前には恐れ入るよ！」

文男は呆れ果てたように両手を広げ、天を仰いで見せた。

「自己紹介がすっかり遅れちまったな。俺の名前は門脇《かどわき》だ。

そして、ここにいる『貴之氏』が坂崎のおっさん」

「財田雄山とは赤の他人どころか、私も文男も血の繋がりなどありはしません」

貴之——坂崎はため息をついた。

「つばささんの名前は？」

「これは偶然だが、財田雄山の孫の名前は『翼』。そして、あの子の本名は『天利つばさ』だった」

「天利つばささん」葛城は呟いた。「下の名前は一緒だったのですね。道理で、『つばささん』と呼んだ時の反応に嘘がなかった。合点がいきましたよ」

　彼の言葉を聞いた時、僕の頭に閃《ひらめ》くことがあった。葛城と飛鳥井が交わしていた謎めいた会話のことだ。

　つばさが死んでいるのを発見した朝。その時葛城と飛鳥井が交わした言葉。

「そういうことだったのか」

　僕は思わず呟いた。視線が僕に集まる。

「いえ……つばささんの死体を発見した朝、飛鳥井さんは、『誰が死んだの？』と葛城に聞いたんです。葛城は『あの子です』と答えた。随分素っ気ない言い方だと思ったんです。お前はもうあの時点で、死んだのが『財田翼』ではないことを分かっていたんだな？　だから、あえて名前を言い落とした。そうすることで、自分の気付きに、飛鳥井さんも辿り着いているかどうか、確かめようとしていた」

「ね？　いやらしいでしょ？　あなたの相棒」

　飛鳥井が苦笑いを浮かべた。

　苦虫を嚙みつぶしたような気分だ。探偵と元探偵は——彼らは、僕のことなど置いてとうに先を行っていたのだ。

「翼と、つばさ。この名前の読みの一致という天の配剤こそが、今回の詐欺につばさをキャスティングした理由だった。あの子にも、無理なく嘘がつけると思ったんだ」

『文男』――いや、門脇は続けた。

「突然他の名前で呼ばれることに、人はなかなか慣れないものだ。今回の相手は意識を失った爺さんで、欺き通す必要があるのはたまに訪れる客だけ。初めての仕事としちゃ、悪くない条件だと思ってな。それでつばさを連れてきたんだ。……俺と坂崎のおっさんで出来る仕事だからついてこなくていいと何度も言ったが、ついてくるって言って聞かなくてな。今まで何度も断ってきたから、今回だけは、と思って」

「すると、つばささんと、文男さん、貴之さんは……」

久我島が恐る恐る言ってから、あ、と声を漏らした。

「すみません。門脇さんと……坂崎さん、でしたね」

「もし、お二人に異論がなければ、この場の混乱を避けるためにも、便宜上『貴之さん』『文男さん』とお呼びしましょうか」

飛鳥井の提案が受け入れられた。門脇、坂崎の両名も、それで構わないと納得した。

「僕たち三人は、身寄りのない者同士で集まって、仮初めの家族ごっこをやっている……まあ、そんなところだな」

文男の口調はすこぶる自嘲的だった。

「家賃の安い下宿に僕と貴之のおっさんの二人でせせこましく暮らしてるんだ。ダフ屋まがいの仕事をして、ケチな詐欺をやって、どうにか食いつないでるわけだ」

「そこに現れたのがあの子だ」

貴之は冷静に言った。

「下宿の二階に住んでいた親子の子供でね。父親が交通事故で亡くなり、母親が一人で育てていたんです。無邪気な子でした。いつだって目の前にあるものを全力で楽しんで、季節の一つ一つもあの子を見ていると愛おしく感じた。そして、ある日母親が病《やまい》に臥《ふ》せり、彼女が私たちの部屋を訪ね、言ったのです……」

――この子を、頼みます……。

「私はその言葉が悲しかった。子育てを任せられたことが、ではありません。目の前の彼女が、私のようなろくでなしにしか縋ることが出来ないのが悲しかったのです。しかしだからこそ、彼女の信頼を裏切るわけにはいかないと思った。変わらなければいけないと思った」

貴之は緩やかに首を振った。

「だから……だから私はその日、七歳になっていた彼女を預かりました。『子供のことは任せて、今日は気にせずゆっくり休んでください』。彼女は弱弱しくお辞儀をして自分の部屋に戻り、そのまま帰らぬ人になりました」

貴之は押し黙ってしまう。

「それから」文男が後を引き取る。「僕たち二人と彼女の奇妙な共同生活が始まった。まあ、ろくな仕事も出来ない僕たちが彼女を養っていけるとは思いませんでしたが、なんとかやってきました」

「人を騙《だま》してまで他人のガキの面倒を見るなんて、とんだエゴイズムだな」

小出が不遜《ふそん》な口調で言った。

「ええ、ええ——そう言われてはぐうの音も出ませんがね」文男が自嘲気味に笑った。「それから十年。僕たちはとある詐欺の仕事を通じて、財田雄山が山中の屋敷に暮らしていること、寝たきりになって意識もない状態になっていること、家に入っているのは関係の浅いヘルパーだけであること、そして、子供である財田貴之夫妻との関係が非常に悪く、没交渉となっていることの四点を摑みました」

「関係が悪い……？　それはなぜですか」

葛城が聞いた。すぐに、僕の脳裏に雄山の日記の話が蘇る。

「雄山の性格には家族も疲弊していた。元気な時は随分性格が悪く、ひどい気分屋だったようだ。豪放磊落《ごうほうらいらく》に笑っている時もあれば、ちょっとしたことが癇《かん》に障って雷を落とすこともある。怒ると手を付けられないみたいでな。怒鳴り散らすわ暴力は振るうわ。ひどいもんだったらしい。大きなきっかけになったのは、本物の『貴之』が不正献金疑惑について雄山から問い詰められた時だ」

「雄山の日記にも書いてあったな」小出が言う。「雄山の関心はむしろ、罪を犯した息子の心理状態にあった。親としての心配でもなけりゃ、説教でもねえ」

「それで『貴之』の方から愛想《あいそう》を尽かして、八年前に嫁と子供を連れて家を出た。嫁の故郷である福岡《ふくおか》に移住して、『貴之』の会社の本社機能も福岡に移したと聞く」

葛城の目が細められた。

「息子の行動について、雄山さんは？」

「いなくなった時は、ひどく落ち込んだみたいだ」

文男が答える。

「人間なんて身勝手なもんだよな。気力を失って寝込むようになってから、筋力も体力も、自力で生活する力も見る見る衰えていった。去年の五月に老衰で雄山の妻が逝ってからは、いよいよ身の回りの世話を他人に頼らざるを得なくなった。去年の十二月には、寒さで体がどんどん弱って、遂に意識を失って寝たきりになった。この時、当時のヘルパーやケアマネージャーが福岡の家族に連絡を取っているが、関わることを強く拒否されている。『僕は親爺《おやじ》とは縁を切った』とまで言われ、電話を着信拒否されたそうだ」

そこで僕たちの出番だ、と文男は言った。

「僕たちは財田貴之らの振りをして、この屋敷に入り込んだ。当時雄山の家に入っていた他人は、みんな貴之や文男の顔を見たことがない。貴之はケアマネージャーからの連絡を強く拒絶していたから、コンタクトを取る役は『文男』に託した。文男として連絡を取り、偽造した身分証を提示したら、むしろ感謝されたくらいだ。『親爺は電話であんなことを言いましたけど、家族が誰も看取らないのでは、あまりに薄情だと思ったのです』と言ったら、あっさりだ。雄山家の鍵を持っていなかった時にはさすがに怪しまれたが、縁を切った時に鍵も捨てたと説明したら、家に上げてくれたよ」

「それまで入っていたヘルパーはケチをつけてやめさせ、新顔に入れ替えた。誰にもバレないよう、盤石の態勢を整えたんだ。本物の家族は、電話さえ拒否し、遠方にいるから、露見する恐れはない」

文男と貴之が淡々と語る計画は随分恐ろしいものだった。入念な下調べを重ね、慎重かつ大胆にことを進めている。文男を最初に見た時、自信に溢れた男だと感じ、貴之はその反対に慎重で猜疑心の強い男だと感じた。二人の性格がうまく作用しあっているのだろう。

「僕たちがここに入り込んだ目的は、財田雄山の隠し財宝を見つけることだ」

言われてみれば、僕らが館に来てからというもの、彼らは随分と隠し通路のことにこだわっていた。もちろん、外へ抜ける道があるかもしれない、という推測はあったものの、それ以上に、炎に巻かれる中で宝探しのタイムリミットが迫っていることに、彼ら自身焦っていたのだ。

「調べればヒントの一つでも見つかるかと思ったが――さっぱりだ！」

「だが、吊り天井の仕掛けは見つけていたんですよね？」

葛城が問うと、貴之と文男は認めた。既に聞いていたので僕は驚かなかったが、初めて聞いた久我島や小出は不満を漏らしていた。「分かっていたなら早く話すべきだった」と。

「悪かった。だが、隠し通路がないことは分かっていたし、万が一宝が見つからなかった時は、稀覯本だけでも盗んで売りさばこうと思っていたんだ」

「それで、つばささんにも口封じをしていた」

僕が言うと、文男は呻き声を上げた。

「ああ、そうだ。僕たちはつばさにあんなことまで強いて、まるまる三週間を無駄にして……最後にはつばさを喪った！　まるきり間尺に合わない」

文男は捨て鉢にソファに倒れ込んだ。

暗い目をした貴之が、重苦しく口を開いた。

「つばさは——つばさは、私たちがどんな『仕事』をしているか知ったうえで、手伝いたいと言ってきました。彼女には汚れてほしくなかった。私と文男はその申し出を何度も拒絶しました。ですが、ビルの清掃員として潜入し、金庫破りを目論んでいた時、彼女が無断でついてきたことがありました。危うく全員お縄にかかるところでしたよ」

「かかっていれば、それが一つの再生の道になったかもしれない」

葛城がぼそりと言った。

「そうすればあなたたちの過ちに誰かが気付けた。あなたたちがここに来ることもなかった。彼女をこんな形で失うこともなかった」

「それは探偵の理屈だろう。君が言っているのは、所詮《しょせん》綺麗ごとだよ」

貴之は声を荒らげた。

「では君に助けを求めれば、君は私たちを救ってくれたのですか?」

葛城は言葉に詰まった。目を丸くして身を引いている。すっかり当惑している様子だ。まるで予想もしていなかった、というような顔だ。正義は僕らの側にあるというのに、なぜ彼らは僕らを非難するのだろう?

「今は」僕は静かに言い放つ。「それを議論する場ではありません」

「それ見たことか」

嘲るような声が不快だった。

「出来ないじゃありませんか」

「出来ませんよ。ない袖は振れない。だが、そんな風に、あなたに非難されるいわれはない」

僕の言葉に、貴之が顔を紅潮させた。身がすくんだが、葛城のためにも体を張らなくてはいけないところだ。

「探偵に出来ることはとても限られている」

飛鳥井はけだるげに口を挟んだ。貴之は動きを止めた。

「事件を解くということは絶えずそれに向き合うことです。まだ何も知らないからこその強気でしょう。青いね」

彼女の浮かべた笑みはひどく自虐的で、葛城のことを傷つけているようでいて、自分が最も酷く傷ついているのだと分かった。

「でも、その青さに逆上するのは、大人げないですよ」

「それは――」

貴之が言いよどみ、その肩に文男が静かに手を置いた。

僕たちに何が出来るというのか。僕はただただ言葉を失って、貴之と文男の顔を見つめていた。問いかけに対する明確な答えを持っていないことが悔しく、問いかけそのものを無効にするような言葉を突き付ける飛鳥井のことが、腹立たしかった。

文男が、貴之の想いを引き取った。

「僕たちは自分でなんとかするしかなかった。これ以上つばさの介入を避けるより、僕たちの統制のもとでつばさを扱ってみることの方がふさわしく思えた。だから、さっきも言った通り、『翼』という同じ名前を持っているこの家族への潜入に、つばさを巻き込むことにした。その時あいつは、なんて言ったと思う?」

文男は感に堪えぬとでもいうように声を震わせた。

「家族旅行みたいだって――私の行く初めての家族旅行だって、あいつはそう言ったんだ！」

彼はぎらりと周囲を睨みつけ、凶暴な息を吐いて言った。

「このままただでは死んでやらん。この中につばさを殺した人間がいるというなら、報いを受けさせてやるからな」

文男の恫喝《どうかつ》に座の面々はすっかり静まり返った。

その沈黙を破ったのは、久我島だった。

「ははっ、はは！」

彼はゼンマイの壊れた人形のように笑いだし、貴之と文男にかわるがわる指をさした。

「随分綺麗ごとを並べているようですが、結局はあなた方、犯罪者でしょう⁉　どんなに言い繕っても、結局は卑劣な詐欺師だ！」

文男と貴之の両名は、じっと目を閉じて、彼の言葉を受け入れていた。

「なんと言われても仕方がありません」

「それならつばささんが殺されたのも分かるというものです」

「なに……？」

彼らのまとう雰囲気が変わる。文男のこめかみには青筋が浮いていた。

「仲間割れですよ！　あなた方、実は財田雄山の隠し財産を既に見つけているんだ。もしくは、吊り天井の裏の稀覯本を取り合ったのかもしれませんね。そして、その取り分を巡って仲間割れを起こした。彼女を騙くらかして吊り天井に誘導し、彼女を無残に殺したのではないですか？」

「貴様……ッ！」

貴之が勢い良く立ち上がった。ずんずんと一直線に久我島に歩み寄り、久我島は「な、なんですか、都合が悪くなると暴力に訴えるとは呆れますね」と尻込《しりご》みしながらも強気の口調である。

まさしく状況は一触即発だった。「ちょっと」と僕が恐る恐る割り込みかけた時、葛城の怒声が響いた。

「白々しいですよ、久我島さん！　あなた、よくも自分のことを棚に上げて貴之さんたちのことを非難出来ましたね！」

貴之と久我島の動きがぴたりと止まった。立ち上がりかけていた文男も、浮かせていた腰を再び落ち着かせる。

この場で一番我慢の限界が来ているのは、嘘を聞かされ続け、それに一人だけ気付いている葛城なのだった。これはまさしく彼の「爆発」であり、彼の言葉は今や、彼らにも対抗し得る一つの武器になっているのであった。

「……どういうことでしょうか」

文男は落ち着き払った声音で聞いた。

「久我島さんが大きな嘘を吐き続けているということですよ。彼は詐欺を働いているあなた方より、よっぽどタチの悪い犯罪者なのです」

「黙って聞いていれば――」

久我島はこれまでにないほど息巻いて言った。僕は初めてこの男に恐怖を感じた。

「勝手な言いがかりをつけやがって――」

「久我島さん、あなたの奥さんは下山して買い出しに出てなどいません。それこそがあなたの大嘘です」

久我島の動きが止まった。

「奥さんはあなたが殺したのです。そうしてあなたは奥さんの死体を、自分の家の床下に隠しましたね？」

＊

「き、君は一体何を言って……」

久我島の顔は青ざめていた。唇からも色が失われ、目は泳ぎ切っている。出会ったばかりの時と同じ、自信のないおどおどした態度だった。

「私が……私が栗子を殺したというのか？　馬鹿な！」

「奥さんに外出の予定があったのは本当でしょう。しかし、彼女はそのまま出かけることなく、昨日の午前中に殺害された。その後、あなたが死体を処理している時、飛鳥井さんの来訪があったのです」

僕は飛鳥井の横顔を見た。

「嘘……嘘でしょ？　じゃあ、あの時奥様は……なんて恐ろしい……」

彼女の顔は青ざめていた。恐怖に身を震わせている。

「あなたは焦ったでしょう。奥さんの不在をどう取り繕うか。そこで、カレンダーに彼女の買い出しの予定が書かれていたのをこれ幸いとばかり、あなたは奥さんが出かけていると嘘を吐いた。

しかし、殺してしまった死体をどうしようか。ひとまず囲炉裏端の畳を上げ、床下に死体を隠して飛鳥井さんを出迎えた――そのタイミングで、ある事態があなたを襲ったのです」

「山火事か……」

僕が呟くと、葛城は深々と頷いた。

「山火事に遭遇した時点のあなたは動揺し、ひとまず死体は床下に隠してあるのだからと、飛鳥井さんと避難することを選んだのでしょう。どのみち徒歩五分ほどの道のりです。ここ財田家に辿り着いた」

そこまで聞くと、久我島は首を振りながら大声を上げた。

「しかし、証拠はあるんですか、証拠は。私が妻を殺したなどと心外な……」

「僕と田所君を一度家に上げたのは失敗でしたね」

葛城は不敵にニヤリと笑った。その自信に久我島がたじろいだ。

「うまく隠しておいたつもりでいたのでしょうが、あの場には殺人を示す痕跡が数多く残っていましたよ」

葛城の結論を聞いた時から、薄々そうではないかと思っていたが、やはりあの訪問の時だったか。しかし、どんなに思い返してみてもさっぱり分からなかった。あの古い民家で葛城は一体何を見ていたというのだろう？

「僕はあの時、財田家にやってきた飛鳥井さんから『奥様は下山して町に出かけている』という説明をあらかじめ聞いていた。だからこそ、それと矛盾する証拠を発見するたびに、久我島さんへの不信感が募《つの》っていったんだ」

「葛城が最初に違和感を覚えたのは、どこだったんだ」

「三面鏡の鏡台を見た時だ。あの時、鏡台の上にはまだ封を切られていない化粧水のボトルと口紅が置かれていた。しかし、ゴミ箱の中には空になった化粧水のボトルと、使い切られた口紅が捨てられていた。昨日と前日の新聞広告と一緒にだ」

「それが一体……」

「昨日と前日の広告の下に棄てられていたということは、化粧水と口紅を使い切り、捨てたのは前日のことだと考えられる。前日の朝に化粧をし、使い切った化粧水と口紅を捨てる。読み終わった前日の新聞広告を捨てる。翌朝、また新聞広告を捨てる。この順序で棄てれば、僕らが見たゴミ箱の状態になる。

　すると、山火事の日の朝、彼女が町に出かけていったとされる日には、使える化粧水と口紅はなかったことになる。まだ新品は封を切っていないんですから。しかし、だとすれば、彼女は化粧をせずに町まで出たということになるのですよ。下山して町まで出るというのに、女性が人目を気にしないというのは、いかにも不自然なことに思えました」

「ああ」

なんだそんなことか。久我島の表情からはそんな余裕が読み取れた。

「妻はずぼらな一面もありましたから、それくらいのことでは驚くに足りません。それに、ハンドバッグの中に携帯用の口紅だって――」

「まさしくその通り」

葛城に言われ、久我島は目を丸くした。

「僕は次に押し入れを開けて確認したところ、まさしくそのハンドバッグが置かれていたのですよ。革がよく肌になじむほど、使い込まれているバッグを。おっしゃる通りバッグの中には化粧ポーチがあり、化粧用の簡単な道具が揃っていた。口紅もあった。これでひとまず、口紅の説明はついたようにも思えます。ハンドバッグを取り出してきて、中の化粧道具を使った。なぜ新品の封を切らずに、わざわざハンドバッグを開け、ポーチを出し、またしまい、押し入れに仕舞いなおしたのかは分かりませんが、説明はつきますねえ。

ですが、こうなると問題は別の形で提起されてきます。彼女は化粧直し用の道具が入ったハンドバッグさえ持たずに、出かけたことになってしまうのですよ」

ううん、という唸りが僕の口から漏れていた。

「僕は下駄箱を開けました。そして、そこに履き込まれた女物のスニーカーがあるのを見つけました。靴も履かずに外出したとは、とても信じられません」

「下駄箱にあったのは古い方の靴なんです。最近スニーカーを新調したのでね。だから、新しいのを履いていったんですよ」

「この山道を新品の運動靴で下りていったのですか？　靴擦れしてたまらないでしょうね。車も使わないで、あえて新品の運動靴とは、奥さんの行動の不合理さには驚かされますね」

久我島は拳をわななかせた。

「葛城。彼が嘘をついていたのは分かったが、殺されたというのはどうやって分かったんだ？」

「最初に疑問を抱いたのは障子だ」

「障子？」

僕は首を捻った。

「和室の障子のことだよな？　別段おかしなところはなかったように思えるけど……あ、いや、そうじゃない。一ヵ所だけ、破れたところを修繕した痕があった」

「覚えていてくれて安心したよ。さて、田所君が言ってくれた通り、あの部屋の障子には修繕した痕跡があった。大きな穴の開いたところに、上から和紙を貼り付けていたんだ」

「先週、部屋の模様替えをした時に破いてしまったんだ。どうにも最近、足元がふらつくことが多くなって……」

葛城の鼻が動いた。

「一週間前！　久我島さん。あなた、よくぞここまですぐバレる嘘を重ねてくださいますね」

「何？」

「一週間も経っているなら、ノリは乾ききっているはずではありませんか。僕が触った時には障子がまだ湿っていましたよ」

「おいおい！」

小出が愉快そうに笑った。

「葛城君、君やるねえ。初対面の人の家に上がり込んで、そこまで一度に観察出来るかい？　食えない奴だ」

葛城は肩をすくめてみせただけで、小出の発言に言い返しはしなかった。

文男は顎を撫ぜて、言った。

「それで、君はこう考えたわけですか？　この部屋で障子が破れるような何かがあった——すなわち、格闘が」

「そこまでいくと、あまりに一足飛びすぎてしまいます。障子が破けていた、というだけなら、その日の朝に起きた偶発的な事故にすぎないかもしれません。それに加えて、電話線の一件です」

「ですからあれは、あの時言った通り、雷のせいでショートして焼き切れたのだと……」

「切断面が滑らかだったとしても？」

僕はハッとした。あの時、葛城はワイヤーの切断面を指で撫でていたではないか。あの段階で切断された可能性に気付いていたのだ。

「つまり……電話線を刃物で切ってから、その付近を焼いた？　久我島さんが電話の様子を見てくると言って、先に二階に上がったあの隙に？」

「そうとしか考えられない。ごく短い時間だったけど、早業だったね。電話線を取り出しているのは、調べていたからとか、いくらでも言い訳がつく。焦げ臭いにおいだけは誤魔化せていなかったけどね」

そういうことか、と頭の中で一人合点する。

葛城と飛鳥井は、電話線を前に変わった言い回しをしていた。葛城は『やられた』。飛鳥井は『どのみち』『これで外部と連絡を取る方法はなくなりました』と。雷に『やられた』の意味だと解釈していたが、久我島が電話線を切ったことへの反応と考えた方がしっくりくる。『どのみち』も、雷以外にもう一つ、電話線が切れた原因が頭にないと出てこない言葉だ。

つまり、あの時の二人の会話をまとめれば、「久我島さんに『やられた』。雷で元から壊れていたとしても、彼の仕業だとしても、『どのみち』外部と連絡を取る手段はもうない」となる。

彼らの会話の意味に気付くと同時に、ゾッとする。

飛鳥井もこの時点で、久我島の悪意には気が付いていたことになる。家を見た時点で、久我島の妻殺しにも気が付いていた可能性が高い。

飛鳥井はさっき、久我島の妻の死に怯えていた。まるで初めて知った、とでもいうように。とんでもない大嘘ではないか。一体、何が彼女をそうさせるのか？

葛城は真相に気付きながら、非常事態を前に我慢を続けていた。では、飛鳥井は？　彼女はどうして久我島の行動に気付きながら、放っておいたのだろうか。彼の気弱な性格を見て、これ以上の凶行には及ばないと判断した？　全員での協力を提唱するべく、泳がせていた？

あるいは――誰かの目を気にして？　その時、小出が飛鳥井をじっと見つめているのに気が付いた。口元にどこかニヤニヤした笑みを浮かべている。彼女の視線を何故か気にしている？　何かを隠そうとしている？

久我島は声を震わせた。

「第一、おかしいじゃないですか！　どうしてこの非常時に電話を不通にする必要があるのです？　電話で助けを呼ぶのが筋というものじゃないですか」

「助けを呼ばれると困ったからでしょう？」

葛城が冷笑気味に言った。

「山火事が発生した時点で、久我島さんは火の中に彼の犯罪の証拠を消してしまうことに決めていた。助けが来るのが早くなれば、そのたくらみが成功する可能性は低くなる」

「し、しかし、自分まで死んでしまっては意味がないのでは？」

僕が問うと、葛城が答えた。

「ある意味、彼は楽観的に捉《とら》えていたのかもしれないね。電気が通っている以上、警察や消防の捜索が始まることは予想出来たでしょう。ヘリによる救助も期待した。それらの見込みと、自分の身の安全を天秤《てんびん》にかけ、電話線を切った」

「電話が通じたままだと、自分の犯罪を通報される可能性があった……」

僕は納得して口元でその言葉を転がしてみてから、おかしなことに気付いた。

「待てよ……おい葛城。それって矛盾してないか?」

葛城はにこやかに笑って続きを促した。どうやら僕の反論は「正しい反論」らしい。僕は自信を抱いて先を続けた。

「葛城の今の推理では、久我島さんの二つの意図が相反し合っているんだ。言うまでもなく一つ目は、火事によって犯罪を隠してしまおうとする目的。しかし一方で、久我島さんはそれほど被害は甚大にならないと考えていた、と今葛城は言った。これは矛盾している。山火事の被害が拡大すると思っていなかったのなら、自分の家が炎に巻かれるという確信は持てない」

僕は違和感に気が付いた。あれほどしつこく食い下がってきた久我島が何も言わないのだ。なぜだ。彼ならば、「その通りだ!」とでも言ってこの反論にぶら下がってきそうなのに。

久我島を横目で見た。彼は口をぱくぱくさせ、呆けたような表情になっている。それで僕は悟った。彼が何も言えないのは、これが真相に至る正しい反論だからだ。
葛城に真相を握られていることに気付いたからだ。

「いかにもだ、田所君！」

葛城は快活に言った。

「この矛盾を解消する方法が一つある。山火事はそこまで広がらず自分は助かるだろうという楽観を抱きつつ、狡猾に自分の家だけが焼けることを望む。そのためには、山火事の中に一つの火事を隠してしまえばいい！」

「え？」

「久我島さんがそれを思いついたのは、館に到着してから、彼が自分の家に戻ることを申し出た瞬間でしょう。彼は自分の家に戻り、自ら家に火をつけることにしたのです」

「まさか！」

館に辿り着いた直後の久我島が、唐突に自宅に戻りたいと言った意味を理解する。あの時の久我島はあまりに節操がなく、性急だった。

「気の小さなあなたは、山火事に巻き込まれた時まずは恐怖したはずです。栗子さんの死体のことなどひとまず忘れ去って。自分の身が可愛くて仕方なかったから。そして目の前の頼りがいのある女性――飛鳥井さんについていき、あなたは避難先を見つけて大いに安心しきった。ああ、良かった。これで助かる。それと同時に、あなたはこの状況を利用して更なる保身を思いついたのです」

「なんてずるがしこい男だ」

文男は吐き捨てるように言った。

「いくら悪口でも、この男相手に賢いなどという言葉を使いたくはないですね。この男はドブネズミ以下の邪悪だ」

貴之も追従した。彼らの言動は過激すぎるように思えたが、久我島も「あなたたちだって詐欺師だ。同じ穴のムジナじゃないか」という皮肉を言いつつ、その語気にはまるで力がなかった。憔悴《しょうすい》しきっているようだ。

「まさか家に戻ると主張したとき、僕らがついてくるとは思ってもみなかったでしょう。ですからあなたには、ついてきた僕らの目を盗んで、家に火をつける必要が生まれた」

「しかし葛城、僕らが家を離れた時点では何にも起きていなかったじゃないか。火なんてつけては……」

「そう。もし一人で向かっていたならば、油を撒いて火をつければそれで終了だ。しかし、僕らの目があればそうはいかない。だからあなたは時限装置を仕掛けることにした」

「時限装置?」

葛城はスマートフォンを操作して、一枚の写真を皆に提示した。

「これは久我島さんの部屋で撮ったものです。みんなで家を出た後、僕一人で家を覗いてみたのですが、二階の部屋――久我島さんの寝室と思われる部屋で見つけたものです」

写真の中心には灯《とも》されたロウソクが一本写っている。ロウソクの周りには、何か、白い布のようなものが垂れている。布とロウソクはかなり接近していて、ロウソクが燃えて背が縮めば、布に炎が触れるようになっていた。

遠景から撮ったもう一枚の写真で、状況が分かった。布は白いシーツを千切ったもので、部屋の端から端へ張り巡らされ、床に垂れているところもある。シーツの端は壁に画鋲《がびょう》か何かで留められていた。足元の畳にはシミが出来、布団や衣類、新聞紙なども雑多に放り出されたうえ、何かの液体で濡れていた。

「ロウソクが燃え進めば、布に炎が燃え移る。室内にはガソリンの匂いが充満していました。車用のガソリンを部屋に撒き、布にもたっぷり含ませておく。そうすれば、布から床、壁、そして衣類や新聞紙などに燃え移っていくというわけです。ロウソクは僕が消しておきました。あなたのしたことは全て無駄になりましたね」

「勘弁……もう勘弁してください！」

久我島は悲鳴を上げた。椅子にどさっと座り込み、力なく首を振っている。

「ではお認めになるのですね」

久我島はうなだれて、すっかり弱り切った様子で断続的に言葉を発し始めた。

「……なんでもない夫婦喧嘩《げんか》だったのです」

言い訳がましく、久我島は言った。

「妻は私が最もつらかった時期に、傍で支えてくれた唯一の人だ。だが、どうしても我慢のならないと思う時があった」久我島の語気に苛立ちが滲んだ。「日常のちょっとしたことを非難するときの、あれの呆れ返ったような口調、まるで子供扱いするかのような……おれを！　おれを馬鹿にしやがるあの口調！」

彼が初めて「おれ」という一人称を使った。

「おれだって我慢のならないことはいくつもあった……だが、我慢してきた。それがあいつを繋ぎ留めておく唯一の方法だったからだ。あいつがおれを嘲るときの舌打ちもわざと語尾を伸ばした口調も不愉快でたまらなかったが、おれは耐えた」

剝き出しにされた暴力性に、僕は再び恐怖を感じた。

「そして、喧嘩の果てに事件が起こったんですね」

彼は一瞬、呆けたような顔になった。自分のしたことをすっかり忘れてしまったかのように、子供のような表情だ。

「いつの間にか」

彼の目は焦点を結んでおらず、実際にその場面を追体験しているかのようだった。

「しがみついていたはずの妻の体の重みが消えていました。手に痺れが残っていて、目を見開いたら、妻がいたんです。そこにいたんです。あり得ない角度に曲がって、首が、首が曲がっていて、それで、鏡台の角に頭を打ち付けて、鏡台の角に血が、それで」

久我島の言葉は支離滅裂になってきた。嗚咽《おえつ》を漏らして口元を押さえ、目の前にまだその死体の幻影を見ているかのように動揺しきっている。体が震えていた。

他愛もない事件だった。夫婦喧嘩の果てに、一方が一方を突き飛ばし、頭を打って死んだ。明確な殺意すら存在しない犯罪。最もありふれていて、最も呆気ない結末の一つ――

いや、つばさの凄絶《せいぜつ》な死と比較するから、そう感じるのだろうが。

突然、久我島が顔を上げた。その目には狂気が宿っていた。

まずい。

僕は心臓がキュッと締めつけられるような気がした。

「まだ……まだ諦めないぞ。お前たちを殺せば、真相を知っているものはいなくなる！」

彼はポケットから果物ナイフを取り出し、葛城に向けて走り出した。

僕はアッと声を漏らした。

でも、咄嗟《とっさ》に体が動かない。

分かっていたはずだ。葛城が暴走すれば、嘘を暴かれた人間が抵抗する恐れがあること。それを可能とする異常事態に自分たちが放り込まれていること。

頭では分かっているはずなのに、体がついていかない。

恐ろしい結果を受け入れるのが怖くて目を閉じた瞬間、ドサッ、という重い音が聞こえた。

男の呻き声がした。

喉が急速に渇いていく。手が震える。僕は何も出来なかった。動くべき時に一歩も動けなかった。足がすくんだ。何も、何も出来なかった――。

「いて、いててっ！」

久我島の声だ。

僕が目を開けた時、目に見えたものは想像していたものと違っていた。

久我島が尻餅《しりもち》をついて腕を極《き》められている。投げ飛ばされ、そのまま腰を強打したようだ。そして今久我島の腕を押さえているのは——小出だった。

葛城にはケガ一つない。しかし、その表情に驚きはなかった。目の前の結果は予想していたとでもいうような、予定調和への落ち着きがそこにはあった。

「ったく。人一人殺したくらいででかくなったつもりでいやがる。こういう手合いはタチが悪いな」

マヒした頭にもその言葉は随分と不気味に響いた。この女は何を言っているんだ？

「小出さん、ありがとうございます」

「礼には及ばねーよ」

小出はニヤッと笑ってから久我島の腕を放した。彼は痛みに耐えるように顔を歪めており、すっかり戦意を喪失しているように思えた。

「にしても、肝心要《かなめ》の瞬間に、ブルっちまうなんて情けねえな」

小出は僕の肩にポンポンと触れてきた。言い方にはムッとするが、まだ体が震えていて、小出の言葉を否定出来なかった。

「小出さん。お礼は申し上げますが、ナイフは渡していただけますか」

「おー、さすが抜け目ないな」

彼女は懐から果物ナイフを取り出した。いつの間に。

「あなたに持たせておくと安心が出来ません」

「俺に持たせておくのが一番安全だと思うぜ」

「まあそれは……あなたの態度次第ではありますが」

小出はもはや、嘘をつく気はないように思えた。彼女はこの場で唯一、この成り行きを面白がり、すっかり楽しんでいるように思える。

「どうせ俺のことも、告発するつもりなんだろう?」

「ええ。やるならとことんやる。それが僕の考えです」

「なら、やってみろよ。答え合わせの時間だぜ、探偵」

小出はペロッと舌なめずりして言った。

「聞かせろよ」

「……皆さん、僕は今から、少しだけ空想的なことを言います」

「空想的ならそれが正解だ」

小出の言葉に顔をしかめつつ、自信をつけたような表情を浮かべて、葛城は言った。

「あなたは登山者などではない。財田雄山の家からあるものを盗むことを命じられた、盗賊です」

＊

「いやー、本当に名探偵の前で隠し事は出来ないんだな！」

小出は愉快そうに肩を震わせて笑った。

「初対面の時、既に、あなたが登山者でないのは分かっていました」

「確かあの時、葛城が言っていたのは主に二点……靴が登山者のものにふさわしくないこと、登山者にしては歩き方・休みの取り方も登山向きでないこと、だったね」

「しかし一方で、靴紐の結び方はしっかりとしていた。登山者も採用するような、ほどけにくい結び方です。僕は少し空想的に考えてみることにしました。彼女は登山者ではない。しかし、身軽に動くための装備が必要である……」

「まだふわふわしているね」

飛鳥井の言葉を、葛城もすんなり認めた。

「はい。次に注目したのは、山道において彼女が後ろから話しかけられるのをひどく嫌がったことです。不意を取られることを何より嫌う。つばささんたちの部屋に入って中を調べたこともあるようですが、その時も自分の部屋には鍵をかけていた。セキュリティーについて最初に気にしていたのも彼女です」

「しかし、それだけで盗賊、というのは、あまりに……」

文男が指摘した。まさしくその通りだった。嘘を見抜く葛城の推理は、細かい観察に拘泥しすぎるきらいがあるが、それにしても盗賊などという指摘には飛躍がある。

「もちろん、それゆえに盗賊と結論付けたわけではありません。しかし、小出さんの目的を彼女の言葉から探っていった時、答えが分かったんです」

「目的……?」

「葛城君」飛鳥井が口を挟む。「まだ私には結論が呑み込めていません。あなたが気付いた通りの順番で、話をしてみてくれる?」

「ええ」

葛城は咳払いした。

「まず、この山に登っている彼女の目的を考えてみます。登山者にふさわしくない服装をしているとはいえ、装備の整っていない人は山に登ってはいけない、などと言うつもりはありません。初めてのことなので分からなかったのかもしれない。その可能性を排除することは出来ない。この時点では」

「そして、山火事が起きた。俺とお前らは、下山しようとして、燃え盛るススキ野原の前で再会したんだったな」

「はい。下山は不可能と悟ると、小出さんは『登る』と言って、一人で先に登って行ってしまいました。その時僕は、『この山の上に何かあるのですか?』とカマをかけてみました。ですが、彼女は『立派な車道が通っている』のだから『家の一軒くらい』あるはず、という答えで、尻尾をなかなか摑ませてくれません。ですが、彼女がこの山に来たのは、僕らと同じく財田家が目的なのではないか――僕はその仮説を持って、彼女の行動を観察することにしました」

「おっかねえなあ」小出は肩をすくめて笑った。

「そして目的の一端が明らかになったのは小出さんの一言からです」

「俺、あの時何か言ったか？」

「貴之さん、つまり、『財田貴之』の自己紹介を聞いて、目を丸くしてから一言、あなたはこう呟いたのです。

――へえ、あんたが……。

ひどく気になる言葉でした。呟きとはいえ、初対面の人間を『あんた』呼ばわりしたうえ、その言い方にはなんらかの含みがあります。そこで僕はその言葉の続きを想像してみました。

い、い、い、あんたが……貴之だって、い、い、い……？」

小出がニヤリと笑った。

「何？」僕は聞き返した。「貴之だって？」

「ああ。彼女が『あんたが』と呟く直前、貴之さんが初めて僕らの前で名乗っていたことを忘れてはなりません。その名乗りに対する反応が『あんたが……』なのです。

社長であるとはいえ、貴之の写真は大っぴらには出回っていないはずです。しかし、彼女は目の前にいる男が『貴之』だなどとは信じられない、というニュアンスでその言葉を発した……」

「つ、つまりこういうことですか」

久我島は目を白黒させながら言った。

「小出さんは本物の『財田貴之』氏に会ったことがある、と?」

「その結論は半分正しく、半分間違っています。少なくとも、その時の彼女の認識においては」

「葛城お前、さっきから何を言っているのか全然分からないぞ」

僕の頭はますますこんがらがってきた。久我島の要約は的を射ているように思えたのだが……。しかし、小出が口笛を吹いていたのもあって、葛城の指摘が完全に当たっているのが分かった。

「いいですか。この非常時、家に財田貴之の偽者がいると確信出来るならば、それを早く告発すべきなのです。少なくとも、つばささんの死体が発見された時点においては。小出さんの性格上その当為が当てはまるかは分かりませんが……」

「おい、随分な言い草じゃないか」

彼女は笑い混じりに言う。言うほど気にしていなそうだ。

「君らの言っている意味は」文男が頭を掻いた。「さっきから全然分からん。一体どういうことだ。俺たちの正体が分かっているようで、分からないとは」

「いいですか。例えば、会社で働いている財田貴之氏を知っている人物が、貴之さんの顔を見たとします。この時は明確に、貴之さんの方が『偽者』だと判断がつきます。財田貴之氏が財田貴之氏と社会一般に認められている状態で彼に会ったことがあるからです」

「あっ！」

僕は声を上げた。

「そうか、そういうことか！　小出さんは、その男が財田貴之であるとは本当の意味で確信を持てない状況下で、本物の貴之さんに会ったことがあるんだな！」

「その通り！」

葛城は僕に向けて笑いかけた。

「つまり、この館を訪れた瞬間の小出さんは、『財田貴之と名乗る男を二人知っている』状態にすぎなかったのです！　先走って説明すると、彼女は盗みの依頼を受けた時に貴之さんに会っていました。しかし、あの時現れた男が本物の貴之さんで、目の前にいるのが偽者であると断定するには材料が足りない。

だからこそ、彼女は口を開くことが出来なかった。もし目の前にいる男が本物であり、前に会った男の方が偽者だとすれば、彼女にとってはその告発は藪蛇《やぶへび》になる。その男とはどういう状況で会ったのか、そう聞かれてしまえばアウトだからです」

「ああ……」

「この場にいるのは避難者だけで、『本物』の親族は雄山さんだけ。雄山さんは有名作家ですから、顔も著者近影で見たことがあり確認が出来る。『貴之』さんの存在を黙認している以上、『文男』さんと『つばさ』さんも味方とは考えられない。

そうなってくると、小出さんの立ち位置は、本質的に探偵と変わりません。二人の男のうち、どちらが本物かを突き止める必要がある。部屋に勝手に立ち入ったのもそれが理由ですよ。そして、雄山さんの部屋の壁に写真が貼られていないことと、つばささんの教科書が高三まで全て使い切られているのを見て、僕らとほぼ同じ結論に辿り着いた。目の前にいる財田一家こそが、偽者であると」

しかし、と彼は続けた。

「既に殺人が起こり、かつ、飛鳥井さんが『一致団結して危機を乗り切ることこそ優先』という意見を出し、全員がそれに賛同した後です。その段階で口を開くことは、自分の立場を孤立させ得る。軽々に告発することは出来ない。そこで、あなたはひとまず協力する振りをし続けてきた」

「まあ、悪くない気分ではあったな。こっちはジョーカーを握っているんだから」

小出は何か得意そうに肩をすくめて微笑んだ。

「まあ、偽者だと気付いた時に話してくれていれば、という恨み言は置いておくことにしましょうか」

「へいへい」

葛城の非難に、小出が手をひらひらと振った。

「小出さんが、財田貴之さん、文男さん、つばささんが偽者だという確信を得たのは、三階の部屋を物色した時でしょう。それ以前にも、不正献金疑惑を持ち出して貴之さんを揺さぶったり、色々と仕掛けていましたが」

「ご名答。薄々偽者だとは思っていたが、教科書とか身長とか、矛盾がボロボロ出てきて確信したぜ。とまあ、そんなわけで、俺は本物の財田貴之から依頼を受けてこの館にやってきたわけだな」

「依頼を引き受ける際、身元確認はしないんですか？」

「ハッ。俺たちに頼みごとをするような人間が、そんなに礼儀正しいかよ」

小出は僕をせせら笑った。

「こっちで勝手に身元調査をすることはあるがな。その結果、貴之はシロだったもんで一安心はしていた。だが、ここでは外部とも連絡が取れなかった。情報を確認出来ないし、ここにいる『貴之』が偽者だと、すぐには確信出来なかった」

ところで、と文男が口を挟んだ。

「さっきから言っている……その、依頼、というのは」

「はっは、決まってんだろう？」

小出はソファから体を起こし、前のめりに座ると、ぎらついた目を浮かべて言った。

「財田雄山の未発表原稿——それを盗んでくることだよ」

「……やはり」

飛鳥井が呟いた。

「時価八千万円の紙束なんて想像もつかねーけどよ、侵入さえ出来れば簡単な仕事だと思っていた。金庫破りくらいはお手の物だしな。だが、山火事に巻き込まれたもんだから、避難者を装うことに路線を変更したんだ」

小出は長い息を吐いて、何か安心したように言った。

「しかし……なぜこのタイミングで未発表原稿など」

「さあ？　盗みの理由は聞かないのが俺の仕事の流儀だ。ま、ある程度想像はつくがな。貴之——これはもちろん、本物の『貴之氏』のことだが——も、雄山の作品が生み出す莫《ばく》大《だい》な富と名誉には興味がある。雄山の原稿を盗み、遺族として発表するつもりだったんだろう」

「いや」文男が首を振った。「雄山はもう遺言を作成していて、子供に著作権の相続を認めていない」

「マジかよ。詐欺師の情報網は怖いね。そうなると、盗んだところで著作権は『貴之氏』のものにはならないわけだ。すると動機が分からんな。ま、絶縁状態なら『貴之氏』が遺言の内容を知らなかったのかもな」

小出は事もなげに言う。依頼人の動機には本当に興味がないのだろう。

「父は……いや、もう演技をする必要はないのだったな。雄山は原稿の在り処を知らせないまま倒れた。隠し場所もそこにアクセスする方法も定かではなかった」

「雄山は未だに原稿用紙に原稿を書いていたらしいな。俺も部屋を調べてまず最初に検討したのがそこだ。紙なのか、フロッピーディスクなのか、USBメモリなのか。探すものが分かっていなきゃそもそもが始まらない。

もちろん、元原稿は紙なんだろうが、スキャンして電子で保存している可能性も疑ったし、作成時期によっては記録媒体の問題も生じる。クリスティーの例もあるからな、昔に書き上げた原稿を最終作として残すこともある。倒れたタイミングよりもずっと前に、原稿が完成していた可能性もあるんだ」

文男が嘲るように言う。

「へえ、盗人《ぬすっと》も読むのかよ、クリスティー」

「小さい頃に好きだったんだ。今はあまり読まないな。ミステリーは読んでも前半までだ。悪人が捕まる話は嫌いだからな」

随分ひねくれた趣味だ、と言って文男は苦笑した。

「まあ要するに俺が言いたいのは、じっくり観察しないと未発表原稿を見つけることは出来ない、ってことだ。だが、どうしたって金庫はクサい」

「……寝たきりになる前、雄山が購入したようです」と貴之が言う。「耐火性で頑丈なもので、原稿用紙を折らずに入れられるぴったりのサイズです。暗証番号が分からず、結局我々も開けられませんでしたが、原稿の隠し場所としては、しっくりきます」

彼女は何が楽しいのか、けらけらと耳障《みみざわ》りな笑い声を立てた。

「皮肉だよな。俺たち全員が焼け死んだとしても、金庫の中の原稿は無事ってわけか。恐れ入るね。小説ってのは生き残るんだな。俺も盗賊なんてやめて、小説家にでもなっとくんだった」

小出の軽口は場にそぐわず、誰も応じるものはいなかった。

僕は眩暈がするようだった。

財田貴之と文男、つばさは偽者で、実は財田雄山の隠し財宝を狙っている詐欺師の一団だった。

最も気弱で臆病に見えた久我島敏行が、実は妻を殺害しその隠匿を図っていた。

そして小出と名乗る盗賊は、本物の財田貴之から依頼を受け、財田雄山の未発表原稿の窃盗を目論んでいた……。

そして何よりも驚かされるのは、僕が言い出したこととはいえ、葛城が無言のうちに、これだけの推理を頭の中で組み立て、吐き出すのを我慢していたことだった。飛鳥井と葛城のやり取りの意味一つ、僕には分かっていなかったのだ。周回遅れ、いや、何周遅れだろうか。

僕は葛城が少し恐ろしくなり、そして自分がとても情けなくなった。

「しかし、いつまでもこんな話し合いをしていていいのか？　確かに、あなた方に初めて会った時よりはずっと、それぞれのことが良く分かった気がしますが……」

貴之が言い、文男は慌ててラジオをつけた。

文男がニュースにチャンネルを合わせると、たまたま山火事のニュースが報じられていた。

『……N県M山の森林火災はなお進行しており……山腹の――川を越え、山頂に向けて燃え広がり、山頂近くの家に火が回っている模様で……』

「嘘だろ」

文男が愕然《がくぜん》とした様子で言った。

「ニュースで言っているのは久我島さんの自宅だろう。川もとっくに越えられた。ここからは速いぞ。遮るものが何もない。木から木へ、次々燃え広がってくる」

貴之の額には汗が滲んでいた。

「じゃ、じゃあ、私たちに残された時間は……？」

久我島の裏返った声に、飛鳥井が応じた。

「数時間がせいぜいでしょうね」

「なんかよ、焦げ臭いにおいがしてこねえか」

小出が言う。息を吸うと、彼女の言う通りだった。体温がスッと下がるのが分かる。

「くそっ」文男が毒づく。「君がこんな長い無駄話をしなければ――」

僕は前に進み出た。

「無駄ではありません。分かったことは多くあります」

「じゃあ隠し通路はどうするんだよ！　避難は？」

彼は強い口調で言った。グッ、と自分の喉が鳴るのが分かる。

「まあまあ、俺は色んな事が分かって有意義だったぜ」

小出が良く通る声で言ってくれ、注意がそちらに集まった。

「さあ、自分たちの有り様を見よ、だ」

小出は立ち上がると、芝居がかった動きで両手を大きく広げ、一座を睥睨《へいげい》した。

「今俺たちは、このガキに丸裸にされて、隠していた秘密をあらかた暴かれてしまったわけだ。忌々しいことだがこれは認めざるを得ない」

小出はさらに続ける。

「俺たちに残された猶予はもうあまりない。短い間に真相も掴んで、隠し通路も見つけなきゃなんねえ。だからよ、早いとこはっきりさせてえことがあるんだ」

「そうか」その時、文男が立ち上がった。「そういうことか」

小出はホールの面々を睨みつけながら言った。

「「こっちの獲物を横取りしたのはお前だな?」」

小出は文男を、文男は小出を指さして言った。

「……あ?」小出は口をポカンと開ける。

「……へ?」文男は間抜けな声を出した。

3　衝突【館焼失まで3時間37分】

僕の頭は再びショートした。

何を――彼らは一体、何を言い始めたんだ⁉

「ちょ、ちょっと待ってください」久我島が慌てたように言った。「獲物⁉　どうしてそんな話になるんですか？　それに、獲物っていったら……」

「本当にどんくさいなおっさん」

小出は苛立ちを隠しきれない様子で言った。

「今までの話を聞いていなかったのかよ。俺は財田雄山の未発表原稿を盗みに来たんだぞ。獲物っていったら、あの金庫のことに決まってるだろうが」

「横取り？」久我島の顔は青ざめた。「横取りって、ええ、まさか――」

「そうだ。今日の午後のことになるが、俺は雄山の部屋に入った時、雄山の部屋にあった金庫が忽然と姿を消していた」

正真正銘の爆弾発言だった。葛城も目を見開いて、意外そうな表情を浮かべている。小出は一同の動揺の中から何かを掴み取ろうと、真剣な顔つきで一人一人を観察している様子だ。

「さすがにビビったぜ。雄山の部屋の鍵が開いていた時は、一つ手間が省けたと思って喜んだんだが、机の下に金庫がねえんだからな。絨毯に金庫の置かれていた跡と、引きずったような跡が残っていただけさ」

「正確にはいつの話ですか、それは」

葛城が鋭く問う。

「午後二時のことだ。三階の部屋を俺が調べに行った時だ。ほら、お前にもつばさの部屋から見つかった図面を渡してやっただろう」

「あの時か……」

「ま、待ってください」僕は言った。「金庫は昨日の昼間、僕と文男さんが部屋に入った時にはまだありました。最後に金庫を見たのはどなたですか」

「私になるでしょうね」貴之が身を乗り出した。「今日の朝六時、雄山のバイタルチェックのために部屋に入った時です。その時には、まだ金庫はあった」

「つまり、今日の朝六時から午後二時までの間に、何者かが金庫を盗んだ……?」

「いや、それ以前にだ」

貴之が小出に鋭い視線を投げた。

「どうして事件が起きているのに気付いていたなら、それを言わなかったんだ!」

貴之の指摘はもっともだった。しかし小出は鼻で笑った。

「おいおい、さっきの文男の反応を忘れてねえだろうな。金庫が盗まれてるのに気付いていたのは、お前らもだろうが」

貴之には動じたそぶりもなかった。

「……さっき、天井の裏を見に行った」文男が首を振る。「そこにあの絵があって……飛鳥井さんの様子がおかしかっただろう？　だから、雄山の部屋に行けば手掛かりがあるんじゃないかと思いついてな、部屋に行ってみたら……」

「なるほどねえ。じゃあついさっきだな。葛城の長い話が始まる前、大体一時間弱前ってところか。それでなんだっけ、盗難のことを黙っていた理由だっけか？　そんなの決まってるだろ？　ここにいる飛鳥井さんが、『つばさの死は事故だったからここに殺人犯はいない。一致団結して協力しよう』って言いだしたからだよ。そんな時に『もう一件事件が起きた』なんて言ったら、無用に混乱を招くだけだろう。殺人事件とは無関係な事件の可能性もあるからな。それに、午後は館の中の探索をしたりで大忙しだったし、鏡の仕掛けを見た時からのガキどもの動きが早すぎて、ついていくので精いっぱいだったからだ」

嘘だ。葛城でなくても分かった。

それならば、つばさの遺していたあの図面を見つけてきた時、一緒に金庫のことも話してしまえば良かった。そうしなかったのは、彼女自身、金庫の消失の意味を考えあぐねていたからだろう。誰かが動いている。その人物の目的は自分と同じなのか？　財田家の人間が自分の正体に気付き隠したのか？　貴之の偽者が目の前に現れたのが、なんらかの罠《わな》のように感じられたため、より慎重になったのかもしれない。あまりにも小出の立場に寄りすぎた見方だろうか。

「……ひとまず、その言い分を呑んだとしてもだ」

文男は苦しげに言った。

「なぜお前が盗み出したと考えてはいけない？　もともとはお前の獲物だったんだろう？」

小出はわざとらしいほど長いため息をついた。

「なんだ、その態度は」

「俺もそこまで舐められるとはなあ、と思ってね。あのさ。もし俺が盗んだとして、金庫ごと持ち去るなんていう方法を選ぶと思う？」

「選ばないでしょうね」

と言ったのは飛鳥井だった。「さっすが飛鳥井さん、分かってる」という小出の軽口は黙殺された。

「盗みの理想形は、盗んだことさえターゲットに悟られないことです。先ほど小出さん自身が豪語した通り、盗賊を名乗る以上は金庫破りのテクニックくらい身に付けているはず。金庫ごと持ち出すという手段はあまりにもエレガントでない。金庫を開けて中身を持ち出し、金庫は元に戻しておく。こうしておけば金庫の開け方など知るはずもない文男さんたちは、盗難の事実にさえ気付かず避難したはずです」

「そういうことだ。そんなことにも気が回らねーなんて、あんた本当に詐欺師か？」

文男は苦虫を噛みつぶしたような顔をした。貴之はこう問う。

「……ですがそれなら、昨晩のうちに用事は済ませられなかったのですか？」

「あー。二階の部屋を出ようとした時、ちょうど田所のガキが部屋から出てきたんだよ。で、続けて三階からつばさが降りてきた。人の出入りが多いから様子を見ていたんだ。そしたら、今日になって全員が外か一階に出て作業を始めた。ベストなタイミングだと思ったのさ」

「本当にそれだけか？」文男が厳しい口調で言った。「お前が昨晩時間を取れなかったのは、つばさを殺していたから、じゃないのか？」

小出は口笛を吹いた。「なるほどね。そんな風にも考えられるのか」と軽薄な笑いを浮かべる。

「それにしても、じゃあ誰が金庫を盗んだんだろうな。さっきの文男の反応はマジだったからな。本当に俺が盗んだと心から信じ切っている様子だった」

僕が葛城に視線をやると、彼は小さく頷いた。あの時の文男の反応には嘘はなかったらしい。とすると、小出も同じだろう。

小出は続けた。

「『貴之』『文男』『つばさ』が偽者だと、部屋の中を調べて確信していた。だから、金庫を持ち出したのは文男と貴之のうちどちらかだと考えた。田所の話を聞く限りは、それなりに大きな金庫だからな」

「どんなに少なく見積もっても五十キロ以上はあったでしょうね」

実際に金庫を見ている僕が言い、文男と貴之も同意した。

「そんな重いものをわざわざ引きずって、隠す理由があるのはお前ら偽者くらいだろう。金庫を鍵のかかる自室に運んで、中身を取り出そうと格闘しているんじゃないかと推測したんだ。そして、持ち出した金庫を隠しておけるのは、自室に鍵をかけている人間だけだからな。すると該当者は文男、貴之、久我島、飛鳥井さんの四人だ」

「つばさも対象になるだろう」

貴之はそう反論してから、「いや、今朝には既に死んでいるんだったな」と顔を歪めて言った。

小出は何か怪訝そうな顔をした。

「いや、つばさの部屋の鍵は開いていたぞ。俺が調べに入った時には」

「そうだったのか。珍しいな。つばさの部屋の鍵は一本しかないから、あの子が肌身離さず持っていたが。年頃の娘だから戸締まりには気を遣っていたはずだ」

「そうかい。じゃあ、今日鍵が開いてたのはたまたまかな。まあいい、どのみちつばさは容疑者には不適格だ。そして今挙げた四人のうち、雄山の財産を狙っていた文男と貴之には盗みの動機がある。火災に巻き込まれながら、金庫の中身を持ち出すために自室に移動させて奮闘してるんだろう、と」

「小出さんほどの腕前なら、部屋の鍵を開けることも容易《たやす》かったのでは？」

葛城の言葉に、小出は少し得意そうに言う。

「ああ、ちょうどそうしようと思った時、飛鳥井さんが階段を上がってくる音が聞こえたんでな。延期したってわけだ。それ以降は葛城田所コンビと離れるタイミングがなくて、チャンス無し」

「待て」

貴之は鋭く言った。

「それはあんたの言い分にすぎないだろう。私と文男だって、金庫が消えたのはさっぱり意味が――」

「それだって、そちらさんの言い分にすぎねえじゃないか。第一、あんた自身だって、あんたの相棒を信じられるのかい？」

「え……？」

貴之は何かに憑りつかれたような目で文男を見た。

そんなことは今まで考えてもみなかったというように。そして実際、そういう目で見てみれば、目の前の男が最も怪しいのではないか、とでも訴えかけるように。

文男はぶるりと身を震わせる。

「おっ、おい！　冗談じゃないぞ！　あんな女の言うことに乗せられて、僕まで疑うっていうのか？」

「いや――すまない」

貴之の謝罪は、単なる反射的反応という以上の重みを持たなかった。

場がしん、と静まり返った。

しかし、水面下では多くの疑惑が飛び交《とか》っているのが分かった。再びの疑心暗鬼……。

この中に、その盗難事件の犯人がいるのではないか、という。

久我島が青ざめた顔をしながら立ち上がって言う。

「ええと、つまり、つまりですよ。この中に、連続殺人犯の〈爪〉とは全く別に、未だ姿を現していない窃盗犯がいる、というのですか――⁉」

そう。久我島の言う通りだ。僕は体の芯に熱を感じながらも、鳥肌が立つのを抑えることが出来ない。

「外部犯の可能性はないのか?」

僕が言うと、葛城は強く首を振り、「ダメだ」と打ち消した。

「盗まれたのは今日の午前六時から午後二時の間でしたね。つまり僕らは、つばささんの死体を発見し、ホールに集まって話をし、その後は外と中に分かれて作業をしていた」

葛城が咳払いする。

「順を追って確認していこう。六時の金庫確認から、十一時頃に作業を開始するまでの五時間。この時間、僕らはこのホールに集まっていました。もちろん、つばささんの亡くなった現場に向かったり、起きてきていない人の安否を確認したり、出入りはあります」

「いかにも」貴之が頷いた。「私は目が冴《さ》えて五時半には起きてきていましたが、六時に文男が降りてきてからは、必ず二人以上はここにいましたよ。つばさの死体を見つけた時には、ホールに誰もいなかったですが、私たちは廊下にいましたから、階段を下りてくる者がいたら気付いたでしょう。一階の窓は全てハメ殺しで、玄関以外から出入り出来ない」

「ああ……」と久我島が息を漏らした。「私たちが窃盗犯の逃げ道を塞いでしまっているのですね」

「つまり、六時から十一時頃の間、ここにいる誰にも犯行の機会はありません。次に作業を始めてからです。僕らは外で露出帯を掘る班と、館の中で隠し通路を探す班に分かれ、作業をしていました。少なくとも、外で作業を始めて以降は、僕らが人の出入りをチェック出来た」

「しかし、僕ら以外の人間の姿は見ませんでしたよ」と久我島。

「同じく、だ」と文男。

「僕もだ、葛城」

「うん。つまり、あの時間以降、ここから逃げ出した可能性はない。玄関扉から逃げたのなら、館をぐるりと取り巻いている防火帯を越えていかざるを得ないが、誰かが踏んだり触れたりした痕跡はない。山火事による包囲網の中に、もう一つ包囲網がある形だ」

「……それに」

文男が言った。

「僕はあの時、つばさの死がつらくて、どうにも動く気力が湧かなかったんだ。それで、玄関先の階段に座り込んでいた……玄関扉を、塞ぐような形で」

彼は自信なげに続けた。

「僕以外に証明してくれる人はいないから、信じられないならそれでもいいが」

久我島はそれを受けて、「ずっとではありませんが、私も一緒に休んでいた時があります」と口にした。

「重い金庫を抱えて、地面にも全く痕跡を残さず逃げ去るのは無理でしょうね。引きずった跡や台車の跡さえないなんておかしい」

貴之も真剣な面持ちでそう認めた。

「つまり」葛城が総括する。「外での作業の時、同時に、館内のグループが館の中を調べている時、誰にでも犯行は可能だった」

「待ってください。私たちは互いに互いの姿を認め合って……」

久我島の言葉に、「しかし、一分たりとも目を離さなかった、と言えますか?」と葛城が問うと押し黙ってしまった。

「とすれば、やはり犯行の機会は作業に入ってから。この中の誰かが……」

「この中に、まだ正体を隠した殺人犯と窃盗犯が一人ずつ、ですか」

久我島はそう言ってから、タガが外れたように笑い始めた。この男、情緒が不安定にすぎる。

「ねえ――ねえ。これって随分面白い状況じゃありませんか」

「なに？」

「だって考えてもみてください。私は妻を殺しているわけです。この手は既に血に汚れている」

「随分開き直ったな、あんた」

文男は呆れかえったように首を振った。

「こうまで暴かれてはね。そうすると、私と〈爪〉……この中の七人のうち、二人までが人殺し。しかも更に二人が詐欺師、一人は盗賊ときた。正体不明の泥棒ももう一人いる。もちろん、盗賊かつ人殺し……なんて人もいるかもしれませんけどね」

小出はまなじりを上げ、うなり声を出した。

その後、彼はあの暴力の気配を漂わせて言った。

「ねえ皆さん、どうでしょう。この探偵……いや、探偵気取りの子供たち」


殺しちゃいましょうよ。


それだけで、僕は平手打ちを食らったみたいな衝撃を受けた。彼の口調に含まれる本気の気配が、暴力を扱う人間の凶暴さが、すっかり僕を打ちのめしていた。

顔からサッと血の気が引くのが分かる。そうだ。彼の言う通りじゃないか。

今やこの七人のうち四人までが犯罪者であることが確実に明らかになった。情勢は四対三。しかも、こちらは高校生二人と女性一人。圧倒的に不利だ。

なぜこの危険を顧みなかったのだろう？

僕はそっと葛城に身を寄せた。駄目だ、何かの時は僕が盾になる。今度こそは、今度こそは動いて見せる。

その時。ナイフの刃がひらめいた。

「え？」

久我島が再び素っ頓狂な声を上げる。

彼の体は引き倒され、馬乗りになった小出が久我島の喉元《のどもと》にナイフを突きつけていた。

「ヒッ――」

彼は唇まで蒼白にして身をよじった。

「おいおい動くなよ。当てるつもりはねえのに当たっちまうぜ。自分から刃に当たりに行ってどーすんだよ」

「ヒッ、ヒッ……」

「情けねえなあ。人一人殺したくらいで偉くなったつもりでいたか？　肝っ玉は小せえままだ。お前それでよく、俺に命令なんて出来たな」

彼女は久我島の頭をもう一度床にたたきつけてから立ち上がった。

すえたような臭いが鼻をついた。尿臭だ。見ると、久我島の股《また》のあたりがぐっしょりと濡れ、そのシミはどんどん広がっていた。

「あーあー汚《きた》ねぇなー。災害時の一張羅汚すなよ。あ、そっか。お前は一回家に戻って着替え取ってきたんだっけ。じゃ今すぐ着替えてこいよ。服はくせーからとっとと山で燃やしてこい。火には事欠かねえだろ？　館のすぐ傍まで来たら、楽に燃やしに行けるぜ」

小出の口調はどんどんエスカレートしていった。目がギラギラと光り、息は荒くなっている。彼女が相当腹に据えかねているのが分かる。目の前で「獲物」をさらわれたことが、腹立たしくてたまらないのだろうか。

「お前よお。今〈爪〉に呼びかけたわけだよな。若い女ばかり狙って六人も殺して、今回つばさも殺した連続殺人鬼に声かけたわけだ。あまつさえ取り込もうとした。笑わせんなよ。人殺してみて気が大きくなったのか？　連続殺人鬼の犯行っつーのはな、計画的に考え抜いて頭脳と頭脳競わせて針の孔《あな》通すような綱渡りしてるんだ。なあ、お前がやった妻殺しはどうだ？　カッとなって突き飛ばしたら頭打って死んじまった？」

ハッ！　と小出が笑い捨てた。

「そんな殺し、殺意すらねえ！　計画性も頭脳もないただの低俗な犯罪だ。てめえは逆立《さかだ》ちしたってシリアルキラーになれやしねえよ。本当に助けを求めてえなら、今みたいなお追従の態度じゃなくて、靴でも舐めて頼み込むんだな」

その口調から、〈爪〉を賛美するのか？　という反発の雰囲気が葛城や飛鳥井から漏れ出した時、小出はさらに言った。

「大体、〈爪〉なんてのもふざけた名前だ。ふざけた野郎だ。ネイルアートをしていくなんて馬鹿にしてるったらないな。七人もか弱い女を手にかけて、一丁前にひとかどの人物になった気でいるのか？　虫唾《むしず》が走る。大体よお、もしこの中に七人も殺した人殺しがいるってんなら、もし助かるって段になっても、そいつは置き去りにされても文句は言えねえよなあ？　このおっさんもそうだが、女につけいる人間にはいつだって腹が立つんだ。おい聞いてんのか殺人鬼。この中にいるんだろうが。なぁ、おい」

遂に怒りの矛先は〈爪〉にまで及んだ。僕はハラハラした。今この場にいるはずの殺人鬼は、どんな気持ちでこの演説を聞いているんだろう？

いや……。

大げさに過ぎる、という気もする。怒り心頭に発しているのは分かるが、誰かに見せているような芝居がかったところを感じるのだ。

彼女自身が〈爪〉である可能性も捨てきれない。

小出の演説はいよいよクライマックスに差し掛かろうとしているようだった。

「いいかお前ら」

彼女は僕らにつかつかと歩み寄った。僕は思わず怯えたが、彼女は前触れもなく、僕と葛城の肩を両腕で抱き、飛鳥井の横に強引に座らせた。そうして、彼女はソファの後ろから身を乗り出して、飛鳥井の肩に手を置きながら、僕の頭の上にしなだれかかった。二日分の夏の汗の匂いの中にも、女性らしい甘い、良い匂いが香ってきた。

「俺は結構、こいつらのことが気に入っている。この状況を打破出来るのもこいつらだけだ。俺たちは一蓮托生《いちれんたくしょう》なんだぜ。隠し通路を見つけねえことには、俺たちみんなここでお陀仏だからな」

「見つけられるかどうか分からないですよ」

飛鳥井がひねくれた物言いをすると、小出は「俺が出来るって言ったら、出来るんだよ」とおどけたように言いながら、飛鳥井の顎をくいと上に向けた。飛鳥井はその手を払いのける。「つれないねぇ」と言う小出の声はあっけらかんとしていた。

しかし、彼女の目は据わっていた。思わず体が震える。

「まあいい。ともかく、俺は今、とにかくムカついている。目の前で獲物をさらわれるなんざいつぶりか知れない。苛立って苛立って、ついそこのおっさんにも絡んじまう始末だ」

だからいいか、よく聞いておけ。

「俺が気に入っているこいつらに指一本でも触れようものなら、そいつを敵とみなす。敵は、必ず殺す」

4 通路 【館焼失まであと3時間13分】

「しかし、信じていいんですかね。小出さんの言葉……」

僕と葛城、そして飛鳥井の三人はホールを離れていた。葛城が金庫の盗難現場の確認を提案したためだ。葛城についてくるように言われ、飛鳥井はかなり渋《しぶ》っていたが、最終的には根負けしたように同行してくれた。他の皆は、階下で状況確認、隠し通路の捜索にあたっている。

「明らかに盗まれたと分かるやり方は採らない、という理屈には説得力がある。とするならば、少なくとも小出さんには窃盗犯の可能性はないと考えるしかない」

「小出さんが〈爪〉の可能性は残るということですね」

「そんなの、当然でしょう」

飛鳥井は冷笑的に言った。

三階の雄山の部屋の前に着くと、何かが焼ける様な臭いがむんむんと漂ってくる。心臓の縮む思いがした。これは、この臭いは——。

振り返って、窓の外を見る。

「くそっ、田所君、飛鳥井さん、外だ！」

葛城が叫んだ。僕は一時茫然となった。

窓の外で、すぐ目の前の木々が赤々と燃えていた。火はそこまで迫っている……。強風に煽られて空に舞う火の粉は、今にも館に火をつけてしまいそうだった。

「何が防火帯だ！」

思わず叫びだした。

「なんの役にも立ちやしない！」

「危ない!」

何かがきしむような音がしていた。飛鳥井の鋭い声を聞いて、反射的に体が動き、床の上に身を伏せた。

次の瞬間、すさまじい音と共に体の上にガラス片が降り注いできた。火の粉が割れた窓から吹き込んできて、服についた。壁にこすりつけて、どうにか揉み消す。

「もはや一刻の猶予もないみたいね……」飛鳥井が首を振った。

「そんな……」

声が震えた。飛鳥井が横で首を振る。

「未だに隠し通路も見つからない」

「僕たち、ここで死ぬのか?」

葛城の声が震えていた。彼の弱気なところが出てきている。僕は小さく息を吸い込み、葛城の背中を思い切り叩いた。

「いって!」

彼は背中を押さえながら、恨みがましい視線を向けてくる。

「弱気になったらそこで終わりだ! 今は僕らが出来ることをするんだよ。隠し通路を見つけるんだ、葛城」

葛城は口を引き結んだ。ようやく気合が入ったらしい。

さっきの爆風でへたりこんだままの飛鳥井に手を差し伸べながら、僕は言う。

「あなたもです、飛鳥井さん。あなたの推理力は十年前に劣《おと》りません。あなたにも協力してほしい」

飛鳥井は苦笑いした。

「……葛城君も大概だけど、君も優しくないね。どうして私にそこまで期待するのかな」

息が詰まった。彼女の声音は心底弱って聞こえた。

「……あなたはこの十年間——僕の憧れだったからです」

飛鳥井は目を見開いた。その瞳がかすかに揺れた。彼女は顔を伏せ、緩やかに首を振る。

「……買《か》い被《かぶ》りすぎだよ」

しかし、彼女は僕の手を取ってくれた。

僕たちは体勢を立て直すと、雄山の部屋に入った。


「……ありませんね」

「ええ、跡形もない」

葛城と飛鳥井は簡単な言葉で確認し合った。

最初に部屋を訪れた時、書き物机の下に大きな金庫があった。それが忽然と消え去っている。絨毯の毛足がすっかり寝てしまっているところに、金庫のかつての存在感を残していた。

仕事場には本棚と書き物机、奥の扉を抜けると雄山の寝ているベッドがある。書き物机が扉の右手に、本棚は机の隣に置かれている。他には家具もなく、死角もない。ベッドの下を覗き込んでみるが、やはり金庫はない。

戸口は入ってきた扉一つきりだ。窓も二つあるが、いずれも小窓で、金庫を通せるサイズではなかった。

「金庫は床にも壁にも固定されていなかったんだな」

「それを窺わせる痕跡はないね」

葛城は頷いた。

「さっきも言っていた通り、あの金庫はどう少なく見積もっても五十キロ。運び出すのは骨が折れたはずです」

「抱えて持ち歩くのは困難でしょうね」

飛鳥井も同意を示した。

「とすれば……ほらあった」

葛城は入り口扉の下部を指し示した。塗装が一部剝げている。何かをぶつけた跡らしい。

「この跡は左右に同じ高さで残っている。台車を使った証拠だ。犯人は入り口で台車がつかえて、一度金庫を抱えざるを得なくなった。台車を折り畳んで外に出し、廊下でもう一度広げる」

「台車の車輪の跡は残っている？」

「どうやら、あるようですよ」

しゃがみこんだ葛城が示したのは、白いインクの痕跡だった。直径一センチにも満たない小さな痕跡で、目をこらさなければ分からなかったほどだ。

見ると、白いインクの痕跡はその後も等間隔に点々と残っている。

葛城は部屋を出る。三分ほどで戻ってくると、手には何やら巾着袋を持っていた。

「台車がインクを踏んづけた跡だよ。今倉庫の中を見てきたら、修正液の容器が段ボール箱に潰されて、中身が出ていた。もうすっかり乾いているが、あれは犯人が台車を取り出す時に潰してしまったんだろう。靴にはつかなかったが、転がしていく時か、もしくは倉庫の中で台車を引きずった時、車輪にインクを付けてしまった。そして、犯人はインクの跡に気付かずに、目的地まで金庫を運んでしまった。床に積もった埃に台車のあったところまで一直線に足跡が残っていたから、台車目当てに入室して、足元がお留守になったんだろう」

「つまり、これを辿れば……」

「金庫の行き先が明らかになる。造作もない仕事だよ。小学生でも出来る」

「随分と不注意な犯人だな」

窃盗犯はかなり焦っていたのだろうか。

「行くぞ！」と歩き出しかけた葛城が、「ああ、そうだ」と僕を振り返る。

「もう一つ面白いものを見つけたよ。持っておいてくれ」

彼は手にしていた小さな巾着袋《きんちゃくぶくろ》を僕に手渡した。これといった特徴はない。鼻先に近付けると、古い布地の臭いがした。

葛城が車輪の跡を追い、這いつくばりながら進もうとした。

「ガラスが割れているのを忘れないように」と飛鳥井が釘を刺す。

確かに、窓ガラスが散乱している廊下に手をつくわけにはいかない。僕らは中腰の姿勢をとって絨毯の痕跡に目を凝らした。

「ここか……」

痕跡はある部屋の前で止まった。

つばさの部屋だ。

「ここに、金庫があるっていうのか？」

「だけど、小出さんは雄山さんの部屋だけじゃなくて、つばささんの部屋も調べたと言っていたよな？」

「とりあえず、入ってみないことには始まらない」

飛鳥井がぴしゃりと言う。

「行きましょう」

彼女の言葉を鶴《つる》の一声に、僕らはつばさの部屋に入った。

＊

――が。

「金庫なんて一体どこにあるっていうんだ⁉」

探し始めて十分。僕はたまらず叫んだ。

つばさの部屋には、天蓋のついたベッドと机、本棚、あとはクローゼットとキャビネットがある。ファンシーなものが詰め込まれた部屋だが、もちろん金庫を隠しておけそうなスペースはない。ベッドの天蓋の上までチェックしたが、金庫は影も形もない！

あり得ない。五十キロもある物体が、煙のように消え失せるなど！

「台車で運んだ痕跡が残っているんだから、金庫がこの部屋まで運ばれてきたのは間違いない。だとすれば、この部屋で金庫が消えたと考えるしかない……」

「冗談だろ葛城？」

僕は必死に知恵を絞った。

「金庫をそのまま隠せないなら……形を変えればいいんじゃないか。分解したとか、溶かしたとか」

「なんの道具もなしにそんな芸当は出来ない。金庫はそのままここに運び込まれ、そのまま隠された」

「この部屋まで運ばれた、っていう前提は疑えないのか？　犯人はダミーの痕跡を遺したんだ。他の場所に隠しているのを発見されないように」

「白いインクの跡はいたって微細な痕跡にすぎない。もしダミーの手掛かりとして構築したなら、もっと簡単に、目立つようなものをこしらえたはずだ」

「探偵に気付かせるための偽の手掛かりなら、むしろ気付かれにくい方が気に入られる。探偵の観察欲が満たされるからな」

「じゃあ、偽の手掛かりだとしようか。そうすると、犯人はここに金庫が運ばれたと偽装したかった、ということになる。その場合、犯人は実際に金庫を別の場所に運ぶときには台車を使わず、自分の手を使ったということだ。わざわざ重い思いをしてまでだ。そこまでの手間をかける意味が、この偽装にあるのか？」

葛城は体を投げ出すようにつばさのベッドの上に身を投げた。

「ああっ、くそっ、わけが分からない！」

どうにか頭をひねって考える。

「金庫が運ばれ、持ち込まれた——ここまでは確実なら、次はどうだ。この部屋で隠された。僕らはそう考えてきたが、他の可能性があるんじゃないか」

「例えばなんだ？」

気のない返事だった。あまり期待されていないらしい。少しムッとする。

「……もう一度、この部屋から持ち出された」

「それこそない」

飛鳥井が否定した。

「車輪の跡は、雄山さんの部屋からつばささんの部屋まで残っているだけ。犯人は持ち出す際、台車を使わなかったと推測出来る。だとすれば、犯人は金庫を抱えて運んだことになりますよね。さっきの理屈と同じです。そこまでの手間暇をかける意味がない。もしくは、手で運ぶ距離が短かったとも考えられますが、それならもう見つかっているはずです」

その時、葛城が跳ね起きた。

「そうだ、そうだ！」

彼は興奮した面持ちで、部屋の中で這いつくばった。

「田所君、やはり君は最高だ！　君は暗闇の中で、いつも正しい道を示してくれる！」

「なんの話だ？」

僕の問いかけを無視し、「ない、やはりないぞ」と繰り返す。この非常事態を前に、彼の頭も少しおかしくなってきたのかもしれない。

「田所君、どうせ君は鈍感だから、僕が死の恐怖に精神を蝕《むしば》まれてこうなっているとでも思っているんだろう？」

「思ってないよ、そんなこと」

「嘘だね——顔を見なくても分かる。安心しなよ。僕は、自分たちが助かると分かったから、こんなに高揚しているんじゃないか！」

　助かる？　僕は今度こそ本当に、彼がおかしくなったのだと思った。

「田所君、バイタルチェックの話を覚えているね？　貴之さんの発言だ」

「え？　ええと……六時に雄山さんの部屋にやってきてから、部屋を出た。その時は金庫はあった」

「それだけじゃないだろう？」

「そうだったか？」

「『つばさがまだ起きてこないので声をかけたが、鍵がかかっていた』。彼はそう言ったんだよ」

「それがどうかしたのか？」

「そして午後二時に小出さんが訪れた時、鍵はどうなっていた？」

「そりゃ……開いてたんだろう？　小出さん自身も言ってた」

「じゃあ聞くが、鍵はいつ、誰が開けたんだ？」

「え？」

　僕の頭は雷に打たれたようになった。

　確かにそうだ。つばさの死体を発見した後、僕らは基本的に行動を共にしていた。朝の六時に貴之が様子を見に行った時には、つばさは既に死んでいた。

「そうなると……小出さんの行動を疑うべきだ」僕は言う。「彼女は盗賊だ。ピッキングの技術も身に付けているだろう。彼女自身が鍵を開けた」

「それも一つのあり得る解答だ。だが、そうであるなら、つばささんの部屋に侵入したことを僕らに進んで話すだろうか？　彼女はあくまでも『善意の情報提供者』としてあの図面を差し出してきた。それに、鍵が開いていた、と話す彼女の言葉に嘘の気配はなかったよ」

葛城のその断言は、もはや彼にしか確かめられない反則の域に達している。小出が侵入した時の行動を監視していれば確信が持てたかもしれないが。

僕は次の仮説を立てる。

「じゃあ、〈爪〉の仕業じゃないのか？　殺したつばささんから鍵を奪って開けた」

「ところがね、田所君。〈爪〉であろうと誰であろうと、つばささんが殺されて以降、鍵を使ってつばささんの部屋を開けることは出来なかったんだよ」

「なぜだ？」

「吊り天井に潰されて、彼女の部屋の鍵が使えなくなっていたからさ」

「ああっ！」

言われてみればそうだ。つばさは鍵のついたネックレスをしていた。死体の傍で、鍵は先端が潰れて使い物にならなくなっていた。鍵穴に入れることさえ無理だっただろう。

「あの鍵はつばささんが殺された時に壊れたものとみて間違いない。つまり鍵は使えない。犯人は、それ以外の手段で扉を開いたんだよ」

炎に巻かれているこの緊急事態に、冷静に一歩一歩踏みしめるような推理を行える目の前の男は、まるで別世界の住人に思えた。

彼は部屋の端から端まで、足を揃えて「一、二、三……」と数を数えながら歩き出した。

彼は床にしゃがみこんで、何かを思い出すように目を閉じ、指先で絨毯をなぞり始めた。しばらくして納得したように頷くと、本棚に走り、その側面や天板をペタペタと触り始めた。

「台車の痕跡は部屋の前で止まっている。廊下までしか台車を使わなかったということだ。つまり、金庫を抱えて運ぶ距離は極めて短かったと考えられる。飛鳥井さんの言葉の通りです」

僕と飛鳥井は困惑しながらその成り行きを見つめていた。葛城は「……あるはずだ」と呟いて、アルバムやカタログの並んだ本棚の一番下の棚の奥に手を回し、次いで、ニヤリと笑って見せた。

謎を解くときの無邪気な顔だ。

葛城が奥から手を引き抜いた瞬間、本棚が横に滑った。

本棚のあった背後には、真っ暗な空間が広がっていた。

「この土壇場で、我々は遂に見つけたようですよ」

空間の下へ向け、スマホの懐中電灯の光を照らす。延々と地獄まで続くかのような長い長い鉄製の梯子が下へ続いていた。

葛城の言っている意味がようやく分かった。

これこそが僕らの探し求めていた――隠し通路だ。

5　外へ　【館焼失まで2時間29分】

「これでようやく脱出出来るぞ」

葛城が言った時もなお、理解が追いついていなかった。

壁に通路の口が開いている。覗き込んで下を見ると、黒々とした深い穴が続いていた。

「地下に続いているみたいだ。下まで降りれば洞窟に抜けられて、そこから歩いてマンホールのところまで行けるだろう」

「これで……みんな……助かる……の……？」

飛鳥井は床にへたりこんで放心していた。

「お、お前これは、一体」

「金庫を盗んだ犯人は、この隠し通路を使ったということだ。さあ、ともかくみんなを呼びに行こう。脱出するんだ」

「分かった。みんなを連れてくる」

葛城は黙って深く頷いた。

「ねえ、待って」

飛鳥井が追いすがるように言った。振り返ると、彼女はまだ茫洋《ぼうよう》とした表情だった。

「みんなって……みんな、ですよね。つまり、つまり、〈爪〉も……」

僕は唾を飲んだ。

そうだ、〈爪〉はこの中にいる。みんなで脱出するということは、〈爪〉を外に解き放つということでもある。火事の危機に必死になるあまり、意識の下にいってしまっていた。

「……飛鳥井さん。僕にはもう、〈爪〉が誰か分かっています」

「え」

僕は驚いて葛城の顔を見た。彼は無表情に飛鳥井を見下ろしている。

「外に出た後、僕は必ず〈爪〉を警察の手に引き渡します。約束しましょう。ですから、ここはこらえてください」

飛鳥井は青ざめた。唇を震わせ、突き放すような口調で言う。

「君の——君の考えているようなことは考えていない！」

「そう、ですか」

葛城の鼻は動かない。嘘ではない。

「だって、殺しでもしたら、本末転倒だもの……」

飛鳥井の言葉の意味は分からなかった。彼女の目は焦点を結んでいなかった。

部屋の中に残された葛城と飛鳥井の姿を背に、僕は階段を駆け下りた。飛鳥井は俯いており、表情が読めなかった。

一階のホールでは、残されたメンバーが怒声を交わし、殺伐とした雰囲気を醸していた。

文男と貴之は火の燃え移った扉を破壊し、絨毯の火種を靴で揉み消そうとしていた。小出は水などの物資を階上の部屋に運び込もうとし、久我島は彼女の怒声でこき使われている。四人ともタオルでマスクをしていた。

ホールにはもうもうと黒煙が立ち込めていた。目に染《し》みる。

「皆さん！」と僕は声を張り上げた。四人が一斉に振り向く。

「田所君。君もマスクをしたまえ！」

文男が言うと、小出が清潔なタオルを投げてよこした。

「水をたっぷり含ませておくんだ。そうでもしておかないと、すぐに喉が焼けるぞ」

「ほら、水だ。使え」

ペットボトルを投げた小出が叫ぶ。

「ありがとうございます。でも、今はそれどころじゃないんです。葛城が隠し通路を見つけました。全員、三階に上がってきてください」

四人の目が驚きで見開かれるのが分かった。次いで、口笛が聞こえる。口元が見えないが、小出のものだろう。

「やるじゃねえか探偵」

「つ、つまり、これでみんな助かるってことですか？」

「はい」久我島の言葉に応じる。「三階のつばささんの部屋から、鉄梯子が地下まで延びています。縦穴の長さだけでなく、山の麓までの距離もかなりあることが想定されますから、十分な水と物資の確保を……という葛城からの伝言です」

「しかし、その通路、出口は安全なんだろうな」

「それは――」

僕は言いよどんだ。初めてマンホールを見つけた時、周囲には木々も下生えの草もなく開けた空間があった気がするが、記憶に確信が持てない。

「よっしゃ。ここまで来たら一蓮托生だ。俺はついていくぜ」

「待てよ」

文男が立ちふさがった。

「いくら昨日は安全だったからって、あれからもう二十四時間以上経っているんだ。状況は刻一刻と変わっている。通路の中に入ってから燃え落ちたんじゃ、最悪だぞ」

「じゃあこのまま地下室に籠って、じりじり焼け死ぬのを待てってのかよ」

小出は声を荒らげた。

「辛気臭《しんきくさ》く最後の奇跡が訪れるのを待てってか？　俺はごめんだぜ！　俺は最後の最後まで、自分の命を張って死ぬ」

「はん！　イカれた盗賊の戯言《たわごと》なんて聞いていられるか」

「自分の迷いも騙せねえで何が詐欺師だ。男を見せろよ」

小出と文男はそのまましばらく睨み合っていた。

「何をしてるんですか！」

僕は声を張り上げた。普段であればとても出せない勇気だった。詐欺師も盗賊も怖くてたまらない。何を考えているのか分からない、力の強い大人たちに歯向かうのは怖い。だけど、僕らは生きなければいけない。ここから生き延びなければいけないのだ。

「今は言い合いなんてしている場合じゃないでしょう！　あの通路は僕らが見つけた最後の希望なんです。助かり得る最後の道なんです。ついてこないならついてこないで構いません。でも、僕らの足を引っ張るのはやめてください！」

僕は一息に言ってのけた。言ってから、顔から血の気が引くのが分かった。

僕は——なんてことを。

ついてこないで構わない？　どうして僕はそんな薄情なことを。疑いあったとはいえ、この中に人殺しがいるとはいえ。非常事態の中で助け合ってきた彼らに、どうしてそんなことが言えたのか？

「あの……」

僕の声は震えていた。なんと言葉にしようか、まだ決めかねていたからだ。

「爺さんはどうやって運び出す？　あんたには何か考えがあるか？」

「梯子となるとストレッチャーでは厳しい」文男が言った。「おんぶひものように体に結わえ付けて運ぶ他はないだろうな」

「なら、運ぶ役は私がやろう」貴之が言った。「一番体が大きいのは私だ」

「いいねえ。男らしくなってきたじゃないの」

「だが、つばさの死体は……」

「諦めるほかない」

「せめて一部分だけでも持ち出せないかな」貴之は苦しげに言った。「……いや、やめよう。そんなことをされても、あの子は喜ばない」

「決心がついたなら、行こう」

僕は目の前の成り行きに困惑していた。「あの」と声を出すと、小出が「なにボサッとしてんだよ。お前が啖呵《たんか》切ったんだろうが、とっとと行くぞ」と肩を叩いてきた。ヒリヒリする。水などの物資もリュックに詰めて、文男に手渡される。

「大人がぐちぐち言って、さぞ格好悪かったと思う」

文男が握手を求めてきた。ふわふわと宙に浮くような気持ちで、それに応える。

「……目が覚めたよ」

「ほら、発破かけた奴がぼさっとしてんじゃねーよ」

小出に背中を押されて、僕は階段を上がった。隠し通路から助かるかもしれない、という確信は未だに深まらない。だが、彼らの顔を見ていると、体の底から希望が湧いてくるような気がした。

彼らは犯罪者なのに。犯罪者だらけの館なのに。それがなんだか、とても不思議な気がした。

だけど、この中にいるのだ。

不意に、背筋がぞくりとした。


「さあ、行くぞ」

ハーネスまがいの命綱を付けた文男が、先陣を切った。

先頭の人間は慎重に決定された。

貴之は雄山を背負って移動することになっている。体力を使わせるわけにはいかない。といって、飛鳥井や小出、葛城、僕のような女性や子供に先陣を切らせるというのも非道な話だと文男たちは判断した。

久我島の名は最初から候補にも挙がらなかった。隠し通路を見て泣き出したかと思えば、今は絨毯の上にへたり込んで放心している様子だ。気を抜くのが早すぎる。

そのような検討の結果、文男が先頭となった。

彼の役割は、まずこの隠し通路が使用可能であるかを調べること。つばさの部屋にある柱にロープを巻いて即席の命綱にし、僕と葛城で支える。有事の際には貴之もヘルプに入ることになっているが、基本的には体力を温存している形だ。

次に重要な役割は、酸素があるかを調べることだ。

「この火事の中、狭い隠し通路です。酸素が薄くなっている可能性は十分にある」

葛城は言った。

「大気中の酸素の量は約二〇パーセント。これより低い量の酸素しか含まない空気を吸うだけで、人の体は異常をきたします」

「それならどうする？」

「非常に危険な方法ではありますが……」

葛城が取り出したのは、針金を使って作られた謎めいた物体だった。杖のような形に曲げられた針金の下端には、金属製の皿があり、そこにロウソクが立てられていた。

「火は窓の外から調達しました」

「炭鉱で酸素を調べるやり方ですね」文男が頷いた。

「このロウソクを持ったまま降りていくのは一種危険です。衣服に燃え移る可能性もあります。ですが、針金で工夫して、梯子にかけながら進んでいけるように調整しました」

「ふむ。まあ、出来るだけやってみよう」

「命の危険を感じたら二度、ロープを引っ張ってください」

「危険を感じた時に二回も引っ張れるだろうか」

笑いながら言った文男の表情には余裕が感じられた。死地に赴く男とは思えない気安さで、それが僕たちを安心させた。

「下まで降りきって、一通りの現状確認が済んだら三度ロープを引く。安全、という合図です。それを確認次第、順次僕たちが降りていく。それでどうでしょうか？」

「任せろ」

彼は決意に満ちた表情を浮かべ、隠し通路の闇に降りていった。

文男を送り出した後の僕らは、一言も会話らしいものを交わさなかった。それだけ全員が緊張していた。成り行きに息を呑んでいた。

額に汗が浮き出てくるのが分かった。炎の燃える轟音と黒煙の量、焦げ臭いにおいはいよいよひどくなり、一秒だってここにはいられない、という思いが高まっていく。僕はここから生きて帰れるのだろうか？

隣の葛城を見る。彼の目も心なしかうつろに見えた。

「なあ、葛城」

「なんだい？」

「この緊張感と沈黙に耐えられない。良かったら、金庫を盗んだのは誰か、話を聞いていたい。通路を見つけられた理由もな」

「こんな時に？」

「お前の声を聴いていた方が気が紛れる」

それならいいが、と葛城は口元で呟いてから、説明を始める。僕ら以外は黙っているので、他の面々も、葛城の言葉に耳を傾けている様子だ。全員立ったまま、貴之の陰気な顔はますます険が深くなり、小出の表情にも疲れが見えた。久我島はひざまずいて小声で祈り、飛鳥井は隅の方でうなだれていた。皆、一様に顔が煤で汚れている。雄山だけが嘘のように穏やかな呼吸を繰り返していた。

「さて。さっき僕は、つばささんの部屋の鍵について検討していました。午前六時の段階では閉まっており、午後二時には開いていた。鍵は使えず、ピッキングによる侵入とも考えられない。一体、なぜ鍵は開いていたのか？

答えはシンプルです。内側から開けた。

そうすると、おかしなことになります。つばささんの死後、この部屋には誰も入っていない。隠れられるようなスペースもないと来ている。だとすれば、犯人はどこから現れたのか？」

「そこで隠し通路に繋がってくる……」

僕は葛城を心から称賛する思いで言った。

「そうです。雄山さんの部屋から金庫を盗み出した犯人は、隠し通路を使ってこの邸内に侵入した。つまり、窃盗犯は外部犯だったのです。

つばささんの部屋に入った犯人は、廊下に出る時に彼女の部屋の鍵を内側から開いた。慌てた雄山さんの部屋から金庫を運び出すと、隠し通路から金庫を抱えて館から脱出した。慌てていたのは、鍵を閉め忘れ、手掛かりを残してしまったことからも分かります」

「だが、あの金庫を抱えて梯子を降りるのはとても無理だ」

「だから投げ落としたんですよ。頑丈な金庫だし、中身が紙なら落とすことで壊す心配もない。その時に立てた音が──」

「あの雷みたいな轟音か！」

小出が叫んだ。

午前九時、つばさの死体を調べ終わった僕らが聞いた轟音。あの時はまた落雷があったと思っていた。異常事態に巻き込まれるあまり、音に鈍感になっていたらしい。

小出が聞いているのを意識してか、葛城が表情を改めた。

「吊り天井の部屋の裏にある隠し部屋を歩いてみた時、違和感があったのです。図面上、隠し部屋の奥行きと、吊り天井の部屋の横辺の長さは一致しているはずでした。だけど、隠し部屋の奥行きが一メートルあまり短かったのです。つまり、図面には表れていない、隠された空間があると推測出来ました。そして、隠し部屋の真上は、三階のつばささんの部屋だ」

「そんなのいつ……測っていたか？」

「田所君は、僕が無意味に館の中を歩き回っていると思ったのかい？　歩幅で測っていたんだよ。一歩あたり五十センチで調整した」

「私の現役時代でもそんなことしたことなかったけどね」

飛鳥井の言葉に、葛城は目も合わせずに肩をすくめた。

「隠し通路と聞いて、私たちは一階に意識がいっていたけれど……それこそが間違いのもとだった、と」

「いや。まさか三階まで繋がっているとは誰も思いはしないでしょう」

貴之はフォローする。

「ですが……この通路を使って盗みを働いたのは、一体誰だったんですか……？」

久我島が問うと、葛城は頷き、咳払いした。

「さて。犯人は隠し通路の存在を知っており、その場所まで熟知していました。加えて、倉庫の中の台車を迷いない足取りで取り出しています。床の上の埃《ほこり》に残った足跡は入り口から台車まで一直線でした。窃盗犯はこの屋敷の中を熟知していた人物です。そして」

葛城は一呼吸おいて続けた。

「最後の鍵は動機ですよ。なぜ、犯人は金庫を盗もうとしたのか……」

「だが、それは明白じゃないか、葛城。犯人は金庫の中の、雄山さんの未発表原稿を狙っていた」

「雄山の原稿を狙っていた人間は多いでしょう。ですが、金庫に原稿があると知っていた人間は多くない。

僕たちは幸い、未発表原稿を盗み出す動機を、最も強く持っていた人物を知っています。すなわち――小出さんを雇った人物です」

「おい、まさか――」

小出は足を踏み出した。目は見開かれている。

「恐らく小出さんの思っている通りです。財田貴之さん。つまり、金庫を盗み出したのは、『本物』の貴之さんだったのです！」

これには偽貴之も驚いたようだった。とりあえず区別するために、本物のことは、「本物の貴之さん」と呼称することに全員が同意した。まどろっこしいがやむを得ない。

「だけど葛城。本物の貴之さんは、窃盗を小出さんに依頼したんだろう？　どうしてわざわざ自分で……？」

「全てはこの山火事が原因だったのです」

葛城は続けた。

「最初、彼は原稿の窃盗を小出さんに依頼しました。それで十分だと思っていたからです。しかし、盗み出したという報告もないまま、山火事の起きた当日——昨日に至る。火事のことはニュースで知ったんだろう。財田貴之さんは焦るが、小出さんから連絡はなく、取る手段もない。携帯も電波がつながらず連絡を取れない事態に陥っているのですから」

飛鳥井は無言で葛城のことを見つめ続けている。品定めでもするように。

「そこで、貴之さんは自分で館の中に侵入し、原稿を回収せざるを得なくなったのです。轟音の一件から考えて、午前七時前後に侵入したとすれば、ニュースを見てから家を発《た》ったという説にしっくりきます。最初は金庫の番号合わせをしようとしたり、五十キロ以上もあるものを運ぶため四苦八苦してもたついたのでしょうね」

「おい待て。いくら山火事に巻き込まれたとしても、あの金庫の中身まで燃えるってことはないんだろう。耐火性の金庫だって、貴之さんも言っていただろう。それに、著作権を譲らない、と遺言に書かれている本物の財田貴之さんが、原稿を盗んだところでなんの意味もないじゃないか……ああ、もうややこしいな！」

「田所君、いいポイントに気が付いたね」

葛城はニヤリと笑って見せた。

「金庫は燃え残るが、しかし、人は焼け死ぬんだよ。それこそが本物の貴之さんが自分で動いた理由なんだ」

人は焼け死ぬ？　何を当たり前のことを。それも、自分が今にも焼け死ぬかもしれないという時に。僕は段々腹が立ってきた。

「どういうことなんだ、葛城」

僕の口調は、勢い鋭くなってしまう。

「つまり、本物の貴之さんは雄山さんに死なれるとマズかったんだ。もし雄山さんが焼け死に、原稿だけが生き残ったなら、必ず原稿は発表される。センセーショナルな死を迎えた大作家の遺稿だ。鳴り物入りで迎え入れられるだろう」

「それこそが彼にとっては悪夢だった、ってことか」

飛鳥井が呟いた言葉が頭に沁み込んできた。僕は膝を打つ。

「逆だったのか――そういうことだな葛城？　本物の貴之さんは原稿を欲していたんじゃない。発表させるわけにはいかなかったんだ」

「その通り！」

嬉しかった。葛城は出来の悪い生徒の成長を見届けている時のような、気持ちの良い笑みを浮かべた。それがなおのこと嬉しかった。

「ここからは推測になるが、雄山さんの原稿は多分に私小説的なものだったのだろう。そこには本物の貴之さんが、公表されてはたまらない彼自身の事情が綴られているはずだ」

飛鳥井が葛城の言葉に何度も頷いていた。得心がいった表情だ。

僕は思い出したことを口にした。

「小出さんが一度、不正献金の疑惑をぶつけましたね。あの時は貴之さんがけろりとした態度だったので、僕たちはその疑惑も真実ではなかったのかと思っていましたが……あれは偽者の示した反応にすぎない。本物の貴之さんが不正を犯していた可能性は残っている」

「雄山さんは自分の最後の作品について、『悪党の一人称視点と、それを追い詰める探偵・冠城浩太郎の視点を組み合わせて、ピカレスクのクールさと探偵小説の興味を同時に満たそうとした』と言っていたそうです。その悪党のモデルとして使われたのが、自分の息子だったとしたらどうでしょうか」

「いかにも財田雄山の考えそうなことだぜ。日記には小説のモデルにした女とトラブルになっていた記述もあったな。性格最悪だね」

小出が胸糞悪《むなくそわる》そうに舌打ちした。

「……ええ、そうですね」

小出の言葉に、葛城は渋々ながらといった様子で同意した。推理の結果そう信じざるを得ないとはいえ、僕たちにとって憧れの作家だったのだ。どのような形であれ悪く言われて、気分がいいはずがない。推理の指し示す方向そのものが、彼の心を傷つけているのだ。

盗難事件のあらましを明らかにすると、再び葛城は押し黙った。

長い沈黙だった。文男がいなくなってから、まだ五分も経っていないだろう。何時間も待っているように感じる。

葛城の顔が青白い。さっきまで目を見張るような推理を繰り広げていた男とは、まるで別人である。自然の猛威の前では、探偵も助手も犯罪者も関係ない。

ロープを握る手に力がこもる。

僕に連れてこられたことを、葛城はどう思っているのだろう？　僕が彼を死地に巻き込んでしまったと思うと、胸が痛んだ。だが、助かるんだ。僕と葛城とで、きっとここから生きて還る。必ず、葛城と家に帰る。

ロープが引かれた。

一度――。

二度――。

僕と葛城の体に緊張が走った。ここで止まったなら、計画は失敗だ。文男の体を引き上げなくてはならない。葛城の目に光が戻り、下半身を踏ん張ったのが分かった。

頼む、もう一度。

引いてくれ。

三度——！

全身の緊張が解けた。それは葛城も同じだったようだ。

「じゃあ、降りるか」

小出が言った。

僕と葛城は優先的に降ろしてもらった。三階から地階まで、十メートル以上の長い鉄梯子だった。三分ほども果てしない梯子を降り、ようやく下に辿り着いた。

「雄山と貴之の体は、僕たちで支えよう」

地の底に辿り着いた文男と僕たち二人は意気投合し、降りてくる二人の体を支えた。次いで、飛鳥井、久我島、小出の順で降りてくる。

「あとは地下通路を行くだけか」

「岩石の感じを見ると、推測通り、天然の洞窟を利用してるらしいな」葛城が言う。「バス停から館までが五キロ強だとすると、マンホールの位置までは、おおよそ四キロほど。元からあったものを利用してるんだから、それだけの長い通路も造れただろう。枝道がなければいいが」

「思ったよりも天井は高い」文男が言った。「僕の身長なら、身をこごめなくて良さそうだ」

貴之がロウソクを持ち、先陣を切った。貴之の抱えていた雄山の体は、負担を分配するため、ということで、文男が今度は背負った。

「おい、見ろよ、あれ……」

小出が口元を押さえながら言った。

通路の途中に、男が一人倒れていた。衰弱しきっている様子で、唇はカサカサに乾いていた。もはや何をする気力もないというように、目を閉じて、地面に体を横たえていた。

見たことのない男だったが、傍にあの金庫が鎮座《ちんざ》していたので、正体が分かった。

財田貴之。

今目の前にいる男こそが、金庫から——いや、金庫ごと未発表原稿を盗んだ犯人なのだ。

大方、五十キロの金庫を引きずりながらこの隠し通路を進もうとして、この熱さに力尽きた、といったところだろう。

いや、荒いながら呼吸はある。まだ死んではいないようだ。

小出は振り返って、「なるほどね」と小さな声で告げてきた。僕がさっき言っていたしどろもどろの説明を理解した、ということのようだ。

「こいつも連れてくか？」

「見殺しには出来ないでしょう」

葛城の言葉に、小出は舌打ちをした。

「自分で依頼しといて、俺の獲物に手を出した奴に情けかけるなんて、死んでもごめんだけどな。いくら依頼人でもよ、仕事に水差されると腹が立つ。だけどこの通路を見つけたのはお前だし、お前の決定に従うぜ」

「では、助けていきましょう」

「優しいねえ。涙がちょちょ切れるよ」

彼女はそう言うと、ペットボトルのキャップを開け、中身の水を男の顔にかけた。男がむせこむ。脱水状態になっているとはいえ、その扱いはあんまりだ。少量の水でも人は溺死出来るんだぞ?

「おら、水だ。少しは回復したか?」

「ゲホッ！　ゲホッ！」

貴之は一通り咳込んだ後、ゆっくりと、うつろな目を向けた。

「あれ……？　人……？」

「おーおー、目が覚めたかよ窃盗犯。歩けるか？」

「君は……？」

貴之はしばらく小出の顔をまじまじと見つめていたが、やがてその顔が青ざめ、「ああっ……!?」と驚愕に見開かれた。

「なんで、なんであんたがここに!?」

「俺も館に着いてたんだよ。ご心配には及ばなかったぜ。さあ、立てよ。今はここから逃げ出すのが先決だ」

「ま、待ってくれ」

男は小出の足元に縋りついた。

「あ、あんたなら、この金庫の鍵を開けられるだろう？　なあ、なあ、頼むよ、開けてくれよ。この中身を公表されては困るんだ。報酬は弾む。この前提示した額の十倍は出す！　だから、今この場で開けてくれ。頼む……！」

こんな状況になっても、まだこの男はそんなことを言っているのか。僕は眩暈がするようだった。

その時、小出が動いた。

自分に向けて這いつくばって懇願する男の右頬を蹴り飛ばしたのだ。

「ぐえ」

男は吹っ飛ばされて、壁にキスする羽目になった。

「あのなあ。俺の仕事にてめえで手え出しといて、てめえのケツも拭けねえなんて理屈があるかよ」

「な……なん……」

「ハッキリ言って、金庫持ち出したのは最悪だ。俺にはこの金庫から原稿を盗み出すプランがどんなに少なくても十数個あった。それを全てぶち壊したのはお前だ。いくら依頼人でもな、俺の仕事を邪魔する奴は許さねえ」

小出は貴之の胸倉を摑んで立たせた。

「おら、とっとと立って歩け。お前の親父もそこにいる。親子で生きて還すぞ」

彼女は貴之の目を覗き込んで、言った。

「そっからあとは、親子の話だろうが」

小出に引っ立てられるようにして、怯え切った貴之が連れていかれた。

……これで良かったのだろうか。

文男と偽貴之は呆れたような顔をしながら、小出に続いていった。後に残されたのは、僕と葛城、飛鳥井と久我島、そして金庫。

「……この中身、結局読めないままか」

僕はぼそりと呟いた。

「まあ、この隠し通路さえ見つからなければ、原稿は発見されないままでしょう。案外、あの貴之さんの想い通りに行くかもしれないよ」

葛城はドライに言ってのけた。

「原稿の中身は、気にならないの？」

飛鳥井がそう言うと、葛城は少しだけ未練を漂わせながら金庫を見つめ、やがて、断ち切るように目をそらした。

「置いていきましょう。どのみち、読みたくもない話です」

葛城は乾いた声で言った。何度も何度も打ちのめされた今回の事件の中でも、大好きだった作家のイメージが塗り替わってしまったことは彼にとって拭いきれない打撃だったのだ。今さらながらそれに思い至った。館を訪れてまだ間もない頃、雄山の書斎を見て目を輝かせていた彼のあの無邪気さが、今はもう、なかった。

「それでいいの？」

飛鳥井がつと立ち止まって葛城に問うた。「いいんです、もう」。葛城は苛立ったように言った。「後悔しないでよね」と飛鳥井がダメ押しのように言う。なぜそこまで絡んでくるんだ？　打ちひしがれているこの男に？　声を発しようとしたら、気道に煙が入り込んでむせこんだ。熱い。「水をつけたハンカチを口にあてがって、今は喋るな」と葛城の鋭い声が飛ぶ。あとからあとから込み上げる咳に、思わず涙まで溢れてきた。葛城に手を引かれて、僕は長い長い地下通路を歩いていった。

＊

【館焼失まであと7分】

熱気に体を焼かれているようだった。呼吸するだけで喉が焼けただれていくような気がする。目に染みる。涙がこぼれてくるのを止めることが出来なかった。あくまでも生理的反応だけれど。

でも、こんな時にだって思い出すのは甘崎美登里のことだった。

生きるか死ぬかというこの瀬戸際で。目の前のことに一切を集中しなければいけないこの局面で。私が思い出すのは結局、彼女のこと。

本当、お笑い種《ぐさ》。

いつだって無邪気に笑っていた彼女も、私がここまでの事態に巻き込まれるとは思わなかっただろう。

――光流がわたしを変えたみたいに、わたしも、光流を変えていたんだね。

――わたしたち、ちょっとずつ変わっていくのかな。それでもわたしたち、ずっと一緒にいられる？　ずっと、変わらずにいられる？

彼女を喪った後も、彼女を喪う前の私でいてくれと強いた彼女のことが、私は嫌いだった。彼女と出会う前の自分ではいられないように、彼女を喪う前の自分ではもういられない。私の可塑性を看過し、自分が私を変えてしまったことに無自覚だった彼女が嫌いで、でも忘れることが出来なかった。

ずっと、変わらずにいられる？

無理だよ。私は心の中で呟いた。無理だよ、美登里。

だって、私たちはあれほどの時を一緒に重ねてきたのに、今は私の方にだけ時間が積み上がっていく。美登里のいない時間が、ただただ積み上がっていく。

変わろうとしなくても変わっていく。時を止めてしまった彼女のために、自分だけが歩みを止めているわけにはいかない。人込みに背中を押されるように、私はここまで歩いてきた。いくつかの恋も経《へ》て、後ろにそれらを捨ててきた。私自身の意志ではなくても、私は歩いてきてしまったのだ。美登里といた頃の自分とは、そっくりそのまま同じとは言えない自分になり果ててしまった。

　それでも。

「見えたぞ！　出口だ！」

　がなるような男の声がする。文男の声だ。しかし、どんな声であれ、体に力がみなぎるのを感じた。

「くそっ！」

　威勢良く答えたのは葛城の声だ。若い頃の自分に似た無邪気な探偵君。

「ここも梯子か。とことん削ってくるな」

「確か、蓋のところはマンホール式になってるんだったな」あれは田所の声だ。「とにかく、それを開けられるかどうかだ。僕が行きます」

　田所が登り始めて数分後、風が上から吹き込むのを感じた。吹き込む空気には塵《ちり》が混じっており、高いところにある木はまだ赤々と燃えている。だが。

「外だ！　外だ！　みんな……！」

　穴倉の上から、田所の雄たけびが聞こえた。彼の性格に似つかわしくない行動だ。それだけに興奮が伝染し、私たちは発奮した。

——人は変わっていく。

生きている人間は絶えず現在を生き、現在に作り替えられていく。あの日のままの自分ではいられない。甘崎美登里と共にいた頃の自分はもういない。彼女の望みを叶えることは出来ない。

それでも。

それでも、過去を清算することはいつだって出来る。

梯子を上り切った私は、穴倉の中に手を伸ばした。

「さあ、早く！」

彼は私の手を摑もうとして、一瞬ためらい、しかし右手で摑んだ。ほぼ同時に、左足が浮きかける。

その時。

私の手から力が抜けた。

彼が右手を滑らせてバランスを崩した。「ああっ」という悲鳴が漏れる。彼はそのまま背後に倒れ、穴倉の暗闇の中に消えた。

深い穴倉の底で。

柔らかいものが。

潰れる音が響く。

遠い木々の向こうに、落日館が燃えるのが見えた。塔の部分が崩れ去るところを見た。

落日館が崩れていく。赤々と燃える森の向こうに広がる夜空を見上げながら、私は自分の頬が濡れていることに気付いた。ああ、雨が降っているんだ。私は思った。

美登里が死んだ朝に降っていたあの冷たい冬の雨。

私に平穏な夜は訪れないと知らしめたあの日の雨。

あの日からずっと、雨が降っていた。

「お前……何をしてんだよ！」

小出がのしかかってきた。地面の上に押し倒される。馬乗りされ、身動きが取れない。汗と泥に塗れた互いの体が気持ち悪かった。

「お前……お前！　どうしてしっかり掴んでおかなかったんだ！　もう少しだ。もう少しで全員助かったんだぞ！」

彼女は激高したまま、私の胸倉を掴んでいた。ああ、これだから嫌いだ、と私は思った。彼女は感情的に過ぎる。

「あなたも前に演説をぶっていたじゃないですか」

地面に座り込んだ葛城は、感情を押し殺した声で言った。私は怖気《おぞけ》を震った。ああ、本当に大嫌いだ。小出より少しマシなのは感情を抑えられることだが、今にそれも失われる。

「人殺しならば――それも七人もの人物を手にかけた凶悪犯ならば、炎の中に置き去りにされて当然だろう、と……」

怒りが滲んでいた。そうだろう、私のことを許せないんだろう。昔の私なら、きっと同じようにしていた。

「……いま彼女は、その言葉通りにしたにすぎないですよ」

葛城は厳しい口調で言った。

私は火花が照らす嘘のように綺麗な星明かりを見つめた。

さようなら甘崎美登里、さようなら私の十年。

「馬鹿な――それじゃあ――」

「ええ」

葛城の声は忌々しいほどに落ち着き払っていた。

そして彼は、正しい答えを二つ、口にした。

「〈爪〉の正体は久我島敏行であり、そして」

彼の声は次の言葉を発する時、わずかに震えた。

「飛鳥井さんはそのことを、とっくに分かっていたんですよ」

地鳴りのような音が響き、

落日館が燃え落ちたことを知る。

第三部　探偵に生まれつく

『第三の皮膚』とは、善人悪人にかかわらず、すべての男女が持っている基本的な子供らしさである。砂の城をきずき、暗闇をこわがる、基本的な子供らしさである。

　　　　　　　　――ジョン・ビンガム『第三の皮膚』（中村能三《なかむらよしみ》・訳）

＊〈爪〉

一番汚いがゆえに、一番綺麗な体の部位が何か分かるか？

汚いは綺麗。綺麗は汚い。おれはそういうまどろっこしいことを言いたいんじゃない。最も多く綺麗にされるということは、最も多く汚くなるということだ。

答えは手さ。なぞなぞにしちゃ易しすぎる答えだ。

子供の頃、おれは随分不思議に思った。手は一日に何度も洗うのに、体はシャワーを浴びたり風呂に入ったりする時しか洗えない。顔だって、所構わず洗うわけにはいかない。手は何度も洗う。トイレを済ませた後。食事をとる前。風邪が流行《はや》っている時期はやれうがいだのやれ手洗いだの何度も言われるから、どんどん回数が増えていく。あんまり水に触れすぎるから、冬場には関節にひび割れが出来ちまうくらいだ。

それがおれの発見した世界の真理だった。最も洗われる手は、最も汚れやすく、傷みやすい体の部位である。

だからこそ、美しい手は奇跡なのだ。

「真理」を発見してから、おれはとにかく手に惹かれた。道行く人の手を、子供の手も大人の手も、観察し続けるようになった。大人の、特に老《ふ》けた大人の手は皮膚に皺《しわ》が寄っていて美しくない。子供の手は肌が柔らかいのは良いが、未発達のあどけない手ではおれの欲を満たせなかった。母親の手は水仕事でひび割れが多く、カサついていて、魅力の欠片もなかった。

女の手だった。おれの渇望を満たしたのは。小学校の頃、教育実習で訪れた若い先生の手だ。白魚のような手で、関節の形さえもが美しい。爪も蠱惑《こわくてき》的な曲線に切りそろえられていた。芸術的な仕事だった。先生を手伝いたいからと嘘をついて、先生の持っていたプリントに手を伸べ、彼女の手に触れた。ぞくりときた。その夜は、しっとりと肌に吸いつくような冷たい手の感触を反芻しながら、初めて夢精した。

だが、彼女の手はすぐに穢《けが》れた。

生徒たちの遊びに交じった時、擦り傷を作ったのだ。右手の甲に大きな絆創膏《ばんそうこう》を貼っていた。

がっかりした。同時に、おれの真理は深まった。

美しい手は奇跡である。美しい手はすぐに失われるからだ。繊細なのだ、手は。だからおれは奇跡を逃したくないと思った。その瞬間を切り取り、永遠に愛《め》でたいと思った。初めて殺した女は、近くの宝くじ売り場の店員だった。くじを差し出した時の手が目に焼き付いた。時期が年末だったし、紙を多く扱う仕事だから、指を切るといけないと思い、すぐに殺した。

殺して、手首を切断した時は、これでおれは永遠の美を手に入れたと思った。だが、切り取ってみてすぐに気付いた。死体はすぐに腐敗する。それは永遠ではない。美ではない。だからおれは一瞬だけにこだわることにした。手の美しさを愛で、ネイルアートを施し、鑑賞する。その瞬間こそが最高潮だ。あとは腐り果てていくだけの、醜《みにく》い手になる。そんなものはおれにはいらない。

次々犯行を重ねながら、おれは遊びに凝っていった。殺害方法を変えたり、場所を地図にプロットしていき、特定の図形を描こうとした。だが、それがまずかったのだろう。五件目で遂に尻尾《しっぽ》を摑まれ、六件目の犯行を阻止された。そして警察の手が伸びてくると、さすがに怖くなった。おれ以外に犯人がいることにすればいいと思って、当時ネットで知り合った男を身代わりにして、殺した。

手と関係ない殺人を犯したのは初めてだった。引きこもりの三十代の男性。当然美しい手であるはずもなかった。ハンドケアなどしたこともなかっただろう。指にクソの拭き残しが付いていた時は、悲鳴を上げ、こんな殺しをさせた奴らを恨んだ。

凶器や犯行計画書は記念に取っていた。身代わりの男の家に全部置いておけば、馬鹿な警察は勝手に勘違いしてくれると思った。だけど、全部手放してしまうのは、惜しかった。おれのやってきたことが、あんな男の業績になるのがたまらなく嫌だった。あれは全部おれがやったんだ。綺麗な手を綺麗に飾ってやったんだ。そう声を大にして言うことも出来ない。自分の業績を誇れないのは嫌だったが、自由を奪われるのはもっと嫌だった。だから、最後に殺した女子高生の描いた絵だけ、自分の手元に残しておいた。あの時はメッセージを残すための入れ物が欲しくて、適当に持ち出しただけだった。でも、剣を持ったヒーローが描かれた絵はそれなりにおれを惹《ひ》き付《つ》けた。ゲームは昔から好きだった。自分が殺した女が描いたものだというのも、感傷をそそった。殺人を我慢するたび、心の慰めにあの絵を取り出した。折り目をつけるのももったいなくて、綺麗に画板に挟み込んであった。

あの女子高生はかわいそうだった。奴の巻き添えを食っただけだったからだ。

――奴。そう。飛鳥井とかいう女子高生だ。

自分を理解した人間が現れた時、おれは混乱した。おれの事件について話しているネットの掲示板で、事件現場に女子高生の探偵が目撃されたと情報が上がった。飛鳥井は大阪のホテルで事件に巻き込まれた時、宿泊客の前で推理を披露していた。それで顔が知れていたのだ。

お前におれの何が分かる？　あの女は目の上のたんこぶでしかなかった。おれのことを先回りして、おれの邪魔ばかりしやがった。

だから思い知らせてやったんだ。

だが、それでもあの女は諦めなかった！

身代わりの男の死が自殺と断定されたと知った時も、おれはまだ安心しなかった。あの女は、それで諦めるようなタマじゃないと思ったからだ。あれからしばらくは夜も寝つきが悪く、始終怯えていた。怖くて怖くて仕方がなかった。おれは自分の中の衝動を抑えるのに苦労した。清廉潔白に生きることを余儀なくされた。普通の就職をし、普通の結婚をして、山の中の小さな家に住んだ。

──あいつのせいで、おれは……。

警察に目をつけられたことが恐怖になり、おれは十年間、息を潜めていた。

だが、おれは十年ぶりに人を殺して、おれに戻れた気がした。

おれは妻を殺した。死体を見下ろしていると、少しだけ昔の感覚が蘇ってくる。

突き飛ばしちまった妻の体。首の折れた死体が目の前に転がっている。

つまらない殺しだ。カッとなって物の弾みで死なせたなんてのは。夫婦喧嘩の果てに殺すなんてのは。頭で考え抜いた犯罪を、人の目をかいくぐって成し遂げるエクスタシーとはまるで別物だ。つまらない殺しをしたせいで、殺しの欲望が余計に鮮明になった。

味気ない殺しだったから、変わった刺激が欲しくなって、久しぶりに妻の手首を切り落としてみた。妻の手はよくケアされていて、おおむねおれの満足のいく「出来栄え」だった。

やることがなくなると、また落ち着かなくなった。一人きりの家は落ち着かない。

十年前の感覚は未だ忘れられなかった。ネイルの道具も匂い袋も造花も、使う道具は一式手元に用意してあった。達せられない欲望のことを思うと気が逸《はや》った。

その時、運命のインターホンが鳴った。

扉を開けるのをためらったが、玄関先の電灯がついているのを見て、顔をしかめた。怯えが体を走る。まさかこんなにすぐ警察が来るはずもないが、十年も追われているのだ。いつ来たっておかしくない。自信を抱いている時もあるのに、こんな時はひどく気弱になってしまう。

引き戸を開いた。

スーツを着たボブの女性。その顔を見た時、ぞくぞくと震えが走った。そこには確かに面影があった。醒《さ》めた瞳にも見覚えがあった。

「××保険会社の飛鳥井と申します。久我島様でいらっしゃいますでしょうか?」

――ヤバい。

顔から血の気が引くのが分かった。バレたんだ。この女、諦めてなんかいなかった。十年間もおれを追いかけてやがったんだ。体がひとりでに震えた。自由を奪われるのだけは嫌だった。

だが、すぐに違うと気付いた。

飛鳥井の目は焦点を結んでいなかった。もっと言えば、おれの背後の遠い何かを見ているような気がした。茫洋とした雰囲気だった。

飛鳥井は、おれの顔を見ていなかった。

その瞬間、体の中で何かが燃え上がった。おれはこんなにもこいつに苦しめられたのに、十年もの間不自由な暮らしを強いられてきたのに、こいつはおれのことを忘れているんだ。バレていないと思うと大胆になれた。同時に、思い知らせてやりたくなった。遊んでやりたくなった。

飛鳥井の手に視線を落とした。

悪くない手だった。特に第二関節の形がいい。爪は深爪気味だが、形は整っている。殺すことが出来ないのが惜しまれるほどだ。

1 〈爪〉の正体【館焼失から3分】

目の前で見た光景に、茫然としていた。

見上げると、落日館は黒煙を上げ、すっかり紅蓮の炎に包まれていた。爆発が起きたのか、火焔が上がった。落日館が燃え落ちている。全てが終わろうとしている。風が汗ばんだ額を撫でた。

マンホールの近辺には黒々とした地面が広がっている。近くの低木から木の爆ぜる音が聞こえた。まだ火はくすぶっている。ここもまだ安全ではない。

「久我島さんが〈爪〉――?」

文男は怪訝そうな声を出した。

彼の背後で、森は未だ赤々と燃えている。ようやく火の包囲網から逃れられた安堵感があった。だが、ここもまだ危険だ。ぐずぐずしているわけにはいかない。

それでも、僕らは聞きたかった。葛城の口から聞きたかった。

小出は飛鳥井から身を離し、立ち上がって葛城と対峙していた。貴之、文男、僕、本物の貴之は彼ら二人を取り囲むように立ち、財田雄山は文男の背中におぶさり、未だ寝息を立てていた。

飛鳥井がゆっくりと身を起こし、肩の砂を払った。

「だから、そう言ってるじゃありませんか。久我島さんが〈爪〉だったと」

やや投げやりに答える葛城の口調には、苛立ちが滲んでいた。

「早くここから離れましょう。どうせ助からないんです。あの高さだ。落下して死んだでしょう」

そして、助ける価値もない。

そんな言葉が続きそうだった。

彼の様子がおかしい。一体何が彼をそうさせているのか分からない。

僕は飛鳥井を見た。彼女もまた、地面の上で燃え尽きたように座り込んでいて、何を考えているのか分からなかった。だが、葛城が言ったあの言葉こそが、二人の謎めいた態度を解き明かしてくれる気がする。

——飛鳥井さんはそのことを、とっくに分かっていたんですよ。

分かっていた？　僕は混乱した。分かっていたならどうしてそれを言ってくれなかったのか。黙り続けることに、どんな意味があったのか。〈爪〉を捕まえたい、という意思は、僕と葛城サイドも、彼女も同じだったはずなのに。

「あ、あの」

本物の貴之が言った。

「〈爪〉というのがなんの話かは分かりませんが、ともかく、話し合うのは落ち着いてからにしませんか。何もこんなところで話さなくても——」

彼が言ったのは正論だ。僕とて気になるのは確かだが、場所を移して後から葛城に聞いた方がいい。本物の貴之は事件のことを知らない分、感情に流されていないのだろう。

頭上で燃えていた木が、少し離れた地面に落下してきた。

「ここはまだ危険です！」僕は叫ぶ。「早く下山して、安全なところまで……早く！」

三十分ほど下山すると、ようやく麓に到着した。燃え尽きた森はまだくすぶっていたが、ひとまず安全な場所に出たようだ。ホッと一息つく。

夜だった。背後を振り返れば、遠い木々の向こうに、落日館が赤々と燃えているのが見える。正面には警察や消防などの捜索隊のものと思われる明かりが遠くに見えた。僕らは光の方を向いて並んでいた。

「俺らは」

小出が突然、気の抜けたような声音で言った。

「ここで、それぞれの道に別れることになる。俺は捜索隊に合流しないで消えることにする。身元がバレたら面倒だからな。どうせ、貴之と文男、お前らもそうだろ?」

「……ああ」貴之は文男が背負っている雄山を示して言う。「彼だけ置いていったら、私たちも消えましょう」

「そんな」僕は首を振った。「お三方だって、疲れ切っているでしょう。ここは警察の保護を受けた方が」

「そういうわけにはいかんのよ。俺のこれは生き方だからな。警察の世話になるなんてのは、性に合わねぇ」

生き方。その言葉が、僕の心を刺激した。探偵のことを語る葛城が使う言葉だ。

「だからよ、探偵。俺たちが言葉を交わすのは、これが最後になるだろう。聞かせてくれよ。お前がなぜ、久我島のおっさんを〈爪〉と特定したか」

小出は絞り出すようなため息を吐いた。

「……さあ納得させてくれ。納得しなかったら、俺は歩き始められない」

小出の率直な言葉は、確かに僕の胸を打った。

「そうだな。僕もこのままじゃ、納得が出来ない。あの男がつばささんを殺したのだと納得出来ないと、僕も前に進めない」

小出が手近な切り株に座ったのを見て、他の面々も思い思いの位置を取り始めた。貴之は木の根にもたれかかり、文男は雄山の体を風よけになる茂みのあたりに運んで横たわらせ、その隣について話を待っていた。本物の貴之は状況についていけない様子で、釈然としないといった表情を浮かべたまま、木に寄り掛かっている。僕は飛鳥井の隣に座った。

そうか、と葛城が呟いた。

「今はそのために、謎を解く理由があるのか」

彼の言動はまたも謎めいていたが、彼は一度目を閉じると、やがて穏やかな顔になった。ああ、と僕は嘆息した。名探偵の顔だ。いつもの感触が戻ってきた。

それでも、彼の顔がいつもより危なげに見えるのは、気のせいだろうか。

「〈爪〉の正体が分かったのは、彼が遺した一枚の絵からでした」

葛城の言葉に、飛鳥井が反応する。

「美登里から奪った絵」

彼女はうつろな目で空を見上げていた。夢を叶えるために、小説の挿絵を描いていた。その絵を

「あの子は変わろうとしていた。夢を叶えるために、小説の挿絵を描いていた。その絵を〈爪〉は奪い、保管していた」

「〈爪〉は甘崎さんを殺害した時、この絵を奪ったことが分かっています。これは、飛鳥井さんに宛てた『仕切り直しだ』というメッセージが、甘崎さんのポートフォリオ――二つ折りの書類入れ――の中に挟み込まれていたことからも分かります。甘崎さん殺害の当日は、急な雨が降っていました。犯人は水性ボールペンで書いたメッセージが雨で消えないよう、甘崎さんの持ち物からクリアファイルを奪い、中にメッセージを入れたのです」

飛鳥井は特段つらそうな顔もせずに聞いている。

「この時、もともとポートフォリオの中に入っていた絵は、メッセージの代わりに、クリアファイルごと取り出され、犯人の手に落ちました。そして、十年の時を経て、絵は僕たちの目の前に現れた。吊り天井の部屋の隠し本棚に、額に入れられて飾られていた」

「つばささんの死体を含めて、あいつは自分の犯行現場をまた演出していた。本当に、本当に、子供じみた男だった」

飛鳥井は吐き捨てるように言った。文男が悲しげな表情を浮かべた。つばさの死を思い出したのだろうか。

葛城は飛鳥井の言葉には応えずに、続けた。

「絵はＡ３の画用紙に描かれたもので、額は財田家の一階の書斎から持ち出されたもので

した。絵にはファンタジー風の戦士が描かれていた」

　さて、と彼は続けた。

「僕らは当初、絵はもともと財田家にあったものではないか、と推測していました。ですが、額を現地調達し、わざわざ吊り天井の部屋に運んでいること、そして、額に煤の痕がついていることから、犯人が火事が起きてから絵をセットした可能性に思い至りました。すると、あらかじめセットしていた、という可能性が薄くなってきます。わざわざ非常事態に行ったのですからね。犯人が外部から絵を持ち込んだ可能性についても、検討すべきだと思ったのです」

「待ってくれ」口を挟む。「〈爪〉が飛鳥井さんに会ったのは偶然なんだよな？　飛鳥井さんも奥さんの契約のことでたまたま訪れたにすぎない。どうしてあらかじめ絵を用意出来るんだ？」

「いかなる時も肌身離さず持っていたのかもしれない。あり得ない可能性だが、財田家の人間が犯人と考えたとしても、同じような疑問は残るんだ。貴之さん、文男さんが家に来た時には、飛鳥井さんと会うなんて予想もつかなかったはずなのに。だから、絵を持ち込む手段から犯人を絞り込むことにした」

「持ち込む手段……それで、どうして犯人が分かるんだ」

「分かるんだよ。あの絵には、折り目が一つもなかったから」

「それがなんだって」と言いかけた時、その言葉の持つ意味が頭に沁みてきた。「ああっ……！」

「どうした田所君」文男が聞く。「折り目の何がそんなに重要なんだ」

「……絵を見つけた時、葛城は絵を明かりに透かしていました。水彩画なら滲みがあるから、オリジナルかどうか分かると。その結果、絵は原画であることが確認されたんです」

僕の言葉を葛城が引き取る。

「絵を描いた甘崎さん本人は、絵を折らなかったでしょう。大事な自分の作品ですから。絵のサイズに合わせたポートフォリオを持ち歩いていたことからも、それは明らかです。そして、犯人はクリアファイルごと絵を持ち出す。次に絵が人目に現れたのが、今日。その絵には折り目が一つもなかった。

つまり、犯人は一度として絵を折り畳むことなく保管し、かつ、館に持ち込むことの出来た人物だ」

「そして」僕は葛城の慧眼《けいがん》に驚きつつ言った。「僕らは昨日、山火事に巻き込まれて急遽《きゅうきょ》避難してきたんです。着の身着のままの人だっている。この条件一つで、大半の容疑者が消えるんです」

「なるほど……」小出が感嘆の声を上げる。

貴之の口があんぐりと開いている。そんな簡単なことだったのか、とでも言っているかのようだった。

葛城は舌で唇を湿した。

「まず、消去出来る人物からお話ししましょうか。

手始めに僕と田所君です。僕らは近くの勉強合宿先から、装備はあまり持たずに出てきました。ナップザックの中に飲料水と地図、スマートフォンのバッテリーを持っている程度です。Ａ３の画用紙を持ち運べるサイズでは到底ありません。

次に、飛鳥井さんです。彼女は仕事中であり、仕事用の鞄しか持っていませんでした。書類を入れるため、Ａ４のサイズくらいなら入るでしょうが、画用紙を折らないのは不可能です。

そして、小出さん。あなたは小さなザック一つで登山をしていた。登山者として装備が不足気味ではないか、と思ったほどです。当然、絵を持ち運べるような荷物ではない。

さらに、本物の財田貴之氏もここに加えましょうか」

「私ですか」

本物の貴之は驚いたように跳ねた。

「貴之氏には機会がありません。午前九時にした物音からして、侵入したのは今日の早朝であることが明らかであり、その時点でつばささんは殺されています。それに、金庫の近くで倒れていた彼の周囲には、リュックやバッグ、その他の手荷物は一切なかった。着の身着のままで突入してきたのでしょう」

「え、ええ」

貴之は動揺しながらも答えた。困惑している。自分も容疑者にされるとは、考えてもみなかったという様子だ。

「この近くに車を止めてあって、荷物は、全部そこに」

葛城は頷く。

「財田雄山氏もこの段階で除外しておきましょう。額に煤がついていたことから、絵がセットされたのは火事が起きてからです。寝たきりの彼に絵のセットは不可能です」

「いや」僕は仮説を検証してみる。「十年前から絵はあそこに置いてあって、煤は後から……いや、ガラスの内側にも煤が入っていたんだったか。どのみち、可能性はなさそうだな」

葛城が、満足したか？　と問うように首をひねった。

「さて、残ったのは、偽文男さん、偽貴之さん、久我島さん。文男さんと貴之さんのお二人は、山火事の起こる前からこの館にいたわけですから、隠し場所には事欠きません。飛鳥井さんの来訪を事前に予期出来るはずはないので、お二人が犯人だとすれば、肌身離さず絵を持ち歩いていた、ということになる。

そして、久我島さんは一度自宅に戻り、着替えや貴重品を詰めたボストンバッグを持ってきています。実は彼こそが、タイミングとしては最もしっくりくるのです。飛鳥井さんに会ってから、自分の家に一度戻っている。バッグもかなり大きなサイズのものでしたから、絵の持ち込みも可能です。クリアファイルに入れたまま、バッグの内周に絵を這わせ、内側に衣類を詰める。クリアファイルが十分に固いので絵を傷つけたり折ったりする可能性はありません」

「その三人から、どうやって最後一人に絞るんだ？」

僕は前のめりになって聞く。

焦げ臭いにおいが鼻先に漂ってきた。山頂が風上になっているので、臭いがやってきたのだろう。火の粉が麓に舞うかもしれない。自然と気が逸った。

「最後、犯人が絵を仕込んだ時の状況を検討します」

だが、一度推理を始めた葛城は堅実なペースを必ず保つ。

「先ほども申し上げた通り、額には煤の痕が残っていました。額は二枚のガラス板を四つのビスで留め、ガラス板の間に絵を挟める。そして、額の左下に、ビニール手袋の切れはしが千切れて挟まっていたのです。犯人は絵がズレないよう、額の間に指を差し入れてビスを回した。その時、ガラス板の間に手袋が挟まり、千切れてしまった。手袋の内側には煤がつき、外側は綺麗だった。つまり、犯人は煤のついた左手にビニール手袋をはめた。だから内側に煤が残ったと分かります。これが一つ」

いま一つは、と葛城は続ける。

「あの四点ビスです。ビスはかなり小さく、扱いは困難です。ドライバーやピンセットでの作業も出来ない。それゆえに、犯人は手袋をはめることも出来ず、素手でビスを回すしかなかった。ビスは小さく、指紋は残らないと確信していたんでしょう。ですが、ビスに一切の煤が残っていなかったことが、犯人を明らかにしてしまった」

僕は困惑した。葛城は何を言っているんだ？

「ビスに煤が残っていないのは、犯人の右手が綺麗だったからだ」

「え？」

「ちょっと待てよ探偵！」小出が声を張った。「お前、それはおかしいだろ？　犯人は左手で煤の痕を残したんだろうが。だったら、何で右手だけが綺麗なんて結論が出てくる？」

　葛城はその言葉に、直接的に回答はしなかった。

「僕には最後まで、文男さんと貴之さんの手に偶然煤がついた可能性を排除出来ませんでした。彼らは確かに昨日の時点では家を出なかったですが、煤だらけの僕と接触した時、どこで手に煤が移るかは分からない。様子を見に、僕の知らない間に外に出ているかもしれない。その可能性は排除出来ない。ですが、どんな時であれ、片方だけが煤塗れになることはない。そんな都合の良い状態は、一つしか考えられない」

「それが久我島さんだっていうのか？」

　貴之が不安げな瞳をして問うた。話についていけなくて不安なのだろう。

「なんなんだよ——その都合の良い状態、っていうのは」

　そうしてようやく、小出の疑問に答えが出された。

「犯人はこの山中で、右手だけを握りこんでいた人物です」

「え？」

「鞄を肩にかけ、その紐を摑んだら、今言った通りの状態になるのですよ。手の甲は汚れるが、握りこまれた内側は保護される。無意識に垂らされた左手には自然に煤がつく」

ああ……と僕は吐息を漏らした。

「この中で肩にかける鞄を持っていたのは飛鳥井さんと久我島さんのお二人だけです。そして、飛鳥井さんは鞄のサイズから、既に容疑者から外されています」

したがって、〈爪〉は久我島敏行である。

葛城はあぐらをかいて地面の上に座り込みながら、真っ直ぐに背筋を伸ばしていた。

今この瞬間、彼はまさしく名探偵だった。

それなのに、どうして、彼の表情はこんなにも弱弱しく、そして、切なそうなのだろう。

2　飛鳥井光流【館焼失から1時間12分】

「あいつが犯人だったなんて」

小出は額に手をやっている。唇が青白かった。葛城が解き明かした真犯人の正体に、彼女もショックを受けているのだ。

「どう考えてもそんな風には見えなかった。いつもおどおどとしていて、自分では何も決断出来ないような男だと思っていた。人の顔色ばかり窺って、始終何かに怯えているような男。カッとなって突き飛ばして奥さんを殺した、なんて犯行方法はいかにもシリアルキラーのそれとは正反対だと思ったし、あいつは怯えるあまり漏らしさえした」

「あの男は」

飛鳥井はけだるげに口を挟んだ。

「外見こそああ見えたけど、心の中では肥大化した自意識が暴れ回っていたのですよ。優越感と暴力性衝動がごたまぜになった醜い心がね。びくびくしているのが元の性格でもあるんでしょうから、彼の怯えには本物のそれも含まれていたけれど、結局のところ内心では、いつ寝首を掻くか狙っている、そんな男」

彼女は長い長い憎しみを吐き出すように言った。

「僕は」と文男が口にした。「今日、外で作業をしていた時、彼が傷ついた様子で『私がつらかった時期に、傍で支えてくれた唯一の人です』と言っていた彼を覚えている。彼が目尻に涙を浮かべていたのも覚えている。あれが偽物だったとは思えない。彼は、彼は」

「それも本物の彼なのです」

飛鳥井は頷いた。

「あなたはきっと、その後で彼が奥さんを殺したと知って、衝撃を受けたことでしょう。そうなのです。あなたの前で口にした言葉も、彼の本心なのですよ。彼は自分で犯した行為の責任を、自分で取ることが出来ないのです。だから自分がしたことで涙を流せる」

彼女は絞り出すような声で続けた。

「子供なんですよ。〈爪〉の犯行だってそう。自分がこんなにすごいんだってことを見せつけて、人に構ってもらいたがっている。人に騒がれるほど自分が承認された気がして嬉しくなる。暴力性を発露して注目を浴びられるんだから、彼の自意識は満たされに満たされたはず。そして、本質的に子供だからこそ、未知の事柄に対処が出来ない。心の底から怯え、逃げ出そうとする」

僕は久我島と初めて会った時、随分おどおどしていると思ったことを思い出した。彼が飛鳥井を見ながら、「私はどうすれば」と聞いたことも。あの時、飛鳥井は「どうして私に聞くの」と言わんばかりの白《しら》けた表情を浮かべていた。未知の事柄に自分の判断がつけられない子供。しかし、あの時彼の心の中には、つばさを殺す計画が着実に組みあがっていたというのか。

怖かった。

「待ってください――」

貴之が立ち上がり、ぴしゃりと言った。

「葛城君、やっぱり間違っていますよ。久我島さんは犯人じゃない」

「なぜでしょう?」

「君自身が持ち出したことだが、犯人がワイヤーの留め具をわざわざ破壊したのは、電気系統が使えない中で、犯人が血痕を残すべく天井を落とす必要があったから、と言っていましたよね。間違いありませんか?」

「ええ、今でもその結論に変わりはありませんよ」

「だったら、おかしいでしょう。私と久我島さんは、午前零時二十分から一時十五分までの間、ずっとホールで話をしていたのです。ホールの電灯がつかなかった始まりの時間から、突然ホールの電気がついた時間まで。つまり、あの孤立状況ゆえ正確な時刻までは調べがつかないとはいえ、久我島さんには停電の間、アリバイが成立するのです」

ああっ、と僕は思わず声を漏らした。どうして忘れていたのだろう！

「まさか、そのアリバイすら疑う、と？　それはつまり、私を疑うということですか？」

「そりゃアリバイくらい偽証すんだろ。得があればな。詐欺師なんだからな」

小出は冷笑気味に言ったが、貴之は一瞬たりとも葛城から目を離さない。

「ああ、いえ――」

反論を受けてなお、葛城は平然としていた。

「アリバイは疑っていません。久我島さんのアリバイは完璧です」

葛城は立ち上がる。尻についた土を払い、歩き出そうとした。

「さあ、皆さん行きましょうか。久我島さんが〈爪〉だったと僕は証明しました。小出さんももうよろしいですよね？　これでお別れです。早く避難を――」

頭に血が上った。

「おい、葛城！」

立ち上がり、彼に近付いて胸倉を掴む。

「お前、さっきから言ってることがめちゃくちゃだぞ！　証明した？　証明しただって？　ばかも休み休み言え！　お前の推理は尻切れトンボじゃないか。久我島さんのアリバイを崩せていないんだぞ！」

「彼のアリバイは崩せないよ。完璧なんだから」

葛城は目を合わそうとしなかった。

「葛城——お前、何から逃げようとしているんだ」

「逃げるだって？」

葛城が顔を上げた。彼の瞳が揺れている。僕はたじろいだ。こんな顔を見せる奴だったか？

「僕は逃げてなどいない。僕は違う」

「違う？　違うって、何と違うんだ？」

「私と、でしょう？」

その時、飛鳥井が優しい口調で言った。葛城は彼女の言葉に直接は答えず、貴之に悲しい顔を向けた。

「なぜ、アリバイに気付いてしまわれたのですか」

「変な言い草だな。君は、アリバイのことに触れずに話を打ち切るつもりだったのか？」

「駄目だよ葛城君」

飛鳥井が嘲るように言った。

「貴之さんが言わなかったら私が口にしていた。探偵であることから逃げたくないのでしょう？　安心なさいよ。逃げ場なんてないんだから」

「僕はもうこれ以上解きたくありません。解く理由がありませんから」

「言いなよ。君が今言わなければ、この人たちは永遠に解けない謎を抱えることになる」

「飛鳥井さん」

僕は危険を感じ、葛城と飛鳥井の間に割って入る。

「あなた、急にどうしたんですか。葛城に絡まないでくださいよ。話が前に進まない」

「田所君、申し訳ないけど黙っていて。これは私と彼の話よ」

彼女の毅然とした口ぶりに、僕は後ずさった。

「飛鳥井さん。僕は何と言われようと、これから先を語るのは嫌です」

「どうして？」

「久我島さんが犯人であることを解き明かしてみせたのは、小出さんの言葉に納得したからです。納得が出来ないと歩き始められない、という言葉に胸打たれたからです。それがゆえに、あそこまでは解き明かす理由があったからです」

「なら、今だって解き明かす理由があるじゃない。みんな気になっている」

「嫌です！」

頑《こば》なに拒み続ける葛城の態度は、まるで幼い子供のようだった。

「おい、葛城――」

僕の言葉も彼には届かなかった。

「僕は何を言われても納得するつもりがない。あなたの行動を許すつもりがない。だから謎を解く理由なんてない」

「どんな犯人でも申し開きの機会が与えられるというのに、私にはそれさえ提供されないというの？　冷たいんだね」

「それは、あなたが探偵だからです。探偵は生き方であり、そして真実のしもべでなければなりません。そうでしょう？　だけどあなたは探偵であることから逃げた。それだけでも許しがたいのに、あまつさえ、こんな……こんな……」彼は首を振った。「これは真実への裏切りです。言い訳など聞きたくありません。だって」

葛城が続けた。彼の声音は悲痛だった。

「納得なんか、したくないんです――」

「納得したら、自分が揺らいでしまいそうな気がするから？」

飛鳥井は葛城にずいと顔を近付けて言った。

その時、確かに葛城の瞳が揺れた。

「……おい、冗談だろ葛城」

体がスッと冷えるのが分かった。

全てを理解した。そう考えれば、全てが繋がる。目の前で繰り広げられている会話の意味。久我島が犯人であるにもかかわらず、完璧なアリバイが成立する理由。飛鳥井が久我島の妻殺しに気付きながら知らないふりをしていた理由。そして、葛城が飛鳥井にこれほどまでに激しい感情を向ける、最大の理由。

その考えが頭に浸透するほどに、体が震えてきた。否定出来るものなら否定してほしい。だが、自分が正解に辿り着いたことを、僕は確かに直感していた。

僕は恐る恐る口に出した。

「天井を落としたのは、久我島さんじゃないんだな」

僕は震えていた。〈爪〉は久我島であり、つばさを殺害したのも彼だ。それは揺らがない。

だが、その裏側にもう一つの真相が隠されていたのだ。

「飛鳥井さんなのか……?」

葛城は驚いたような目をして僕を見てから、悲痛な面持ちを浮かべた。

「君は……君は……最後にはいつも、辿り着いてしまうんだな。僕と同じ所へ」

「葛城、お前……」

「ほら、遂に言われてしまったよ、葛城君」

そして当の本人は、むしろ晴れ晴れとした表情だった。

「逃げ場はないと言っただろう？　さあ、謎解きの続きをしてごらんよ」

彼女は薄く微笑む。

「探偵として」

＊　一日目　深夜

悪夢だった。

私は吊り天井の部屋に入ってすぐの床にへたりこんでいた。

どうして、こんなところで……十年前に断ち切ったはずの悪夢が、なぜ……。

深夜、眠れずに起きてきて、一階の食堂にミネラルウォーターを取りに来た。ホールで久我島と貴之が話をしていたが、人と話す気分ではなかったので、静かに二階に戻ろうと思った。

だが、吊り天井の部屋の扉が開いているのを見つけて、なんだろう、と中を覗いた。

そうしたら、つばさの死体を見つけた。

彼女の死体は潰れ、正視に堪えない有り様になっていた。造花で飾り付けられ、匂い袋が脇に置かれ、そして。

両の手に水色のネイルアートを施されていた。死体と少し離れた位置に、綺麗なままの両手が広げられていた。まるで自慢のネイルを見せびらかすように。

いや、つばさの両手首は潰れている。吊り天井に潰されたのだ。しかし、目の前の手首は綺麗なものだった。つばさではない、別の女性の手首を切断してきたのか？　そう思っただけで体が震えた。私が会ったあの男だ。久我島敏行。

あの男が妻を殺したのは、葛城と一緒に家に戻った時、薄々気が付いていた。言い出す機会を失い、明らかに気付いている葛城少年も黙っていたので、事を荒立てないためだと思っていた。久我島以外の人間も、詐欺や盗みを生業としているようだ。犯罪者同士で結託し、犯罪者以外の私と葛城・田所だけが孤立すれば、命を奪われるかもしれない。それが恐ろしかった。

だが、あの男を前に手をこまねいていた結果、つばさが殺されてしまった。

私のせいだ。床の冷たさが身に沁みた。**私のせいで、二人も死んだ。**最初は美登里、今度はつばさ。

深い深い絶望に搦《から》めとられた後、私は次第に怒りに囚《とら》われた。どうして、こんな邪悪が許されるのか。どうして、つばさの命が奪われなければいけなかったのか。ゆっくりと立ち上がった。目的を得た体は、この十年間で最も軽い気がした。

〈爪〉を許すことは出来ない。だが、通常の復讐《ふくしゅう》ではダメだ。

相手の性格は熟知している。子供じみた犯行計画。被害者や現場の装飾への強いこだわり。誰かの視線を集める欲求。目の前の死体が、語り掛けてくるような気さえしてくる。

ほら探偵、おれはここにいるぞ。遊んでくれよ。吐き気がする。

だから、相手の挑発に乗ってはいけない。相手の期待をスカす。欲求を満たさせず、空回りさせる。そうやって追い詰める。

この館で、〈爪〉と死ぬことになるかもしれない。だが、タダでは死んでやらない。あいつの思い通りになんかなってやらない。あいつの人間性を、この館の中の人間にだけでいい——知らしめてやる。

隠し通路などという非現実的な話を、私は半ば信じていなかった。だから死ぬかもしれないと思っている。だが、材料としては使えるだろう。この場の調和を取り、〈爪〉の殺人に取り合わない。事故死説を唱えるなんてどうだろうか。〈爪〉は困惑するだろう。そして次第に苛《いら》ついて、本性を明らかにするはずだ。

方針は三つ。

一つ。今目の前にあるつばさの死体を事故死に見せかける。

二つ。つばさの死を捜査しない。同じく久我島の妻殺しも自分では捜査しない。

三つ。何があっても、〈爪〉を殺すことだけはしない。

殺すということは、その人に最大の関心を払うことだ。久我島は自分の手では殺さない。このままなら火災で死に、運が良ければ法廷で死刑になるだけだ。

やることは決まっていた。造花も、匂い袋も、ネイルアートも痕跡を消す。あれが残っている限り事故死には見えない。手首は回収して、森の中に捨てることにした。

天井に血が付いていないから、〈爪〉がなんらかの仕掛けでつばさを殺したことは分かっている。吊り天井の部屋に仕掛けがあるのかもしれない。例えば、天井の上に空間があって、せり上がる天井に潰されたとか。ともかく、ワイヤーが劣化で壊れ、天井が落ちたというストーリーを作らなければいけない。死体を手前側に置いておけば、殺人の可能性を更に薄く出来るだろう。ワイヤーを一本ずつ処理する別解を潰せるからだ。血痕を出来る範囲で拭い取り、死体を移動させた。死体を発見させるべく、扉の下側に血痕を付着させておいた。警察の捜査は入らないと分かっているので、ルミノール反応のことは気にしなかった。

折あしく停電が起こっていたので、天井を落とすにはワイヤーを破壊せざるを得なかった。経年劣化で素線が一本切れていたこと、ワイヤーの端の固定法が強度にムラのあるクリップ留めだったことも、幸運に作用した。ネジを外せば天井を落とせるし、事故死のストーリーもより確かに演出できる。そうしてようやく、偽装工作を終えた。長い時間がかかった。

翌朝、葛城と田所がドアを叩く音が聞こえた時、私は残念に思った。あの死体を見た時の久我島の反応を見られなかったからだ。あの夜は疲労と興奮のためか、昔の夢も見れば、処理したばかりの手首のことまで夢に見た。最悪の一日だった。

もし、私の予想が正しければ、死体を見つけた時久我島は、本当の意味で驚愕していただろう。なぜ、つばさの死体があんなことになっているのか。理解が出来ない。何が起こっているのか。それは、彼の臆病な態度からくる反応と区別が出来ないかもしれない。

田所少年に聞くと、その予想は正しいと分かった。

＊

葛城はようやく気持ちを固めたのか、静かに語り始めた。

「……あの絵を見つけ、〈爪〉の犯行だと判明してから、僕にはこの事件が、随分とちぐはぐなものに見えていました。具体的に言えば、自己顕示欲が強いとされる〈爪〉の意志とは別に、もう一人誰かの意志が働いていると感じたのです。

まず、絵のことです。吊り天井の裏の隠し本棚に仕掛けられていたのだから、犯人は飛鳥井さんをここまで導きたかったはずです。だとすれば、犯人は飛鳥井さんを手引きしなければならない。つばささんの持っていた図面はいずれ発見されると見込んでいいとはいえ、天井のことがずっと不可解だった」

「どうしてだ？」

「〈爪〉は吊り天井をどのように操作したか、一度説明した。田所君は覚えている？」

「ええと……天井を持ち上げてつばささんを殺害。天井を傾けてつばささんの死体を落とす。死体を適当な位置まで移動させる。そして天井を落とし、天井に血痕を残す。犯行現場の偽装を完成させるためだ」

「そこだよ」

「え？」

「どうして犯行現場を誤認させる必要があるんだ？」

葛城の質問の意味が一瞬分からなかった。

「そうなんだ。僕も、天井の謎を解いた瞬間までは、自分の考えに自信を持っていた。犯人は犯行現場を偽装するために、死体を移動させた、と。だが、天井の裏に甘崎さんの絵があると知った時、僕の推理は崩壊した。犯行現場を偽装しては、飛鳥井さんを甘崎さんの絵まで導けない。ここにいたって矛盾が生まれたんだ。なぜ、一方では天井の裏に誘導するような意図を施しながら、一方で犯行現場の偽装を完全に行おうとするのか？」

手順を想像してみて、あ、と声に出る。

「そうなんだよ田所君――最後の一手順は、完全に不要なんだ。死体を落とす必要はある。死体を発見させなければ飛鳥井さんの恐怖は始まらず、ただの失踪《しっそう》となってはインパクトが薄い。見えるところに置いておくところまではいい。だが、天井をもう一度落とす必要はまるでない。天井に血痕が残っていなければ、むしろそれは『探偵』へのヒントになる――どこで死体は潰されたのか？　この疑問を持たされれば、むしろいち早く天井の裏に気付ける」

「まして、天井を落としたのは停電中――あえてネジを外す手間をかけてまで落とした」

「そうだ。そこまでの手間をかけて、絵を見せるという自分のゴールからわざわざ遠ざける意味がまるでない。むしろそれは、最大の演出をみすみす潰す行為なんだよ」

「だから、葛城は結論したのか。殺害したのと、天井を落下させたのは別人だ、と」

葛城は頷いた。

そして、天井を落とすのは事故に見せかけるためだ。事故なら、最終状態はワイヤーの留め具が外れて落ちた状態でしかあり得ない。

僕とつばさが解散したのが午後十一時三十分なのだから、わずか五十分の間に久我島は一連の犯行をしたことになる。慌ただしかったことは想像に難くない。そして停電の時間帯に、入れ違いで飛鳥井は死体を見つける。彼女もまた停電の五十五分間に、痕跡を消し去り、ワイヤーを切断した。いつになるか分からない復旧を待つのは合理的ではない。

「だが、それだけじゃない。〈爪〉は十年ぶりに犯行に及び、自分の存在を飛鳥井さんに気付いてもらおうとしていた。当然そこには、十年前自分を追い詰め、自分の手元から様々なものを奪った飛鳥井さんへの恨みも籠っていただろう。だとすれば、最初に発見された様なつばささんの死体の状況にするわけがない」

「どういうことだ？」

「つばささんの手にネイルアートを施し、花を飾り、匂い袋の匂いをつける。甘崎さんの時の犯行をモデルにして、メッセージをつけてもいい。とにかく、犯人は飛鳥井さんへのシグナルを発するはずだ。『おれはここにいるんだぞ』と。自分だと気付いてもらえなければ意味をなさないんだからな」

言われてみれば確かにそうだ。

発見された時の彼女の死体は確かに凄惨《せいさん》だったが、それらの装飾は一切加えられていなかった。逆に言えば、それゆえに飛鳥井の「事故」という説が曲がりなりにも通ったのであり——。

僕ははたと止まった。

今、僕は何を考えた？

「そういう、ことか……」

飛鳥井はまだ薄く微笑んでいる。その微笑みを、僕は恐ろしいと思った。

「飛鳥井さんは、ネイルアートを破壊し、花を片付け、消臭剤をまくことで匂い袋の匂いを消した。そして、天井を落として血痕を遺す。ワイヤーを切断した後、わざわざ切断面を不揃いにして、事故であったように見せる痕跡まで残して。それはつまり……」

「つばささん殺しが〈爪〉の犯行である痕跡を全て剝ぎ取った。つばささんの死をただの死にした」

遠くから消防車のサイレンが近付いてくる。既に火事が起こってから相当時間が経っている。サイレンはやけに大きく聞こえた。頭がぼうっとしている。

「手首は、どこからやってきたんですか。吊り天井でつばささんが殺されたなら、手は潰れているはず。ネイルアートなんて施せない」

僕が聞くと、葛城は「久我島さんの奥さんだ。あらかじめ手首を切ってあったんだろう。僕らと家に戻った時、妻の手首だけを回収してきた。飛鳥井さんは手首の出所から犯人に気が付いたんだろう」と事もなげに応える。飛鳥井は特段否定しなかった。

「久我島さんはなぜ、自分の妻の手首を使ったんだ。そんなものを使えば、自分の犯行だと一発でバレることが分からなかったのか」

貴之の問いに、葛城が頷く。

「そこが彼の自信過剰なところなのです。彼は、自分の妻殺しを、僕にも飛鳥井さんにも悟られていないと自信を持っていたのです。だからこそ大胆な行動がとれた。飛鳥井さんの前に手首を放り出しても、その意味に気付かれないだろう、と」

「なるほど……」

「そして、久我島さんがそう考えているからこそ、飛鳥井さんは久我島さんの妻殺しを、最後まで知らないふりをしていました。僕が妻殺しを暴いた時も、怯えた演技などしてみせていましたが、あれは嘘です。妻殺しを悟っていた、と分かれば、飛鳥井さんが久我島さんのつばさ殺しに気付いていた、という一つの傍証になってしまう。それは飛鳥井さんの目的に適わなかった。彼女の目的については、後で説明しましょう」

葛城の喉が動いた。

「……死体の装飾を剝ぎ取る。それが出来たのは、飛鳥井さんだけでした。僕が皆さんの素性を暴き立てたのを覚えていますよね。詐欺師と盗賊。それらを問いただしたのは、あなた方が〈爪〉事件となんの関わりもないことを示すためだったのです。

意匠を剝ぎ取れるのは、意匠の意味を理解している者だけです。ネイルアートをし花を飾り匂いをつけるのが〈爪〉のシグナルであると、一目見て解ける者だけです」

「牽強付会《けんきょうふかい》な論理ですね」

飛鳥井が言うと、葛城が首を振った。

「ところが、そうでもない。あなたは意匠を先に知っていたからこそ、余計なことまでしてしまった。〈爪〉の犯行を初めて見る者であっても、ネイルアートや花が異常な痕跡であることを見抜けるかもしれない。それが彼の意匠だと分かれば処分出来る」

「で、余計なことっつーのはなんなんだよ」

小出が噛みつくように言った。

「どんな人間でも、存在しない未知のものを剝ぎ取ることは出来ないんですよ」

小出が首を傾げる。お手上げだ、というように肩をすくめた。問い返すこともせず、葛城の言葉の続きを待っている。

「飛鳥井さん。あなたはつばささんの死体に消臭剤を振りまきました。これは紛れもなく、匂い袋の匂いを消すための手段です」

ところが、と葛城は続けた。

「僕は匂い袋を嗅いでみて異常に気が付きました。袋からは、一切匂いがしなかったのです」

「え？」

飛鳥井は本物の驚きを発した。

倉庫で葛城が見つけた巾着、あれが犯行に使われた匂い袋だったのだ。あの袋からは古い布の臭いしかしなかった。

「十年間保管していたものですから、いつの間にか匂いが消えてしまっていたのでしょう。だから使用しても匂いは付着しなかった。しかし、消臭剤は振りまかれた」

あ、と思わず声を漏らす。

「こんなことをするのは、事件当日は匂いを嗅げない状況にあったにもかかわらず、〈爪〉の犯行には匂い袋が使われる、という知識を持っていた人物だけなのです」

僕はここにやってきた昨日のことを思い出す。飛鳥井は汗で体が冷えて風邪をひき、くしゃみを繰り返していた。彼女の鼻は詰まっていた。だから匂いをかぎ分けられなかったのだ。

「そんなところでへまをしてた、ってことか」

飛鳥井は自嘲的に笑った。

死体を発見した際、久我島がひどく怯えていたのを思い出した。

あれは本気で怯えていたのだ。変わり果てた有り様を見て、理解出来ずに震えていたのだ。

その怯えが、今では理解出来る。

僕には飛鳥井が何を考えているのか分からない。十年前に探偵をやめた、と言っていた彼女が、何を考えてそこに至ったのかが分からない。

「つまり飛鳥井さんは、昨晩深夜に、吊り天井の部屋でつばささんの死体を発見していたんだ。そして偽装工作に踏み切った。この時点で〈爪〉の正体を知っていたんだ」

その時には。つまり、吊り天井の上に上がり、絵を見た時には既に、〈爪〉の存在を感知していたわけだ。

あの時の飛鳥井は、まるで子犬のように震え、かと思えば唇の端を血が出るまで噛んでいた。強い感情——十年前の殺人鬼が蘇ってきた恐怖と闘っているのかと思ったら、そうではなかった。自分の旧友の大切な絵が、こんなことのために使われることへの怒り、どんな形であれ、その絵を目にすることが出来た念願成就への想い。様々な感情を耐え、しかし、反応を表せば久我島の思う壺《つぼ》と思い、必死に耐えていたのだ。

「どうして……」

貴之の拳は震えていた。怒っているのだ。それも当然と言えた。殺害された後とはいえ、吊り天井を落としたのは飛鳥井である。最も愛《いと》しい人の死体を玩弄《がんろう》されたのだ。

「どうして……そんなことを……」

「つばささんには、本当に申し訳なく思っています」

飛鳥井はまず、整った姿勢で頭を下げ、謝罪した。

「ですが——彼を打倒するためには必要なことでした」

「打倒?」貴之がまなじりを上げた。「打倒って?」

「順を追って話しましょうか」

飛鳥井はまた座り込んだ。貴之は今にも腰を上げて彼女に食って掛かりそうだったが、飛鳥井の冷静さに落ち着いたのか、再び腰を下ろす。

「……久我島の本質は子供です。自分の犯行に人が反応してくれるのを何よりも喜ぶ。今回の犯行だって、私の恐怖を見るために組み立てられている。そんな男が考える最悪の事態はなんだと思いますか？」

貴之は先を促した。

「無視されることよ」

貴之は目を見開いた。

「……しかし、久我島さんはもう亡くなっている。彼がどう思っていたかは確かめようがない」

「久我島さんはいくつも手掛かりを残してくれましたよ」

葛城が言うと、貴之が呻いた。

「時系列で、飛鳥井さんと久我島さんの行動を整理すれば分かってくるはずです」

葛城が説明を引き取った。客観的な第三者の目から説明しなおされた方が分かりやすいはずだ。飛鳥井の口から語られる真相には、頭がついていかない。

「まず、飛鳥井さんは〈爪〉の犯行の痕跡を全て消し去った。久我島さんはこれを見て動揺する。久我島さんはまず、何かの間違いであることを疑ったでしょう。しかしあり得ない。事故で天井が落ちることはあっても、偶然で造花や手首が消えることはない。久我島さんは当然、飛鳥井さんを疑うはずだ。事情を知っているのは彼ら二人だけなのだから」

これは何かの罠だ。久我島は一旦《いったん》はそう結論付ける。

「ところが、一通りの現場検証を終えて、戻ってきた飛鳥井さんが口にしたのは信じられない結論でした——つばささんの死は事故である、という」

——ですが！

——あんな死に方が——あんな死に方が事故なはずないではないですか！

僕は納得のため息を漏らした。久我島は絶叫するようにあの言葉を吐いていた。あれは本物の動揺だったのだ。虚飾に塗れた彼が、本物の反応を示した瞬間だったのだ。

あの時僕は、真犯人は飛鳥井の事故説に乗るメリットがあると考えていた。自分の殺人を隠蔽《いんぺい》出来るから。久我島の行動はその正反対であったのだが、彼には彼なりの理由があったのだ。**どうしてあれを見て事故だなどと言える。おれが殺《や》ったのに。お前も分かっているはずなのに。**

「次に久我島さんが、いやいやながら認めざるを得ない可能性は、『飛鳥井さんが全てを忘れている』可能性です。だからこんなにも無感動につばささんの死を受け止め、自分に対するリアクションがないのだ、と。

その瞬間、飛鳥井さんは語り始めます。自分が謎を解くことを拒否する理由として」

ああっ、と僕は口を押さえた。

そうだ、あの時——あの時、彼女は自分の過去を語り始めた！〈爪〉と自分との関係を。久我島の目の前で。

「この時、久我島さんは忘れている可能性を捨てた。自分を知ったうえで、こんなことをしているのだと確信せざるを得なくなった。しかしその意図は読めない。彼は内心パニック状態に陥っただろう。そのパニックが外に現れ、妻のことを思い泣き出したり、びくびくと怯えたり、小出さんの殺意に本気で怯えて醜態を晒したりするようになったのです」

思い出したことがある。

吊り天井の上に上がるメンバーとして、僕と飛鳥井、文男が志願した後、久我島は四人目として上がろうとしていた。それを小出に止められたわけだが、あの時彼は、絵を目にする時の飛鳥井の様子を目の前で見ようと思っていたのだろう。その反応を見れば、相手の意図も分かるかもしれない、と。

「久我島さんは考え続けた。なぜ彼女は自分を無視し続けるのか。そこにどんな意味があるのか。彼は自分の欲望を達成することが出来ず、悶々《もんもん》とし続けていた」

「でも、それなら自分が犯人だと明かしてしまった方がいっそすっきりするんじゃないのか？」

「それを明かして、殺人犯として拘束でもされたらどうする？　どうやって生き延びるんだ？」

久我島は火事に対しては本気で怯えていたことを思い出す。

「火事に巻き込まれた日には、山火事を利用した妻の死体の隠蔽を考えていたほどだ。それほど深刻になるとは考えていなかったのだろう。それが今日になり、火の勢いに本当に恐怖を感じ始め、命の危険に怯えるようになった。表面は気弱な大人、その裏は連続殺人鬼、それらの虚飾を全て剝ぎ取られ、彼はただの子供になったんだ。もし殺人犯として拘束されれば、助かる道はなくなる。飛鳥井さんの行動は不可解だが、それを解明するのは助かってからでもいい。彼はそう割り切り始めたはずです」

「どうしてあんなことを。貴之さんは、そう聞きましたね」

飛鳥井が重みのある声で言う。貴之はその迫力に圧倒されて、頷いた。

「実際的な目的は二つです。一つは、無視することによって、彼に深刻なダメージを与えること。彼の心理に対して、無視は立派な攻撃になる。

二つ目は、そうして彼の動揺を誘うことで、彼の次の犯行を防ぐことでした。そうすることで、脱出するための時間を稼ごうとした。あなた方を救おうとしたなどと、偉そうなことを言うつもりはありませんが……」

ですがそれ以上に、と彼女は悲痛な面持ちで続けた。

「誰かが分からせなければならなかったんだ」

飛鳥井は勢い良く言った。言いたいことがようやく言えたというような、そんな達成感が口調に滲んでいた。

「かわいそうに、彼の小さな世界では、全てが彼の思い通りになっていた。だが、誰も彼もが彼の思い通りに動くわけじゃない。世界は彼のためにあるわけじゃない」

飛鳥井の言葉は、まるでそのまま葛城に向けられてもいるようだった。

「彼は構ってほしくて仕方がないただの子供でした。図体《ずうたい》だけが大きくなって、精神が成長しなかったただの子供でした。この場では、我々は今を生き抜くのに必死で、彼のような子供に構っている暇はなかった。だから、この手を血で染めた。彼の殺人を無意味なものにするために。そうして、彼の人間性を暴き立てるために」

「……到底許されることじゃない」

貴之はまだ拳を震わせていた。文男も横で、沈痛な面持ちを崩さない。

「あんたは自分の手段のために、つばさを傷つけた。もうぼろぼろの彼女を更に傷つけた。絶対に許せない。他の方法がなかったのか、という問いを発するのは僕の権利だと思う。だけど、今は他の質問をさせてくれ」

彼は涙をこぼしながら、怒りに唇を震わせていた。

「最後に落ちていく時、あいつはどんな顔をしていた」

飛鳥井は目を見開いた。その質問だけは想定していなかった、というように。

「……はじめに期待」

彼女はぽつりと言った。

「最後の最後で、やっぱり助けてもらえるんじゃないか、という淡い期待。自分を見殺しにしたりは出来ないだろうという、慢心。卑しいまでに希望に縋りつくような瞳をしていた。なんて浅ましいのだろうと、哀れみさえ起こさせるような。そこに彼の人間性が露わになっていた」

そして手が滑った時、目を見開いて、彼は本当の意味で」

絶望していた、と彼女は告げた。

「まるで私が手ひどい裏切りをしたかのように。鋭く糾弾するかのように。自らの悪行を棚に上げ、彼は私に絶望の目を向けていました。死の瞬間には」

恐らく、と彼女は続ける。

「真っ暗闇の夜の底で、孤独に消えていくような、そんな絶望を感じていたでしょう」

「そうですか」

文男は渋面を作りながら言った。

「ありがとう」貴之は震える声で言った。「ありがとう」

なぜ、どんな理由で感謝を口にしているのか、彼自身にも分かっていないはずだ。これは何かの救いになるのだろうか？　久我島の死は、彼のしたことへの償いになるのだろうか？　僕らはこのやり場のない感情を、どうすればいいのか。

小出は吐き捨てる様な表情で飛鳥井を見ている。目の前にいるこの怪物の存在が信じられない、とでも言うように。財田雄山だけがこんこんと眠り続け、財田貴之はその傍に寄り添いながら、目の前の成り行きに混乱しているようだった。

だけど。

僕の心に刻みつけられたのは、久我島の表情ではなかった。

あの時、手を伸べていた飛鳥井の顔を見た。

彼女は必死そうな顔で手を伸べた。目には光があり、目的を持つ者の意志があった。そして、久我島の顔を見た時、その淡い期待の表情を見た時。彼女が今「浅ましい」と指弾した、彼の人間性を目にした時——。

彼女から表情が失われた。

隠し通路を見つけた瞬間、葛城に言われた瞬間には思いもよらなかった考えが、彼女の胸に萌したのだろう。その時の彼女に嘘はなかった。彼女は、そんなことなど微塵《みじん》も考えていなかった。

あの時までは。

彼女の表情は、館で初めて見た時の彼女のそれと同じだった。目的を喪った幽霊の目。絶対零度の瞳。

彼女はあの瞬間、諦めたのだ。久我島敏行という人間を諦めた。彼の表情を見た瞬間、結局彼は何も変わっていないということが分かった。警察の手に引き渡しても無駄だと分かった。誰かが分からせなければならなかった。彼女はそう言った。だが、分からせることは出来なかったのだ。そうして金輪際、誰の手によっても彼を変えることは出来ないと悟ってしまった。

だからだろう。

彼女の唇が、こう、動いた。

——もう、いいか。

そうして。

彼女は手を放した。

……僕はあの時、見てしまったのだ。あの絶対零度の瞳を。幽霊に戻った瞬間の彼女を。

人が、人を殺す瞬間を。

「……僕は絶対に、納得することが出来ません」

飛鳥井の言葉に、葛城はまたそう口にした。

顔を俯けて、首を振りながら、頑なに繰り返す彼の姿は、子供にしか見えなかった。

エピローグ

それぞれの痛みを抱えながらも、彼らは家路に就こうとしていた。

山を下りた僕らは捜索隊に見つけられ、無事に保護された。小出、偽貴之、偽文男の三人は、宣言通り姿を消していた。僕らは勉強合宿先から、雄山の家を訪問し、そこから避難してきたということになった。折よく本物の貴之氏が在宅していたため、一緒に避難出来たのだ、と。飛鳥井は財田家への保険調査の訪問中に火災に巻き込まれた、ということになった。


そして、小出らと別れ、捜索隊に発見される前のこと。

葛城の姿がなかった。飛鳥井もだ。胸騒ぎがして、僕は二人を探した。

森を少し分け入ったところに、彼らの姿があった。二人の表情は険しく、僕は割って入るのをためらった。

二人だけの世界だ、と僕は胸を締め付けられるような痛みと共に思った。探偵だけが入るのを許された場所。僕にはなれなかったもの、なろうとしても出来なかったもの。

「……僕には納得が出来ません」

拳を握りしめて震わせた葛城は、やはり同じことを繰り返していた。

正対する飛鳥井は、両手を広げて、悪びれもせずに言った。

「私たち、こうして生還したじゃない。それでいいってことには出来ないの？　君の暴走も全て水に流してあげるから、この話はもうやめましょう」

飛鳥井の微笑は大人びていた。だが、その目には光がない。そのせいだろうか、葛城にはさらに火がついたようだった。

「それでも！　僕にはあなたのやり方が正しかったなんて思えない！　真犯人が分かっているのにずっと黙っているなんて……」

彼はギリッ、と音が聞こえてきそうなほど、歯を剝き出しにして怒りを耐えていた。

「僕はただ、納得がしたいだけなんです」

「名探偵っていいご身分ですこと。自分の『納得』のために世間を振り回すことが出来る。ああ、別にそれはいいの。私だってそうやって生きてきた時期があったから」

飛鳥井は顔を寄せた。

「納得をしないと歩き始められない、っていう小出さんの言葉は、確かに素晴らしかった。あなたにも最後の活力を与えたでしょう。でも、あなたはあそこまで解けているのに、決して納得しようとしない。そうしたらもうこだわりの問題じゃない。頑なに態度を曲げないのは、拗ねた子供のすることでしょう？」

あれほどまでに憧れた探偵の彼女。その面影は、もう彼女にはなかった。

「結局どうしたいの？『負けました。君には敵《かな》わない』。これでいいの？」

「そんな言葉を聞きたいんじゃありません！」

葛城が声を荒らげた。

「事件を解決するっていうのはね、自分の頭の良さをひけらかすことじゃないの。『ほら、僕には全て分かっていたんだ。あなた方の見過ごしてきたもの全ての意味を、僕だけが分かっていたんだ』なんて。でも、君はそうしていないと安心出来ないのね」

飛鳥井は憐《あわ》れむように言った。

「山火事に囲まれたあの館で、久我島を告発した後の展開を君はどう考えていたの？君も館の住人の正体を見抜いていたなら分かっているでしょう。詐欺師が二人、泥棒が一人。そしてあなたたち高校生二人と、動けない老人が一人、そして私。信頼出来るメンバーは非力揃いで、詐欺師と泥棒はどちらに寝返るか分からない。こんな状況で、過去七人――自分の奥さんも含めれば八人――も殺してきた三十代の成人男性一人を押さえ込めると思っていた？真犯人が分かった時点で、彼が一番屈強な男性であることは分かっていたはずだよね？逃げ足だってあちらの方が速い。抵抗され、先に隠し通路を塞がれれば、火に巻かれて死ぬのは私たち」

「だからあなたのやり方が正しかったと言うんですか？真相を覆い隠して、謎を解くことから背を向けたあなたのやり方が？山火事とあなたのダブルバインドで彼の身動きを封じ、隠し通路を見つける時間を生み出したあなたのやり方が？」

「そこまで分かってくれているのに、評価されないなんて切ないな」

「茶化さないでください」

「私は一人も死者を増やさなかった」

彼女の顔は能面のようだった。

「そんな、だって僕は……」

彼が初めて後ずさった。名探偵であるがゆえに、彼は事実の前に弱かった。

「だって、僕だって、人を死なせたかったわけじゃ……そんなこと言ったら、僕だって誰一人死なせてなんか……」

葛城が子供のようにそう言った瞬間、飛鳥井が動いた。葛城の胸倉を掴み、激しい感情を露わにして、葛城のことを睨みつけた。

「気が付いていないの？」

飛鳥井は刺すような口調で言った。

「君は、それでよく名探偵が名乗れたものね！」

「な、何を……」

「疑問に思わなかったの？　そもそも、つばささんがあの時間帯、吊り天井の部屋になぜ入っていったのか？」

「そ、それは、久我島におびき出されたとかじゃ……」

「違う！　久我島とつばささんは、山火事で避難してから後、言葉を交わす機会も、接触する機会もさしてなかった！　だとすれば、なぜつばささんは久我島に天井を操作させたのか？　それは、彼女の方に目的があったから。彼女は自分の目的を達するために、久我島に吊り天井の仕掛けを教え、彼を利用しようとした。利用、というほど大げさなことじゃない。ただ動かしてもらうだけだからね。久我島が選ばれたのは、彼女を殺すためにつけ狙《ねら》っていたから目に入りやすかったせいで、ついでに言えば気が弱そうで御しやすそうだと思ったからでしょう。身内の貴之さんや文男さんに頼めなかったのは、つばささんの目的に関連している。あの時、彼らにはそれぞれの目的があった」

「それなら、田所君に頼んでも良かったんじゃ」

　突然自分の名前を出されて、体が震えた。

「彼じゃダメなの。彼は君に近すぎるから」

「なんですって？」

「ここまで言ってまだ分からないの？」

　飛鳥井は叫んだ。

「知ってしまったからだよ。君が財田雄山の熱心な読者であることをね」

「それが……」

　葛城の目がハッと見開かれて、顔が蒼白になった。

「そんな……」

「分かるよ」

飛鳥井は途端に優しい口調になって言った。

「なんでかな。私たちって、自分のことになると、本当に鈍感なんだ」

それは飛鳥井が初めて見せた、葛城に対する「共感」だった。その瞬間、確かに二人は名探偵としての意識で通じ合った。だからこそ、葛城の最後の抵抗が剝ぎ取れてしまった。飛鳥井が手を離すと、葛城が膝からくずおれる。

「吊り天井の部屋の向こうに、財田老の隠し本棚があったのは知っての通り。彼女はその本棚に、彼の秘蔵のコレクションを取りに行ったの。コレクションについて、貴之さんと文男さんは、部外者に見せるのを嫌がったでしょう。だから頼めなかった。コレクションを用意しようとしたのは、君の望みを叶えるため。少しでも、君の気を引くために」

葛城が顔を両手で押さえた。嗚咽が漏れ始める。彼は捨てられた子犬のように縮こまって震え、耳を塞ごうとしていた。

「もうやめてくれっ！」

僕はたまらず叫んだ。葛城は顔を跳ね上げる。僕の顔を茫然と見つめ、唇を震わせた。

「いつから聞いていた」

葛城の声は厳しかった。僕は飛び出してきたことを後悔した。

「……最初からだ」

「見ないでくれ。僕は大丈夫だから、早くどこかへ行ってくれ」

彼は顔をそらした。ここまで強い拒絶を示されたのは初めてだった。

「嫌だね。僕も飛鳥井さんに話があるんだ」

一方の飛鳥井には動揺の色がない。僕が現れるのを予想していたのか、それとも、僕のことなど歯牙《しが》にもかけていないのか。

「あなたは一体――何が目的なんですか？　久我島に対して復讐を果たした。あなたの目的はそれで遂げられているでしょう。どうしてそれでは飽き足らず、こんな風に葛城を」

壊すなんて、という言葉は呑み込んだ。

「先に絡んできたのは彼の方でしょう」

「そうだ田所君」

葛城はまだ顔を伏せたままだった。

「前にも言ったが、探偵とは生き方だ。僕の生き方と彼女の生き方が合わなかったから、衝突した。それだけのことだ」

「生き方、生き方ね」

飛鳥井が僕の方を向いて、薄く笑った。

「じゃあ、葛城君が追い詰められているのを見て、飛びこんできた田所君のこれも、生き方なのかな。でも、ホームズを助けられないワトソンが随分威勢のいいことだよね」

「何を――」

「久我島がナイフを持って飛び掛かった時、あなた一歩も動けなかったでしょう」

僕は息を詰まらせた。否定出来なかった。足がすくんでいて、動けなかった。

「大事な時に葛城君を守れないあなたが、葛城君に何を与えられるの？　それを一度でも考えたことがある？」

僕は茫然としてその場に立ち尽くした。

「それは――」

眩暈がした。そうだ、ああいう時に動けないなら、僕はなんのために――。

「飛鳥井さん、やめてくれ！　田所君は関係ないだろう。もう、やめてくれ……！」

「ああ、そう。じゃあ、葛城君の話にしようか。田所君に質問です」

彼女は僕にあの幽霊の目を向けた。

「君は葛城君に何を求めているの」

「何、を……？」

「甘崎は私の絵を描きたいと言った。一番傍で私を見、私の推理を聞き、私の姿を描くことを彼女は求めていた。自分で口にすると恥ずかしくなってくるね。だけど、彼女はそういう意味で私を必要としていた。私も彼女のことが必要だった」

君は？　と彼女は重ねて問う。

「探偵葛城に、何を求めているの？」

「……何が始まって何が終わるのか。それを見届けることです。彼の推理は、いつもそれを明らかにしてくれる」

「だったら、葛城君は今回、君の信頼を裏切ろうとしたんだね。彼は最後まで真相を語ろうとしなかった。私が天井を落とした犯人なんじゃないか、そう口にしたのは田所君、あなたの方なんだよ。覚えている？」

「覚えている。あの時、葛城は黙して真相を語ろうとしなかった。

「違う、僕は裏切るだなんて」

「結果的にはそうでしょう？　君は誰よりも信頼している助手を裏切ったの。私もそう。あの子は私に、ずっと変わらないでいてくれと願ったのに、今の私はこの有り様」

飛鳥井は葛城を見下ろした。

「同じだね、私達」

「一緒に……一緒にするな！」

葛城の叫びは山に虚しく響き渡った。飛鳥井は言い返さず、葛城も何も言わなかった。

「……私のやり方が正しかったのかどうか、って聞いたけど」

飛鳥井は自嘲気味に笑った。

「私はそうは思わない。だって、私は私のことも、君のことも嫌いだもの。彼女を亡くしてから、少しずつ変わっていく自分が嫌い。彼女が傍にいたら、きっとこんなことはしなかった。それは美登里が私の謎解きを求めてくれるから。それが失われた今、私はこんな手段も平気で取れてしまう」

だってもう、名探偵じゃないから。

十年前、一度だけ見た甘崎のことを思い出す。飛鳥井光流を名探偵でい続けさせた少女。だが、喪ったものは二度と還らない。それは甘崎自身のみではない。

名探偵、飛鳥井光流もだ。

「君のことを非難しておきながら、私も結局、君の分かっていないことを突き付けたくてたまらなくなった」

飛鳥井は葛城に背を向けて捜索隊の方に歩み出した。たった一言だけ、最も効果的な言葉だけを最後に言い残して。

「君のことは見ていられなかった。全てを解くために、全てを壊そうとしていた」

葛城の体が小刻みに震えていた。遠く山頂で落日館の残骸が燃える。遠くに燃え盛る炎を背にして、葛城がどこまでも矮小《わいしょう》な存在になってしまったかのようだった。

推理の力だけを信じていた葛城。

正義に身を委《ゆだ》ねていた葛城。

僕の大好きだった葛城。

それが今、内側からぐずぐずに溶けて、崩れ落ちようとしているかのようだった。名探偵であることを捨ててしまったはずの飛鳥井だけが、この場でただ一人、己の存在意義を分かっている気がした。

「それでも僕は」

探偵を辞めた彼女の背中にかけた彼の最後の言葉は、ほとんど悲鳴に近かった。

「それでも僕は——謎を解くことしか、出来ないんです」

この作品は、書き下ろしです。

〈著者紹介〉

阿津川辰海（あつかわ・たつみ）

1994年東京都生まれ。東京大学卒。2017年、新人発掘プロジェクト「カッパ・ツー」により『名探偵は嘘をつかない』（光文社）でデビュー。以後、『星詠師の記憶』（光文社）、『紅蓮館の殺人』（講談社タイガ）、『透明人間は密室に潜む』（光文社）などを発表、それぞれがミステリ・ランキングの上位を席巻。'20年代の若手最注目ミステリ作家。

紅《ぐ》蓮《れん》館《かん》の殺《さつ》人《じん》

2019年9月18日　第1刷発行　　定価はカバーに表示してあります
2025年6月4日　第20刷発行

著者……………………………阿《あ》津《つ》川《かわ》辰《たつ》海《み》

発行者……………………………篠木和久
発行所……………………………株式会社 講談社
〒112-8001 東京都文京区音羽2-12-21
編集03-5395-3510
販売03-5395-5817
業務03-5395-3615

KODANSHA

本文データ制作……………講談社デジタル製作
印刷……………………………株式会社ＫＰＳプロダクツ
製本……………………………株式会社ＫＰＳプロダクツ
カバー印刷…………………株式会社新藤慶昌堂
装丁フォーマット…………ムシカゴグラフィクス
本文フォーマット…………next door design

ISBN978-4-06-516819-6　N.D.C.913　440p　15cm

講談社タイガ

恩田 陸

七月に流れる花

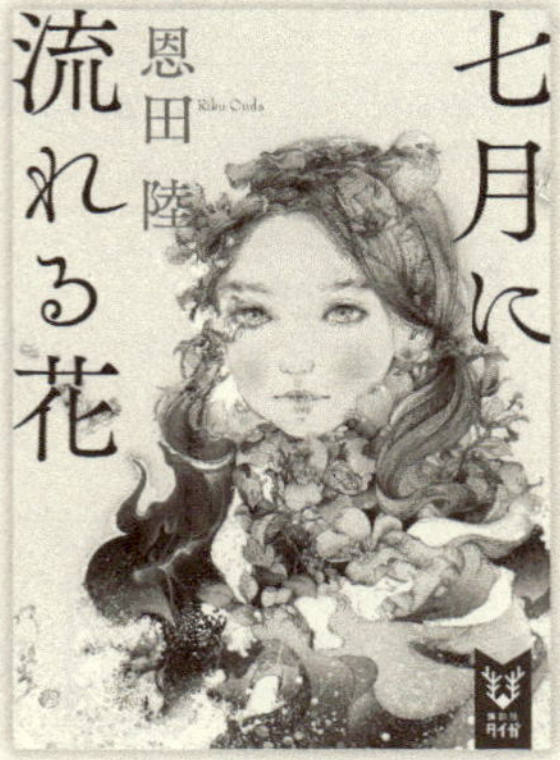

イラスト
入江明日香

六月という半端な時期に夏流《かなし》に転校してきたミチル。終業式の日、彼女は大きな鏡の中に、全身緑色をした不気味な「みどりおとこ」の影を見つける。逃げ出したミチルの手元には、呼ばれた子どもは必ず行かなければならない、夏の城――夏流城《かなしろ》での林間学校への招待状が残されていた。五人の少女との古城での共同生活。少女たちはなぜ城に招かれたのか？　長く奇妙な夏が始まった。

講談社タイガ

恩田陸

八月は冷たい城

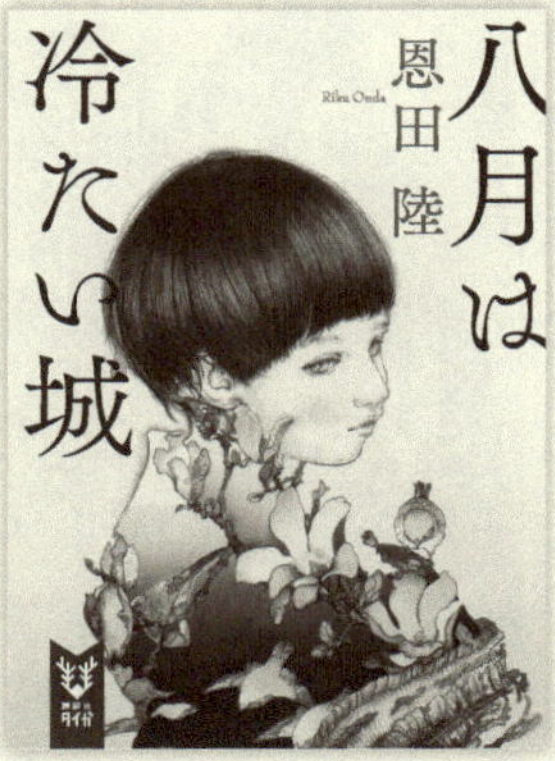

イラスト
入江明日香

夏流城《かなしろ》での林間学校に参加した四人の少年を迎えたのは、首を折られた四本のひまわりだった。初めて夏流城に来た光彦《てるひこ》は、茂みの奥に鎌を持って立つ誰かの影を目撃する。閉ざされた城の中で、互いに疑心暗鬼を募らせるような悪意を感じる事故が続く。光彦たちを連れてきた「みどりおとこ」が絡んでいるのか。四人は「夏のお城」から無事帰還できるのか。短く切ない夏が終わる。

講談社
タイガ

アンデッドガールシリーズ

青崎有吾

アンデッドガール・マーダーファルス　1

イラスト
大暮維人

吸血鬼に人造人間、怪盗・人狼・切り裂き魔、そして名探偵。異形が蠢《うごめ》く十九世紀末のヨーロッパで、人類親和派の吸血鬼が、銀の杭《くい》に貫かれ惨殺された……!?　解決のために呼ばれたのは、人が忌避する〝怪物事件〟専門の探偵・輪堂《りんどう》鴉《あ》夜《や》と、奇妙な鳥籠を持つ男・真打《しんうち》津《つ》軽《がる》。彼らは残された手がかりや怪物故《ゆえ》の特性から、推理を導き出す。謎に満ちた悪夢のような笑劇《ファルス》……ここに開幕！

講談社タイガ

アンデッドガールシリーズ

青崎有吾

アンデッドガール・マーダーファルス　2

イラスト
大暮維人

1899年、ロンドンは大ニュースに沸いていた。怪盗アルセーヌ・ルパンが、フォッグ邸のダイヤを狙《ねら》うという予告状を出したのだ。

警備を依頼されたのは怪物専門の探偵〝鳥籠使い〟一行と、世界一の探偵シャーロック・ホームズ！　さらにはロイズ保険機構のエージェントに、鴉《あ》夜《や》たちが追う〝教授〟一派も動きだし……？　探偵・怪盗・怪物だらけの宝石争奪戦を制し、最後に笑うのは⁉

講談社タイガ

御子柴シリーズ

似鳥 鶏

シャーロック・ホームズの不均衡

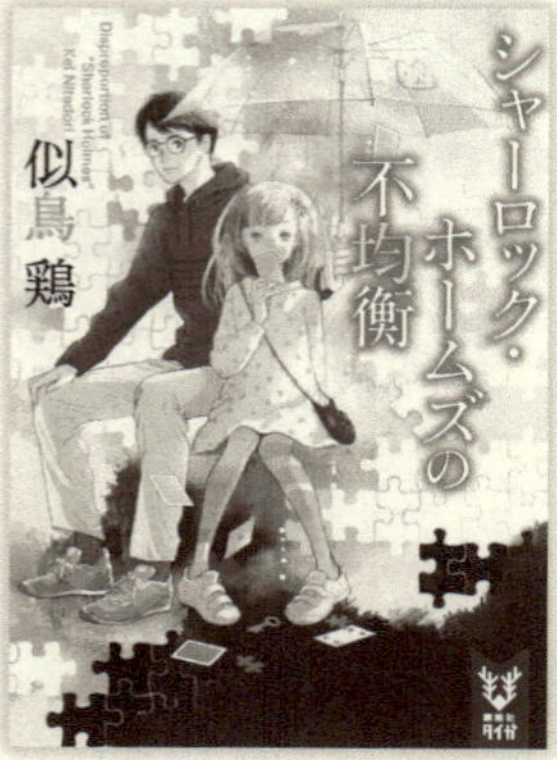

イラスト
丹地陽子

　両親を殺人事件で亡くした天野直人《あまのなおと》・七海《ななみ》の兄妹は、養父なる人物に呼ばれ、長野山中のペンションを訪れた。待ち受けていたのは絞殺事件と、関係者全員にアリバイが成立する不可能状況！　推理の果てに真実を手にした二人に、諜報機関が迫る。名探偵の遺伝子群を持つ者は、その推理力・問題解決能力から、世界経済の鍵を握る存在として、国際的な争奪戦が行われていたのだ……！